PLACEBO JUNKIES

J.C. Carleson

PLACEBO JUNKIES

Piratas de laboratório

Tradução de
Edmundo Barreiros

FÁBRICA231

Título original
PLACEBO JUNKIES

FÁBRICA231
O selo de entretenimento da Editora Rocco Ltda.

Direitos para a língua portuguesa reservados
com exclusividade para o Brasil à
EDITORA ROCCO LTDA.
Av. Presidente Wilson, 231 – 8º andar
20030-021 – Rio de Janeiro – RJ
Tel.: (21) 3525-2000 – Fax: (21) 3525-2001
rocco@rocco.com.br
www.rocco.com.br

Printed in Brazil/Impresso no Brasil

preparação de originais
HALIME MUSSER

CIP-Brasil. Catalogação na fonte.
Sindicato Nacional dos Editores de Livros, RJ.

C278p Carleson, J.C.
Placebo junkies: piratas de laboratório / J.C. Carleson; tradução de Edmundo Barreiros. – 1ª ed. – Rio de Janeiro: Fábrica231, 2016.

Tradução de: Placebo junkies.
ISBN 978-85-68432-75-4 (brochura)
ISBN 978-85-68432-79-2 (e-book)

1. Romance norte-americano. I. Barreiros, Edmundo. II. Título.

16-34953 CDD–813
CDU–821.111(73)-3

Para meus meninos,
ao mesmo tempo causa e cura da
maioria das loucuras em minha vida

PRÓLOGO

Paciente voluntário Nº 4018326697

Sexo masculino, nasc. 15/4/1987

Alergias: nenhuma

Tipo sanguíneo: AB+

Status de imigração: visto temporário (B-1/B-2)

Contato de emergência: nenhum

Marque um campo. Rubrica.

Marque um campo. Rubrica.

Autorize, autorize, assine e date.

Consinta. Confirme ter compreendido.

Libere.

É dinheiro em sua carteira, cada quadradinho. Marque um campo, ka--ching. Marque um campo, ka-ching.

Que se foda, sim, *consinta*.

Você acorda com uma sensação de queimação.

Ela piora quando você arranca as cobertas e caminha pelo corredor mancando, as pernas rígidas, depois passa direto do ponto crítico e vai direto até a maldita agonia quando seu jato de urina goteja *rat-a-tá* de forma irregular no vaso sanitário, e você faz o que pode para segurá-lo, prendendo aquela lâmina molhada por tempo suficiente até encontrar um copo, um balde, qualquer coisa para recolhê-la, *droga*, e você mal consegue conter o grito de triunfo quando encontra uma garrafa de Snapple na lata de lixo e a enche com seu belo xixi turvo misturado ao traço leve, mas inconfundível, de sangue.

Você fica enfeitiçado pelas nuvens dançantes crepusculares de bactérias e proteínas, a princípio com medo de acreditar, aquele *estrago* cor pastel que você percebe de seus rins.

Um efeito colateral verificável.

Ka-ching.

Os outros sem-teto que vivem ali veem o que há em sua garrafa enquanto você sai andando do banheiro, e seus rostos ficam enrijecidos de inveja.

É dinheiro em seu bolso, aquele xixi de algodão-doce. Você acertou na loteria, você pode ver em seus olhos, aqueles pobres placebos de merda.

Você mantém a garrafa ao seu lado enquanto toma rapidamente o café da manhã, depois você a leva para um passeio. O laboratório só abre às nove, e você nunca sabe o que algumas daquelas pessoas fariam por dinheiro.

Mais um mês. Você só precisa durar isso.

Mais um mês até você ter o suficiente. Aí você pode encerrar os trabalhos, dizer *sayonara* para as agulhas e comprimidos, e dar um descanso merecido a seus orifícios. Não é nada, trinta dias, um pulo. Pode ser ainda menos se a queimação ficar forte. Eles não brincam com coisa séria aqui. É ruim para os negócios. Não tem jeito mais rápido para receber – aqui está seu cheque, não deixe que a porta acerte em você quando sair.

Você sabia que isso podia acontecer quando eles a mandaram para o décimo segundo andar, mas não há ganho sem dor (*dor dor dor*).

Não é nada que um pouco de descanso não resolva, talvez uma tigela de sopa de carne apimentada de sua Mãe. A essa altura, seu apetite com certeza vai reaparecer. Sua boa e velha Mãe vai fazer com que você deixe de ser só pele e ossos. Seus ossos.

Seus ossos.

São 9h. Hora de ir trabalhar.

CAPÍTULO 1

Charlotte volta de seu procedimento de seis semanas inchada e amarela. Ela me lança um olhar que passa por meu cabelo falhado e a pele coberta de feridas, e seus olhos ictéricos se enchem de lágrimas.

– Sua vaca de sorte. Você é tão magra – diz ela.

– Não se preocupe – grita Jameson do outro quarto. – Estão começando testes com psicoestimulantes no Quatro outra vez, provavelmente ainda esta semana. Essa merda vai fazer você emagrecer na mesma hora.

Mas Charlotte se recusa a se animar.

– Com a minha sorte, vou receber só um placebo.

Ela parece tão melancólica que me pergunto se o que quer que tenha lhe provocado este estado de "oompa loompa" também mexeu com sua cabeça. Às vezes, acontece. É difícil saber se esses dias são efeito colateral ou apenas mau humor. Para qualquer um de nós. Mesmo assim, depois de seis semanas internada, ela devia estar mais feliz – a maioria de nós mataria por um período como esse. O mais longo que eu já fiz foi oito dias. Foi o paraíso. Canais especiais de TV a cabo e ordens médicas para não fazer nada além de ficar ali deitada bebendo shakes farinhentos para perder peso. Nenhum esforço era permitido, exceto duas pesagens diárias – *sim, senhor capitão!* Os shakes também não eram ruins. Eu me pergunto se eles conseguiram chegar ao mercado. Você ficaria surpreso com quantas dessas coisas nunca chegam.

Jameson faz sua coisinha habitual-nervosa de limpar a garganta ao aparecer com um copo de alguma coisa para Charlotte.

– Beba tudo. É só água com um pouco de lima. Você precisa lavar seu organismo, baixar os níveis de bilirrubina se quiser participar de qualquer coisa que comece antes do fim de semana.

Eles não deixam que sejamos voluntários se acham que ainda apresentamos efeitos colaterais de outro estudo. Isso altera os resultados. Mas há meios de vencer o sistema, e se há alguém que sabe fazer isso é Jameson, que parece uma espécie de resultado extremamente ansioso do cruzamento de um escoteiro com um traficante de drogas, se isso faz algum sentido. Quero dizer, ele pode complementar a renda com alguma ação ilícita de transferência de pílulas, mas não é como se ele estivesse vendendo crack para estudantes. Ele é mesmo interessado nas paradas médicas – tem todo tipo de livro de referência farmacêutica espalhado, e lê por diversão revistas de pesquisa, anais de derma-oto-neuro-blá-blá medicina, merdas assim, enquanto o resto de nós joga Xbox ou qualquer coisa. Ele sempre quer saber o que tomamos, como tomamos, o que sentimos, e, dependendo do que é, às vezes compra de nós se temos algum sobrando. Ele não tem vergonha quando você conta as partes embaraçosas, como supositórios retais ou coisas de menstruação. Sério, ele sabe mais do que a maioria dos médicos que eu conheci, e provavelmente a essa altura seria o neurocirurgião mais jovem do mundo se não tivesse virado à esquerda em vez de à direita em qualquer bifurcação que o jogou em vez disso do lado dos trilhos dos aluguéis baratos.

Eu às vezes me pergunto se um cara como ele devia mesmo ser voluntário. Não só porque ele é inteligente demais para essa merda, mas também porque ele deve alterar os resultados, pelo jeito como ele está sempre jogando com o sistema. *Resultado anômalo*, é como eles chamam, quando você não reage como eles esperam, e eles ficam putos quando isso acontece. Bem, putos de seu jeito silencioso, com seus jalecos. Eles sabem que nós só estamos ali para fazer um trabalho, assim como eles.

Dougie e Scratch aparecem com cerveja e uma pilha de revistas de sacanagem. Doug as conseguiu em algum teste tipo Viagra, e Charlotte e eu debochamos e rimos ao folheá-las, porque eram as revistas pornográficas mais sem graça que você poderia ver, completamente sem baixaria. Elas não eram sexy, como se o fotógrafo estivesse parado atrás da câmera dizendo aos modelos para pensar sobre boa higiene. Só a ideia de algum administrador de laboratório de meia-idade folheando um catálogo de pornografia medicinal, e fazendo um grande pedido indecente, me faz morrer de rir, e em pouco tempo estamos todos relaxados, e a sensação de festa começa, por isso pego uma das cervejas, apesar de não dever tomar álcool durante o estudo em que estou agora. Olho para Jameson antes de dar um gole, e ele acena de leve com a cabeça para mim. Ele sabe sobre as restrições, e iria me alertar se a cerveja fosse aparecer no exame de sangue matinal. Com sua bênção, jogo a cabeça para trás e aproveito.

Até Charlotte relaxa. Ela está falando sobre esse cara que conhece, jura que ele é a razão das tatuagens.

– É, aí ele entrou em uma pesquisa de apêndice. Uma grande, grana alta. Dinheiro do tipo loteria, e tudo o que você precisava fazer era deixar que eles tirassem seu apêndice. Como se alguém algum dia tivesse precisado de um apêndice, não é? Ele nem sabe o que estão testando. Algum bisturi robô a laser, ou algo assim, a porra de suturas que tocam "Ave Maria", sei lá. Então meu parceiro vai lá, tem o apêndice removido e recebe o cheque. Mas ele é meio idiota, sabe. Ele é um cara muito legal, só não é o mais esperto do mundo, e sai e gasta toda a grana de uma vez em alguma coisa estúpida. Nem sei como conseguiu gastar toda a grana tão depressa, mas ele conseguiu. E o que ele faz depois?

A essa altura, já estamos rindo, nos divertindo, e minha tolerância deve estar muito baixa, provavelmente devido ao grande peso que perdi na semana passada, porque sinto minha cabeça leve e girando. Todos sabemos aonde essa história vai levar, mas Charlotte é uma contadora de histórias tão boa, especialmente agora que seu desânimo parece ter passado, que todos estamos atentos a suas palavras como sempre. Charlotte é uma pessoa do bem. Ilumina um ambiente quando está de bom humor, sabe? Ela também já está com aspecto menos ictérico, mas isso pode ser pelas luzes fracas. Percebo Jameson afastar a cerveja do alcance dela quando ela está distraída.

– É, por isso ele raspa o cavanhaque, penteia o cabelo um pouco diferente e volta direto na mesma droga de consultório. Diz que perdeu sua papelada de admissão, mas ainda lembra seu número de voluntário.

Scratch diz que é mentira, mas Charlotte o corta.

– Não, estou falando sério. Ele simplesmente chutou, usou o número antigo e acrescentou um dez, ou algo assim. E o técnico de admissão caiu totalmente. O mesmo que o tinha registrado antes, mas o cara não desconfia de nada. É só mais um rato de laboratório se inscrevendo, certo? Todos parecemos iguais para eles, nada além de placas de Petri humanas entrando pela porta. Enfim, meu parceiro está se preparando para a operação, e o médico vê sua cicatriz da primeira vez e surta. Quero dizer, ainda não é nem uma cicatriz de verdade, os malditos pontos cirúrgicos mal tinham sido removidos e eram bem em cima do seu apêndice, é claro. Mas, juro por Deus, esse cara é o melhor mentiroso que existe. Melhor até que você, Scratch. – Ela manda um beijo para ele antes de continuar. – Mesmo meio dopado, semiconsciente por causa das paradas da sedação, ou o que quer que eles estivessem usando como anestesia, ele consegue convencer o médico de que a cicatriz não tem nada a ver com seu apêndice. Não, ele jura que foi de um acidente de carro na semana anterior, só um corte feio. E o médico está ocupado, só querendo tirar a carne da mesa de operação, então concorda, assina a papelada, e abre meu amigo de novo.

– Oooops – diz lentamente Dougie com voz de barítono.

– É, oops descreve bem. Nada da porra do apêndice, e o médico fica *puto*! Mas ele já tinha assinado, já tinha aberto meu amigo, por isso eles não tiveram escolha a não ser pagar-lhe a quantia completa. *De novo*. – Ela ri, em seguida limpa uma pequena mancha de sangue no canto da boca. – Por isso, graças a ele, agora fazem essas tatuagens.

Nós balançamos a cabeça concordando. Todos as temos. Pequenos *x*s ou números, ou às vezes iniciais. Os técnicos e enfermeiras não são artistas da tatuagem, por isso não tentam nada especial, só fazem qualquer tipo de marca rápida que os lembre que a pessoa não pode entrar duas vezes por acidente. Mas há essa enfermeira que faz uma pequena carinha sorridente, o que eu até gosto. Tenho algumas dessas.

Há uma pausa na conversa, então confiro meu relógio.

– Tudo bem, pessoal, está ficando tarde, vou embora. – Bocejo um boa-noite para todo mundo, em seguida dou uma piscada para Charlotte e Jameson. – Vocês dois podem ganhar mais crédito comigo como bons colegas de quarto me acordando amanhã? Por favor, sério? A seleção de voluntários começa às 8:30.

– Bons sonhos com carneiros elétricos – diz para mim Jameson quando fecho a porta de meu quarto e apago a luz. Ele é um pouco estranho, eu sei, mas quem não é? Eles são como minha família, aquelas cobaias bobas com marcas de agulhas.

CAPÍTULO 2

POST DE HOJE: COMO COMEÇAR

Então vocês acham que querem ser voluntários profissionais?

A primeira coisa que vocês deveriam saber é que nem todos os testes clínicos são elaborados da mesma maneira. Há uma regra geral: quanto melhor paga, provavelmente mais vai doer. Mais sobre isso depois. Supondo que vocês consigam aguentar, que não sejam a porra de uma florzinha delicada que não aguenta ver sangue, e que também não fiquem incomodados com coisas tipo exposição à radiação, eis algumas dicas sobre como ganhar a vida como cobaia humana:

Dica 1.
Tenha pulsação e pelo menos uma veia que não esteja à beira do colapso.

Há, há. Vocês acham que estou brincando, mas isso é sério o bastante para fazê-lo passar pela porta. Se bem que, a julgar por algumas das pessoas que vocês vão conhecer na sala de espera, a pulsação pode ser negociável.

Dica 2.
Seja saudável.

Sejam, pelo menos, capazes de fingir isso. Segurem a onda, disfarcem, digam às vozes em suas cabeças para calar a boca por um minuto, o que for necessário. Façam o que for preciso para ficar de pé por tempo suficiente durante os exames. Depois que estão registrados, podem soltar tudo – vocês ainda recebem um pagamento parcial mesmo que o coloquem para fora no momento em que seu exame de tuberculose der positivo.

Dica 3.
Venha de uma família saudável.

Não me importa se vocês vêm da família mais doentia e morta de todas. Ao preencher os formulários, ninguém de sua família morreu, nunca, de nada além de velhice. Seus ancestrais são filhos de mães saudáveis, sim senhor! Absolutamente nenhum histórico familiar de hipertensão, colesterol ruim nem esquizofrenia paranoica, não senhora. Saudáveis como cavalos, até o último (morto) deles.

Dica 4.
Tenha ao menos 18 anos de idade, ou tenha permissão dos pais.

Ou, como no meu caso, tenham uma identidade falsa razoavelmente convincente. Não se preocupem, eles nunca verificam com muito cuidado. Desde que você seja um corpo quente e disposto a cumprir os requisitos do teste, eles não se importam se o nome do estado em sua carteira de motorista venha com um pequeno erro ortográfico. (Para registro, sim, EU SEI que Massachusetts tem dois t's. Lição aprendida: revisem seus documentos falsos antes de pagar por eles.)

Prontos para canalizar sua alfineteira interior e começar agora? Apenas sigam meu exemplo e depois enxáguem, gargarejem, repitam. Felizes testes, colegas cobaias!

CAPÍTULO 3

Droga. Ela é um Beagle, e agora é tarde demais para trocar de lugar.

Eu devia ter notado. Devia ter visto a expressão em seu rosto antes de me sentar, aquele ar de *viu como sou generosa?* em sua boca, aquele brilho de mártir nos olhos. Mas não é possível mudar de cadeira depois que eles espetam a agulha, por isso agora sou obrigada a ouvir suas Histórias Humildes de Grandes Sacrifícios e Pequenos Pensamentos Sobre a Vida.

Matem-me agora.

Há cinco postos de atendimento montados na sala. Poltronas reclináveis fundas, cobertas com longas faixas de papel branco amassado. Garrafas de suco e água ao alcance da mão, dois tipos de muffin. Um ventilador ligado no canto. Tudo limpo com álcool e acolchoado com vinil à prova de desmaios. Tudo está como deveria ser, bastava só a prima de segundo grau da Madre Teresa de Calcutá calar a boca. É com certeza uma Beagle, uma subespécie especialmente irritante de voluntária em série. Beagles são as pessoas que agem como se ser voluntário para a pesquisa de uma droga fosse algum grande ato de caridade, como se estivessem fazendo a porcaria de o maior favor de todos os tempos ao mundo, e, *pelo amor de* Deus, nós devíamos com toda a certeza valorizar seu sacrifício. Ela remexe no interior de sua enorme bolsa de patchwork e tira agulhas de tricô. Claro que sim. Por que todas elas tricotam tanto? Sério, o que elas podem querer com toda aquela linha cheia de nós, aquelas velhas *que estão apenas fazendo minha parte*? Engraçado, porém, como elas nunca param de falar como é maravilhoso, o que elas estão fazendo, sempre vestindo suas camisetas da Cruz Vermelha e seus broches de EU SOU DOADORA. Elas são viciadas grisalhas invertidas, sempre querendo extrair merda fora de suas veias, em vez de botar para dentro. E elas nunca. Param. De falar.

Essa não é exceção. Fala e fala sem parar sobre suas receitas favoritas feitas em panela elétrica, e a festa de aniversário da sobrinha-neta, e aquela Kelly Ripa não é a coisa mais adorável do mundo, e principalmente sobre o filho, seu filho contador adorável que, quase com certeza, é algum tipo de depravado – quero dizer, como poderia não ser, com uma mãe como essa enchendo o saco o tempo inteiro? Começo a arrancar a cutícula sem dizer nada, só à espera que ela mencione um gato. Sempre tem um gato. Ou pelo menos há um cachorro do tamanho de um gato, um shih-tzu, ou um lulu-da-pomerânia. Algo pequeno o suficiente para usar um maldito suéter de tricô para cachorro.

Suas agulhas de tricô fazem clique-claque enquanto ela fala, fazendo seu tubo endovenoso se agitar e balançar, e do outro lado da sala há um talk-show passando alto demais na TV.

Em outras palavras: é um dia típico nos laboratórios.

Hoje é um estudo de interação. Duas drogas já no mercado, consideradas seguras o suficiente para uso, só não necessariamente comercializadas juntas. Não é duas vezes o dinheiro, mas perto. Estudos de interação pagam bem.

Esse não é complicado, mas a enfermeira é obviamente nova e não para de se enrolar, tendo que recomeçar a conferir a lista de tarefas. É um estudo duplo-cego, e você pode ver com facilidade como isso confunde completamente a cabeça dela. Duplo-cego significa que, basicamente, ninguém sabe quem está recebendo o quê. Um comprimido e uma substância endovenosa por voluntário. *É real ou é falso?* Nem os voluntários ou a enfermeira sabem se estamos recebendo açúcar e solução salina ou alguma mistura química tóxica, uma versão em autoclave de roleta-russa.

Enquanto nos registra, a enfermeira não para de perguntar naquela voz séria demais se entendemos *com certeza* os riscos do estudo. *Sim, sim*, dizemos todos, e até a Beagle ao meu lado parece um pouco irritada na quinta vez que temos de ouvir o mesmo discurso.

– Ela está nervosa demais. Deve ser nova. Ela teve de tentar três vezes até achar minha veia – lamenta a Beagle, admirando as marcas de agulha em sua pele como se fossem as porras de estigmas. – Isso nunca acontece. Eu tenho veias ótimas! Os técnicos de patologia me adoram. Eles me dizem isso sempre que eu vou doar sangue. Eles dizem, Phylis, você tem veias incríveis para sua idade. Você é uma doadora dos sonhos. Se todo mundo tivesse veias como as suas, nosso trabalho seria tão mais fácil...

Eu me desligo dela e começo a contar em minha cabeça, tentando calcular o fluxo de caixa provável deste mês. Esse negócio é difícil de prever – muitos altos e baixos. É como a porra de um jogo de Monopólio, só que em vez de cair em Park Place, você descobre que a FDA* acabou de dar um aperto em algum produto e de repente Mamãe e Papai Farmacêutica estão dispostos a pagar o dobro, o triplo por tantos voluntários quanto conseguirem que entrem pela porta. Pegue um resfriado, por outro lado, e é o equivalente a tirar a carta de VÁ PARA A CADEIA quando

* Food and Drug Administration, órgão responsável nos EUA pela regulamentação do lançamento no mercado de produtos alimentícios e ligados à área de saúde. (N. do T.)

você é chutado do estudo que deveria pagar o aluguel daquele mês. *Você perdeu. Vá direto para a cadeia. Sem receber os 200 dólares.* Enfim, estou separando mentalmente os números em pequenas colunas, projetando a melhor e a pior situação – vou quebrar ou mandar bem? –, por isso levo um minuto para processar o fato de que a voz da Beagle está começando a soar estranha.

Eu olho para ela, e seu rosto, que estava perfeitamente normal da última vez que notei, está salpicado de manchas rosadas. Ela ainda está falando, ainda não parou para tomar fôlego, o que provavelmente não está ajudando a situação, mas suas palavras estão saindo engraçadas – arrastadas, como se sua língua de repente estivesse ficando grande demais para sua boca. Então, acho que percebe que algo não está certo, porque suas sobrancelhas meio que se franzem juntas, e ela finalmente cala a boca por um segundo. Ela está parecendo mais inchada do que eu me lembro, e, mesmo com o barulho do ventilador e da TV, posso ouvir de minha poltrona que ela está fazendo um ruído chiado ao respirar. Ela inclina a cabeça para o lado e me encara com aqueles olhos grandes e preocupados, e que Deus me ajude, mas agora ela *parece* mesmo um beagle de verdade – pensamento que afasto imediatamente da cabeça, porque até eu sei que é uma maluquice pensar isso naquele momento em especial.

– Enfermeira? – chamo, mas, no início, ela não me escuta, porque está mexendo no tubo endovenoso de alguém. Torno a olhar para a senhora de idade bem a tempo de ver o rosa desaparecer de seu rosto, como se alguém tivesse puxado uma descarga em sua cabeça e drenado a cor, e em seguida uma tonalidade azul pálida começa a tomar seus lábios. É bem assustador, na verdade.

– Enfermeira! Alguém venha aqui, depressa! – Dessa vez, eu berro, e, sem sequer me dar conta do que estou fazendo, arranco o tubo EV de minha mão e em seguida vou até lá e, com mais delicadeza, retiro o EV da mão da Beagle.

– Que diabos você está fazendo? – pergunta a enfermeira quando finalmente chega até nós, como se fosse eu quem estivesse fazendo a velha se contorcer e respirar com dificuldade.

– Ela está tendo uma reação, ou algo assim. Aconteceu de repente... agora mesmo. – Não pareço conseguir dizer as palavras com velocidade suficiente, e por um segundo me preocupo, achando talvez estar tendo uma reação também, algo que esteja me deixando mais lenta, mas enquanto a enfermeira corre para um telefone na parede e aperta alguns botões, percebo que estou respirando bem.

Seguro a mão da senhora enquanto a enfermeira está do outro lado da sala ao telefone. Ela está azulada e com dificuldades para respirar, mas pelo menos está consciente, ainda olhando para mim com aqueles olhos de filhote de cachorro.

– A senhora vai ficar bem – digo para ela. – Eles chamaram ajuda.

Paramédicos entram na sala um minuto depois, uma das coisas boas de estar ao lado de um hospital grande, e sou empurrada para fora do caminho quando eles começam a fazer massagem cardíaca.

– Tem sangue! Por onde ela está sangrando? – grita um dos paramédicos enquanto eles a movem para uma maca.

– Não, o sangue é meu – explico a ele, estendendo minha mão em frangalhos. Devo ter arrancado a agulha pela direção errada. Está começando a doer. A enfermeira me olha fixamente outra vez, e em seguida todos eles saem pela porta, ainda golpeando e pressionando o peito da senhora idosa.

Eu fico olhando fixamente para a porta por um minuto depois que eles se vão. A situação toda pareceu meio violenta e apressada, nada semelhante ao que você vê na TV ou naqueles vídeos educativos animados tipo "A massagem cardíaca salva vidas!" que fazem parecer que receber uma massagem cardíaca dá até uma sensação meio gostosa, só uma massagem especialmente vigorosa para trabalhar uma tensão incômoda do coração.

Eu paro de pensar nisso, olho ao redor, e os outros três voluntários estão só sentados em silêncio. Todos estão olhando para seus próprios tubos EV com nervosismo, mas ninguém se mexe.

– Acham que ainda vamos ser pagos se tirarmos isso? – pergunta um deles por fim, um cara de barba por fazer que eu já tinha visto por lá antes.

Merda. Eu não tinha pensado nisso.

– Merda – digo em voz alta e sento de volta em minha poltrona, perguntando-me se vale a pena tentar botar de volta a maldita agulha tipo borboleta. Provavelmente não, mesmo que eu conseguisse. A enfermeira já me viu circular sem ela. Lá se vai pelo menos metade de meu pagamento. Eles ainda têm de lhe pagar alguma coisa, pelo menos parte dos honorários, mesmo que você desista, mas não vai chegar nem perto do que eu teria recebido se eu tivesse ficado com a bunda na cadeira.

Fecho os olhos e subtraio um bolo de dinheiro de minha planilha mental enquanto espero a volta da enfermeira. Deixar voluntários sem supervisão é extremamente grave, mas quem vai denunciar aquilo? Além disso, ela e todo o pessoal remotamente associado àquele estudo ficarão lotados de papelada depois do que aconteceu com a senhora. Eu me senti um pouco mal por causa de todos os envolvidos.

Era melhor receber o que eles fossem pagar e ir embora desse teste. Havia alguma urucubaca ali, e aquilo era mais contagioso do que qualquer outra coisa com a qual você pudesse esbarrar naqueles corredores.

CAPÍTULO 4

De volta a casa, começo a contar a Charlotte sobre o que aconteceu com a Beagle, mas ela me interrompe antes que eu me estenda demais.

– Pare de fugir do assunto, Audie – diz ela, e atira um punhado de pipoca em cima de mim. – Você ainda não me deu uma resposta sobre o Leonardo Di Caprio. Antes que ele ficasse com aquela papada, é óbvio.

Não tenho nenhuma queda em especial por Leonardo Di Caprio, pré ou pós-papada, mas faço um movimento de esfaquear, só para tumultuar as coisas. Estamos brincando de "Você casa, fode ou mata a celebridade?", mas Charlotte nunca quer matar ninguém.

– Não sou pacifista nem nada – diz ela diante dessa minha observação. – Só tenho questões de comprometimento. Matar é permanente demais. Com minha sorte, eu mataria alguém, aí perceberia dois minutos depois que era o amor da minha vida. Prefiro manter minhas opções em aberto. – Ela rói uma unha por um minuto, até que seu rosto se ilumina com uma solução. – Há vários caras em quem eu gostaria de dar um chute no saco.

Mudamos o jogo para "Você casa, fode ou chuta o saco da celebridade?", e isso iguala nossos números de modo considerável.

– Eu queria falar com você sobre uma coisa – diz Charlotte quando a tigela de pipoca esvazia. – Uma proposta.

– Você não está em condições de fazer nenhuma proposta – digo. – Você acabou de declarar seu desejo de casar com o maior escroto na história dos reality shows. Seu raciocínio está obviamente abalado.

– Não *esse* tipo de proposta, espertinha. Se bem que qualquer homem teria sorte de me chamar de sua mulher.

– Nem é preciso dizer isso. – Eu reviro os olhos, depois me agacho quando ela tenta me dar um tapa.

– Cale a boca e me escute – diz ela. – Estou falando sério. Acho que é hora de a gente raspar a conta. Ou encher a conta. Tanto faz. Só estou cheia deste lugar. Estou cansada de passar mal, sabia? Não aguento mais. Estou começando a me sentir como uma presidiária.

Tento dizer algo sarcástico sobre como ninguém a está impedindo de levantar e sair naquele exato segundo, mas então percebo a expressão em seu rosto. Dessa vez, Charlotte está totalmente séria.

Ela se senta reta, outra coisa rara para ela, e explica seu plano.

É bem simples: ela vai se inscrever para tudo. *Tudo*. Ela está disposta a se submeter a qualquer coisa, vai fazer qualquer pesquisa que a aceite, até que seus bolsos estejam cheios de dinheiro, então vai cair na estrada e nunca mais olhar para trás. É uma maratona de cobaia. Um jogo de resistência.

– Vamos lá, Audie. Vai funcionar ainda melhor se a gente se juntar. Tenho um plano todo esquematizado.

Seu plano consiste basicamente em testar exageradamente em turnos escalonados. Ela vai me arrastar para casa depois de meus turnos. Eu vou mantê-la de pé durante os dela. Vamos intervir uma em nome da outra se os administradores de laboratório fizerem perguntas demais, confirmar nossa confiabilidade absoluta, esse tipo de coisa. Vamos ser cobaias que equivalem a padrinhos dos Alcoólicos Anônimos.

Espero até que ela termine de falar, em seguida lhe digo que parece suicídio por experimentos.

– Você devia ter visto a velha esta manhã, Charlotte. A Beagle. Ela parecia mesmo estar quase morrendo. Ninguém nunca fala sobre isso, mas coisas ruins às vezes acontecem.

Charlotte dá um suspiro melodramático para mim, e quando ela responde, é com a voz lenta que usa com pessoas que considera burras.

– Dã, Audie. Não vou *tomar* de verdade toda a merda que eles me derem. Não sou idiota. Não me diga que você engole todas as pílulas que eles dão a você?

Do jeito que ela diz isso, não é uma pergunta. A ética não tem grande peso na mente de Charlotte.

Charlotte prefere se concentrar em sobrevivência.

– Vou ensinar a você como fazer. – Ela começa a me contar todas as maneiras pelas quais você pode enganar os estudos. Já tinha ouvido falar em algumas delas, mas ela transformou os truques que as pessoas usam por aqui em uma ciência. Fiquei impressionada. Charlotte consegue ser uma grande armadora quando quer.

Tome alguns comprimidos de cafeína e fume em seguida três cigarros logo antes de entrar no consultório médico, e sua pressão sanguínea vai às alturas, diz ela.

Falsifique uma gravidez com vinte dólares e uma ida rápida à sala de espera da clínica popular. Há sempre alguém disposto a vender a você um belo recipiente de xixi cheio até a borda com todos os hormônios certos.

Devore um sundae sabor brownie triplo três horas antes de seu teste de glicose.

– Fique em jejum quando eles mandam comer, e coma quando mandam ficar em jejum – diz ela.

Encha-se de suplementos de ferro e aspirina por cinco dias antes de coletar uma amostra de fezes. Misture limalha de metal com vaselina e esfregue no corpo antes de uma ressonância magnética.

– Isso vai zoar tanto com os resultados deles que vão ter de pagar para você voltar e fazer tudo de novo.

Beba suficiente colírio Visine e você vai entrar em coma.

Charlotte fez muito dever de casa. Ela fecha os olhos e me mostra como ofegou e resfolegou até conseguir um diagnóstico de apneia obstrutiva do sono na semana passada.

– O quê? – pergunta ela quando abre os olhos e vê como a estou encarando. Ela conhece pessoas que conseguiram fingir ter câncer. Ela conhece alguém na prisão que fingiu ter tuberculose bem o bastante para passar o resto da pena em um confortável quarto de isolamento. – Você sabia que pode encomendar larvas de solitária pela internet?

Não é nada demais. Todo mundo faz isso, diz Charlotte.

Por acaso eu sei que ela tem razão.

Lembro-me da sensação de um frasco de coleta enfiado entre minhas pernas, a voz de minha mãe brigando comigo e pedindo *faz xixi logo, filha, você vai conseguir, depressa, droga!*, enquanto a pessoa do RH esperava do lado de fora. Na época em que conseguia ter um emprego, minha velha e querida mãe sempre conseguia inventar um motivo para eu ir ao trabalho com ela no dia do teste de drogas. Minha creche tinha pegado fogo, ou talvez eu apenas tivesse sido mandada para casa por estar com piolhos. Suas mentiras raramente poupavam tragédias ou humilhações.

Então, sim, todo mundo faz isso, o que ainda não torna o plano de Charlotte uma boa ideia. Agora mesmo, eu participo de talvez dois ou três estudos por semana, em média. Não parece muito, mas quando você leva em conta burocracia, visitas ao laboratório e horas e horas de tempo de observação, e inúmeras consultas para cada estudo, é praticamente um emprego em tempo integral.

E, além disso, você tem de calcular a dor. O tempo de recuperação. Os efeitos colaterais. As bolhas, as febres, os dias e dias de náusea que derrubam você no chão com ânsia de vômito.

Simplesmente não é possível manter o ritmo do qual Charlotte está falando. Além do mais, aqui não é tão ruim. Não é mesmo. Esse é só um dos surtos de Charlotte.

E, apesar disso, eu consigo entender o motivo.

Seu plano é totalmente irreal. Na verdade, é louco – estúpido, perigosamente louco. Mas o dinheiro... o dinheiro cairia bem.

Por acaso, no momento estou precisando muito de dinheiro. Não disse nada a Charlotte sobre isso, mas ela é o tipo de pessoa que consegue farejar esse tipo de coisa. Charlotte é o tipo de pessoa que consegue farejar fraqueza.

Não estou dizendo isso de um jeito ruim. É uma habilidade útil em um lugar como esse.

– Estou vendo aquele brilho de ganância em seus olhos – diz ela. – Posso dizer que você está pensando no assunto. Ei, depois talvez a gente até possa cair fora junto quando terminar. Vamos ser tipo como Thelma e Louise, ou algo assim. Nem ligo para onde vamos. Só... vamos embora.

– Você sabe o que aconteceu com Thelma e Louise, certo? Elas morreram. – Mas posso me sentir levando em conta o que o dinheiro iria representar.

Ela dá de ombros. Sorri.

– Quem se importa? O filme foi tão bom. Oh, por falar nisso... o Brad Pitt vintage: casar, foder ou chutar no saco?

Não digo nada. É uma ideia ridícula, sobre a qual nem vale a pena conversar.

– Alô? Terra para Audie? – Charlotte me cutuca com o pé.

– Vou pensar no assunto – digo.

Eu também gosto de manter minhas opções em aberto.

CAPÍTULO 5

Acordo de leve em algum momento durante a noite e Dylan está apertado contra mim.

Essa é uma história de amor, afinal de contas. Está surpreso por isso?

Não me lembro de ouvi-lo chegar, mas estamos em minha cama, deitados de conchinha. Depois do fiasco da manhã, consegui ser aceita em um rápido estudo sobre um procedimento e fui espetada por um cateter empunhado por um residente merdinha de mãos trêmulas, por isso não tenho vontade de transar. Eu já falei isso para Dylan? Não me lembro de dizer isso a ele, mas meus pensamentos estão todos turvos, então, quem sabe. Ou talvez ele simplesmente consiga perceber.

O supervisor do laboratório me deu alguns Vicodin como pedido de desculpas, por isso estou mais zonza que dolorida – talvez seja por isso que não o ouvi chegar, mas Dylan é incrível em relação a essas coisas. Ele já passou por isso também. Não literalmente, é óbvio, apesar de eu ter certeza de que caras também podem ter sua versão de ferimentos com cateteres. Ele já passou tão mal que, só de pensar em sexo, tinha a sensação de alguém esfregando lixa em uma queimadura de sol. Só... *não*. Ele entende.

Mas ele não é um paciente voluntário. Bem, ele é, mas não é. Só quero dizer que para ele não é uma carreira.

Ser voluntário salvou a vida dele.

Dylan é uma espécie de celebridade entre os laboratórios. Ele é atípico. Uma anomalia. Uma discrepância de 1,85 m e olhos cor de âmbar. Normalmente, isso é ruim por aqui, mas, no caso dele, significa que, diferentemente das trinta e poucas pessoas em seu grupo de amostragem, ele está vivo. Um câncer especialmente agressivo, rápido e maligno – imagino seus tumores de camisetas manchadas sem manga, murmurando com a voz rouca de bourbon de meu pai – e um tratamento brutal e violento para enfrentá-lo. Dylan de algum modo sobreviveu aos dois. Ele era o único ainda de pé.

Ou melhor, ainda deitado. Aqui na cama. Comigo. Seu hálito está quente contra meu ombro nu.

Ele é meu próprio resultado improvável, se você pensa em estatística. Meu próprio milagre, se você não pensa assim. Os dois modos servem para mim; não sou eu que vou criticar algo tão bom.

– Odeio ver você machucada. Você devia parar, Audie. Isso vai matar você. – Ele beija meu pescoço enquanto começa a conversa que já tivemos cem vezes antes. Mas ele não força a barra. Só continua a beijar trilhas delicadas, deixando que sua frase respire por conta própria.

Eu o amo.

Eu amo, adoro sua pele mutante cheia de marcas e sua mente de nove vidas. Nós nos encaixamos como duas peças de um quebra-cabeça encharcado de água, nossos problemas nos inchando e deixando mais apertados e próximos. Verdade, ele não gosta do que eu faço, mas isso porque ele ainda tem um pé no Normal. Ensino médio, boletins, a coisa toda, incluindo uma mãe que enche sua paciência quando o flagra fugindo para ficar comigo. Mas ele também não se sente mais confortável em sua vida antiga. Pronto, ele é o Garoto Câncer. Ele é um gato, um super-herói de laboratórios de testes. A Grande Esperança Adolescente de uma Cura. É isso, e também acho muito difícil dar importância a seu baile de formatura depois que injetam lixo nuclear em suas gônadas.

Eu o conheci em uma sala de espera, fiquei com ele mais tarde na mesma noite, e de novo alguns dias depois. Não criei muitas expectativas, deixei-as quase nulas por algum tempo. *Só ficando. A gente se vê quando der*. É isso o que fazem pessoas como nós, certo? Ele é bonito. É alto. Ele me faz sorrir. Era bastante.

Mas fui atingida com um *bam!* quando ele segurou o balde. Há quanto tempo foi isso, dois meses? Seis? Lido em um livro didático de efeitos colaterais tempos atrás, e desde então ficou óbvio: ele me ama também. Eu soube no momento em que ele entrou no banheiro sem bater, com as mangas já arregaçadas.

– O que eu posso fazer? – perguntou ele se aproximando, sem se deixar desanimar pelas torrentes de líquidos repugnantes que saíam de mim, jorrando das duas extremidades ao mesmo tempo (eu era uma fonte de dois lados de doença). Eu não conseguia dizer nada. Apenas arquejava e vomitava em seco, feia, intocável, indesejável e quase selvagem com o sofrimento. Mas ele ficou mesmo assim, com olhos taticamente desfocados enquanto segurava meu cabelo para trás para mim, afastando-o com delicadeza de meu rosto suado e encrustado de vômito. É um momento límpido como cristal em um mar de semanas turvas, um que revisito frequentemente, sempre que posso: estou tão doente quanto a porra de um cachorro, com as calças arriadas e, ah, meu Deus, que fedor, e ele entra, continua a entrar mesmo quando vê o que está acontecendo. *Vou segurar o balde*, diz ele nessa voz delicada e profunda, como se não fosse nada, e, *sim*, eu podia ver, eu *posso* ver isso através das lágrimas, sentir através do fedor, sentir através dos espasmos e tremores.

Ele me ama.

E desde então, desde aquela noite, ah os fluidos que compartilhamos.

É um tipo de intimidade especial, acho. Todo o amor juvenil e o sexo adolescente habitual, claro, mas algo mais forte que isso também, algo rasgado em carne viva, depois cicatrizado. Não me importa que isso enoje você, eu acho romântico. Ele me viu no meu pior, e ficou. Ficou enquanto eu jorrava, vomitava, cagava, babava, gemia. E eu fiz o mesmo por ele. Nós já amamos o pior um do outro, por isso temos o melhor um do outro.

– Você é o meu luar – sussurro, grudada em sua pele.

– Está tudo bem? – Ele está semiadormecido, ainda enroscado ao meu redor, mas posso sentir o ponto de interrogação com a mesma clareza quanto posso ouvi-lo. – Você ultimamente anda meio misteriosa.

Não respondo. Nós dois sabemos que estou guardando um segredo dele, não adianta negar.

Mas está ficando mais difícil. É um grande segredo. O tipo de segredo que praticamente sai vibrando de você, tremeluzindo pelos seus poros, é bom *assim*. Eu o escondo novamente antes de virar para lhe dar um beijo de boa noite, na esperança de que ele pegue a deixa e volte a dormir. Vou contar a ele em breve. Em sete semanas, para ser exata.

É quando Dylan, que devia estar morto, faz dezoito anos.

Dylan, que ainda pode morrer – sua vida se equilibra sobre um tubo endovenoso bambo –, merece celebrar. Mas o que você compra para alguém em um aniversário que ele jamais deveria ter visto? A porra de um suéter e um frango chinês de um restaurante de rua para viagem simplesmente não vão ser suficientes.

Preciso dar a ele um presente digno da ocasião.

Uma viagem ao redor do mundo foi minha primeira ideia. Eu poderia ir também. Dá para fazer uma boa grana no circuito de testes clínicos se você for inteligente. Visualizá-lo em todos aqueles lugares de cartão-postal tão estrangeiros e distantes que parecem inventados – a torre Eiffel, Angkor Wat, Machu Picchu – quase faz brotar lágrimas na droga dos meus olhos de tanta vontade.

Mas Dylan não pode viajar. Não viagens com *V* maiúsculo, não em momentos como esse, pelo menos. Sua remissão ainda é muito incerta para que ele se desprenda tão completamente de seus remédios e testes e exames.

Então eu tive de escolher um lugar só. Um lugar entre todos os lugares onde ele nunca esteve. Fiquei um tempo preocupada, pensando que se foda, acho que vou apenas confiar nas massas e escolher algum lugar popular – vamos ver o Glockenspiel de Munique, ou a torre inclinada de Pisa ou algo assim. Também nunca saí do país, então como posso saber? Eu estava prestes a fazer isso, reservar alguma excursão de ônibus qualquer pela Europa, porque pensei que, se esperasse mais um pouco, acabaríamos parando em algum motel barato em Des Moines, pois isso era tudo o que sobraria se eu não me apressasse e fizesse planos para ir a *algum lugar*. Mas então naquela noite estávamos assistindo ao Discovery Channel, não porque queríamos, mas porque nenhum de nós tinha energia para trocar de canal, e começou o programa sobre a Patagônia. Eles estavam mostrando esse eco-resort chamado Castillo Finisterre, que o apresentador do programa de sotaque ambíguo (Nova Zelândia? África do Sul? Nativo de Reality

Shows de TV?) traduziu como "o castelo no fim do mundo". Ele ficava na extremidade mais distante da América do Sul, empoleirado na beira do continente, no fim do mundo habitado, com mais nada em volta exceto penhascos e geleiras e um eventual puma perdido. Havia um cara remando um caiaque em torno de icebergs, e não estou exagerando nem um pouco quando digo que parecia algo de outro planeta. *De outro mundo*, essa é a expressão perfeita para descrevê-lo.

Eu mal estava prestando atenção, para ser honesta, não sou exatamente uma amante da natureza. Por acaso percebi a expressão no rosto de Dylan porque virei para perguntar a ele se queria pedir uma pizza.

A expressão me deu um calafrio. Sério, ela quase partiu meu coração. Ele não dizia nada, mas não precisava. Eu podia dizer exatamente o que ele estava pensando. Dois pensamentos ao mesmo tempo, gravados em seu rosto como um esguicho de ácido:

1) Eu quero ir lá.
2) Eu nunca irei lá.

Deveria haver uma palavra para isso, essa pontada simultânea de desejo e derrota, o reconhecimento de que uma coisa é genericamente possível, mas pessoalmente impossível. É como receber um dedo médio gigante do universo. Tudo em que pude pensar enquanto observava essa expressão que tomava seu rosto foi: *Está bem, é aí que tudo começa a dar merda.* Era como assistir à amargura e ao arrependimento se enraizarem em Dylan em tempo real.

Então, naquele exato momento e local, eu vi que tinha de fazer o que fosse necessário para tornar a Patagônia realidade. Quero dizer, vamos lá, o castelo na porra do fim do mundo. Isso envergonha qualquer outro ponto turístico meia-boca.

Um segredo como esse, porém, costuma vazar pelas frestas. Especialmente durante momentos como esse, com pele apertada contra pele, seu hálito em meu ombro. Mas ainda não posso deixar que isso escape. Não até que toda a viagem esteja planejada, paga e prometida. E isso vai exigir muitas horas extras tomando injeções na veia, o lugar custa a droga de uma fortuna. Mas eu tenho muita pele, e muito sangue. Eu vou dar a Dylan seu impossível.

Isso é algo que alguém como Dylan não entende necessariamente sobre ser voluntário. Para alguém como ele, é um último recurso. Para alguém como eu, é uma linha de partida – com o castelo no fim do mundo e tudo no meio.

Diferentemente da realidade dele, minha versão de normalidade é uma merda. Eu fiz toda aquela coisa de trabalhar em lanchonete, prova para conseguir o diploma do ensino médio, adolescente sem-teto quando saí de casa pela primeira vez. Pais adotivos, assistentes sociais, turnos da noite em redes de *taquerías* em subúrbios distantes para que babacas doidões possam comer seus tacos, criando problemas para mim, debruçando em minha direção e arqueando as sobrancelhas para os amigos enquanto me pedem para colocar creme azedo extra em seus burritos, *mas faz isso de um jeito sensual dessa vez.* Ganhar salário mínimo, descontando o que o gerente de merda tira do meu pagamento, porque chamei o tal babaca doidão exatamente do que ele era e espremi o creme azedo por toda a sua cara feia. E de lá, sofás emprestados, hotéis baratos, abrigos, becos, mal conseguindo sobreviver mês a mês, no sistema, por baixo do sistema, apesar do sistema.

Dylan não é o único salvo pelas experiências que eles fazem por aqui. Minha *vida* inteira era a porra de um tumor.

Então, sim, os efeitos colaterais podem ser ruins. Mas o dinheiro é bom, e as probabilidades de sobrevivência são muito melhores aqui do que de onde eu venho. Pense dessa forma: os pesquisadores e as empresas farmacêuticas têm todo interesse em mantê-lo saudável. Eles *querem* que você fique bem. Eles informarão se seus exames de sangue derem resultados estranhos, vão fazer curativos em seus ferimentos, alimentarão você se passa mais de uma ou duas horas em seus laboratórios – estou falando de coisas orgânicas, queijo feta, esse tipo de coisa. Eles não querem ninguém morrendo por sua causa, precisam que estejamos saudáveis. Eles nos querem vivos.

E isso, meus amigos, é muito mais do que qualquer outra pessoa jamais quis para mim. Então, claro, essa vida pode me matar. Mas, na minha experiência, a vida real mata você ainda mais rápido.

Eu me viro e me enrosco ainda mais profundamente nos braços de Dylan e volto a dormir, sabendo exatamente o que vou dizer a Charlotte amanhã.

Estou dentro.

CAPÍTULO 6

DICAS DE NAVEGAÇÃO: ESTRATÉGIAS PARA PERCORRER ESSES CÉUS HOSTIS

Certo, senhoras e espécimes. Vocês estão realmente dispostos a fazer isso?

Primeiro, sintam sua pele.

Vão em frente, façam isso. Aposto que é delicada e lisa. Escolham a parte mais macia. A pele do interior do antebraço, ou talvez aquela faixa estreita logo atrás da orelha. Não me importa o quanto suas vidas têm sido difíceis, sempre há algum lugar que ainda é macio.

Agora imaginem esse lugar liso e macio todo cheio de bolhas e calombos. Imaginem picos e fendas, erupções e pústulas. Essa vida lhes dá toda uma topografia nova – inchaços e hematomas, marcas e cicatrizes.

Suas partes macias nunca mais serão as mesmas.

Ainda estão prontos para dizer adeus a essa bela tez? Tudo bem, então. Eis algumas dicas sobre como ganhar a vida nesse mundo louco:

1. Façam estoques.

O pagamento é horrível, mas inscrevam-se para os estudos de produtos de consumo e nunca mais terão de fazer compras outra vez. Desodorante, sabão para lavar roupa, hidratantes, solução para lentes de contato, pomada para hemorroidas, clareador de dentes. Participem de um desses grandes estudos de nutrição e vocês talvez até consigam que forneçam suas refeições, ou pelo menos algumas caixas de refrigerante dietético com aquele novo adoçante artificial que *provavelmente* não causa câncer, tudo apenas por concordar em preencher um ou dois questionários. Claro, vocês podem ficar com urticária de vez em quando enquanto eles resolvem os problemas, mas esse é um preço pequeno a pagar por uma despensa cheia, não acham?

2. *Escolham seu veneno.*

Eu já disse antes: se vocês querem dinheiro alto, vão ter de sofrer. E, falando em termos gerais, há duas categorias de sofrimento: privações e inflição de dor. Mas vocês aprenderam essa lição muito antes de chegar aqui, não é? Ainda assim, conheçam seus limites antes de se inscrever: façam um pouco de exame de consciência, descubram até onde estão dispostos a ir. Para mim, são os olhos. Não deixo ninguém se aproximar deles. Só de pensar nisso começo a suar. Para meu bom amigo Jameson, é qualquer coisa, menos seu cérebro. Seu corpo é um templo, porque os únicos laboratórios que ele agracia com sua presença são os que fazem pesquisas psiquiátricas. Enfim. Tudo se resume a preferência pessoal e tolerância à dor, amigos.

3. *O osso do pé é ligado ao osso da perna...*

Vamos lá, não revirem os olhos quando eu canto. Essa pequena dica é a melhor que tenho a oferecer. Sabem, tecnicamente, vocês devem esperar semanas, ou mesmo meses, entre estudos. Mas, felizmente para nós, os cientistas que fazem os experimentos não são as criaturas mais sociais do mundo. Eles *nunca* conversam com pessoas que trabalham em outros laboratórios. Portanto, seus diabinhos sortudos, isso significa que vocês podem pular de andar para andar, de pesquisa em pesquisa, se vocês forem blasés e discretos. Vocês podem até encadear suas pesquisas. Vocês se queimaram durante o protocolo de depilação a laser, talvez? Eles estão testando uma pomada analgésica para isso no Seis. Aqueles novos comprimidos antidepressivos estão provocando terrores noturnos? Por que não se inscrever no estudo sobre sono logo no fim do corredor? Claro, vai ser preciso ficar acordado por alguns dias, mas que bela maneira de evitar aqueles sonhos horríveis! Na verdade, é meio divertido quando você faz as peças encaixarem assim, meio como um jogo de Tetris na vida real.

Por isso, trabalhem em sua estratégia e sintonizem na semana que vem, Fãs Verruguentos, para mais dicas úteis sobre como sobreviver e vencer nesse faroeste muito selvagem dos testes com cobaias humanas!

CAPÍTULO 7

Minha coragem da meia-noite diminui um pouco de manhã. Não é assim que funciona? É influência da lua: todo mundo é fodão sob a luz certa. Hoje não estou tão certa se quero fazer nada mais física ou emocionalmente dispendioso que pedir comida fora.

Razão número um para reconsiderar a maratona de testes de Charlotte: despeito. Dylan tinha ido embora quando acordei, sem bilhete, sem explicação. Não vou mentir, isso dói. No ato, isso tirou aquele pequeno *ele merece* de minha decisão.

Tenho certeza de que ele teve um bom motivo. Ele não é um tipo de cara "ame-as e deixe-as", ele já provou isso vezes suficientes para merecer uma chance... talvez. Só dessa vez.

E sentada aqui no sofá ao lado de Jameson, com minha caneca favorita de café na mão e música tocando em um aparelho de som que não precisei pagar ou roubar, estou me esforçando muito para reagir a isso com normalidade. Ou pelo menos manter o mau humor sob controle.

Mas isso só traz à tona a razão número dois para pensar duas vezes sobre o plano de Charlotte: inércia. Quero dizer, eu sempre consegui poupar uma quantidade decente de grana fazendo as coisas do meu jeito, e o plano de Charlotte vai, no mínimo, fazer com que entremos na lista negra dos laboratórios quando eles perceberem. O que vai acontecer.

E talvez seja só preguiça minha, mas eu não odeio isso aqui. Estou confortável. Além disso, nosso apartamento é o lugar mais legal em que eu já vivi. Está bem, isso não quer dizer muita coisa, mas confie em mim, ele é legal. Confortável e limpo, com cortinas de verdade e portas que nunca foram arrombadas. Carpete com padronagem de arabescos que no início parece horrível, mas depois, quando você se acostuma a olhar para ele, acaba parecendo meio que agradavelmente hipnotizante.

Estou acalmada-pelo-sofá. Tranquilizada-pelo-azulejo-do-banheiro. Não tenho vergonha de admitir isso.

Está bem. Talvez um pouquinho.

Estava nervosa demais quando me mudei para cá. Eu me sentia como uma pirralha, só uma moleca querendo impressionar um monte de gente que, no início, parecia muito adulta, inacessivelmente estável demais. Não que Jameson seja assim tão mais velho que eu. Ele está na casa dos vinte, eu acho, e Charlotte tem a minha idade, ela só parece mais velha porque se vira sozinha desde, basicamente, sempre. Mas lá estávamos nós, duas pessoas com endereço fixo e todos aqueles acessórios de adulto, coisas como dois sofás que realmente combinavam, toalhas de rosto, a porra de um processador de alimentos. Eu levei um tempo para me sentir à vontade.

Nós agora nos damos bem. Somos todos muito parecidos, até Jameson, depois que você o conhece. Sei que ele não teve uma infância fácil, ele jura que sua mãe escolheu seu nome por causa do uísque que estava bebendo quando entrou em trabalho de parto, apesar de eu ter quase certeza de isso ser parte de seu número *eu e meu cérebro contra o mundo*. Mas é possível ver todos os sinais de um começo de vida difícil, se você sabe o que procurar, como o jeito como ele fica muito ansioso perto de qualquer um que possa ser remotamente considerado uma figura de autoridade – seu pequeno gesto estranho de limpar a garganta entra em marcha acelerada até restarmos apenas nós na sala outra vez, então, ele fica bem. Jameson fica mais feliz quando se sente como o rei do castelo, mesmo que o dito reino seja habitado quase completamente por doidões e malucos (esta atual companhia incluída, é claro). Você quase nunca vê Jameson sentado em um ambiente sozinho. O que não é um problema, porque ele é um cara útil de se ter por perto.

Charlotte, por outro lado, eu chamo de Rainha do Vai se Foder, título que, por acaso, ela adora. Ela vive gritando e batendo portas, mas também é divertida demais, e é totalmente impossível ficar com raiva dela. Você vai tentar, ela vai ter um de seus ataques de raiva ou cancelar em cima da hora qualquer coisa que você tiver planejado, e você diz a si mesma que não vai mais aturar as merdas dela, aí dois minutos depois ela fez sua magia-de-duende-de-cabelos descoloridos e você está rindo tanto que tem lágrimas correndo pelo rosto, e nem se lembra do motivo por que tinha brigado com ela antes.

É engraçado. Por mais que sejamos próximas agora, por mais tempo que passemos juntas – como nós *gostamos* de verdade uma da outra – nós não falamos muito sobre nosso passado. É algo comum entre cobaias. Você não chega aqui a bordo do expresso yuppie, sabe? Se você está disposto a vender a pele aqui, há grandes chances de que você provavelmente já a tenha vendido de algum outro jeito, em algum outro lugar. Eu sei que isso é uma porra de chororô. A minha história triste, sua e de todo o resto. Estou só dizendo que não somos os tipos que sentam e falam poeticamente sobre como as coisas costumavam ser.

Nós, porém, conversamos. Sobre muitas coisas. Só normalmente no tempo presente.

Como agora. Jameson está tentando me tirar de meu mau humor esta manhã, nitidamente evitando qualquer referência a Dylan. Ele prefere falar mesmo sobre trabalho.

Ele franze o cenho, porém, quando eu começo a contar a ele sobre a Beagle, especialmente quando chego à parte em que a enfermeira nos deixa sozinhos. Sempre dá para saber o que ele está pensando quando ouve coisas como essa – que isso nunca aconteceria se *ele* administrasse o lugar. Como eu disse, ele devia ter sido médico, e acho que às vezes ele se aborrece por não ser. Jameson é o retrato da ambição frustrada.

Eu, por outro lado, sou o retrato da complacência envolta-em-edredom. Eu me afundo mais no sofá, puxo o cobertor até o pescoço e tomo a decisão de perdoar oficialmente Dylan. Nada decidido enquanto me sinto tão aconchegada pode ser errado, não é?

– Você ainda está escrevendo? – Isso é Jameson mudando de assunto, como fez Charlotte quando tentei contar a ela sobre o que aconteceu. Eu disse a você, as pessoas por aqui não gostam de falar de coisas ruins. É algo supersticioso, acho. Você não diz o nome do bicho-papão. Você não vai provocar o que está quieto.

Eu dou de ombros.

– Mais ou menos. Quando eu arranjo tempo.

Nós dois sabemos que é uma desculpa ruim. Não é como se eu estivesse tentando escrever o próximo Grande Romance Americano, é apenas um blog para pessoas que querem aprender sobre testes de drogas. Foi uma ideia original de Charlotte. Ela achava que talvez conseguíssemos até ganhar alguma grana com novatos que chegassem com perguntas sobre como esse negócio funciona, ou o quanto dói, ou o que seja. Devíamos estar fazendo isso juntas, mas é difícil segurá-la quando se trata de qualquer coisa que pareça trabalho de verdade. Charlotte costuma ser fogo de palha.

Não importa; gosto eu mesma de trabalhar nele. Ele me faz sentir um pouco útil, já que todo mundo fica nervoso quando aparece aqui pela primeira vez. Mas você encontra seu nicho, digo a eles. Seu buraco confortável para se esconder. E em pouco tempo você se pergunta qual era o motivo de tanta preocupação. Então é sobre isso que escrevo.

Muitas pessoas aqui fazem outras coisas em paralelo, há todo um negócio por baixo dos panos. Uma mulher tem uma espécie de agência de viagens que leva a testes médicos por todo o país. Ela inscreve você, reserva suas passagens, às vezes até aluga um ônibus quando há grupo grande o suficiente indo. Outro cara passeia com cachorros e rega plantas, esse tipo de coisa, para pessoas que precisam se internar para fazer estudos. Ele também faz pequenos serviços para você, pega remédios, o que for, se você estiver com muitas dores e não conseguir se virar por algum tempo. Tudo por uma pequena taxa, é claro. Jameson mantém uma porcaria de farmácia completa no quarto vazio de nosso apartamento. Ele compra muito barato os remédios que não usamos, depois os vende por fora por um valor absurdo. Mas como eu disse, não é tão ruim quanto parece, não é nada como operar um laboratório de meta-anfetamina. Ele só está vendendo remédios que não foram aprovados oficialmente, ou talvez só ainda não estejam disponíveis, para pessoas que não têm tempo para esperar que todos os campos sejam preenchidos. Às vezes, um esqueleto ambulante de uma pessoa que nunca vimos antes aparece, vai até o quarto extra com Jameson e sai dez minutos depois com muita pressa de ir embora.

Eu não faço nenhuma pergunta. Você faz o que é preciso, certo?

– Você escreve bem. E libera mais sua personalidade no papel. É como você, só que... com mais energia.

Mostro a língua para ele.

– Você está dizendo que não costumo ter energia?

– Ah, você tem energia, sim. Tem a energia de um vampiro adolescente com tesão – disse Jameson. – Só estou dizendo que você pode ser um pouco reservada pessoalmente, e gosto do jeito como você se solta um pouco da prisão mental quando escreve. Você devia continuar com isso, talvez ter algumas aulas. – Ele aumenta o som para abafar o barulho de Charlotte fazendo sexo com Scratch no quarto ao lado.

– É, está bem. Harvard não para de ligar, perguntando quando eu vou aceitar minha bolsa completa de estudos, mas ainda não consegui. – Bocejo, e me afundo ainda mais com movimentos exagerados em meu ninho de cobertor, mas Jameson não percebe a dica.

– Estou falando sério. Você é inteligente e devia estar estudando. Não no ensino médio, você já está muito além disso. Talvez um ou dois cursos na faculdade comunitária, quem sabe, ou algo on-line.

Eu olho feio para ele. Ele está fazendo o que eu e Charlotte chamamos de bancando mãe postiça. Para alguém que não pode ser muito mais que cinco anos mais velho que eu, o filho da mãe às vezes gosta muito de dar lições de moral.

– Nossa, obrigada, pai. E se eu não fizer isso, você vai me mandar para o meu quarto? – Acho que ele tem boa intenção, mas odeio quando as pessoas me tratam como criança. Posso ser jovem, mas pago minha parte do aluguel e cuido de minha vida bastante bem, muito obrigada. – Além disso, não vejo você se inscrever para faculdades de medicina.

– Talvez não, mas eu já decorei mais livros técnicos do que jamais teria de ler na faculdade de medicina. *Eu estou* correndo atrás dos meus interesses. Diferentemente de você.

Ele está a cerca de um centímetro do limite entre me irritar e me deixar seriamente puta.

– É, bom, há uma razão para você não conhecer nenhum cirurgião autodidata, não acha? – Percebo minha voz ficando dura.

– Calma aí, Audie. – Charlotte ainda está abotoando a calça enquanto sai de seu quarto. – O bom dr. Jameson já me curou várias vezes. Ele é muito mais confiável que a maioria dos charlatões que trabalham por aqui. – Ela me dá um comprimido e senta no sofá, praticamente em cima de mim. Nós duas começamos um estudo de controle de natalidade semana passada e estamos tentando lembrar uma à outra de tomar nossas pílulas. As minhas são pequenas, bege e ovais, as dela, octógonos amarelos, e ninguém sabe qual é a verdadeira. Normalmente eu sou a primeira a lembrar, mas sexo com Scratch provavelmente é um lembrete excelente de tomar medidas preventivas o mais rápido possível.

Os dois estão me dando aquele olhar, basicamente *me* acusando de ser a idiota, e posso dizer pelo modo como Jameson começa a limpar a garganta com pequenos ruídos *heh heh heh* que eu posso tê-lo magoado.

– Desculpe, J. Você pode me operar quando quiser.

Jameson recebe minhas desculpas com um piscar de olhos, e mergulhamos em um desses silêncios desconfortáveis. Charlotte se remexe sentada e posso dizer pela expressão semipredatória que se espalha em seu rosto que ela está prestes a trazer seu plano à tona. Ela fez um estudo psicológico uma vez em que precisou assistir a um treinamento de autoafirmação, o que é bem engraçado, porque Charlotte não é exatamente uma pessoa tímida e discreta. Ela meio que aproveitou o que ensinaram a ela, e de vez em quando usa uma das técnicas que aprendeu. Posso dizer que estou olhando para uma delas nesse exato momento: *Posicione-se diretamente em frente a seu oponente na conversa. Mantenha contato visual firme. Sempre dê início à mudança de assunto. Iguale o ritmo de respiração de seu oponente.*

Pessoalmente, eu o teria chamado de Treinamento de Babaca Manipulador, mas isso é coisa minha.

Depois da sessão de treinamento, eles colocaram Charlotte sentada diante de um grande botão vermelho e lhe disseram que cada vez que ela o apertasse, alguém em outra sala levaria um choque. É uma dessas mentiras que eles sempre dizem a você em estudos psicológicos, como se alguém fosse burro o suficiente para acreditar que isso estivesse realmente acontecendo, que o coitado de algum babaca do outro lado da parede fosse ficar ali sentado todo conectado a um monte de fios e se deixar ser eletrocutado várias vezes só porque uma pessoa de jaleco branco disse a ele que não se mexesse.

Charlotte não apertou o botão nem uma vez. Em vez disso, ela usou o canivetinho que costumava carregar para arrancar a droga do botão inteiro de seu encaixe, e se recusou a devolvê-lo até que os pesquisadores lhe pagassem na íntegra pela participação no estudo.

– Não queria que eles achassem que eu não estava ouvindo – disse ela. – Quero dizer, o que pode ser mais autoafirmativo que isso?

Mas talvez eu ainda esteja um pouco aborrecida por Dylan ter feito seu truque de desaparecimento, porque eu simplesmente não estou no clima para ficar na outra extremidade das técnicas de Psicologia 1 de Charlotte esta manhã. Começo a me desemaranhar do cobertor para sair antes que ela comece a me pressionar com compromissos.

Eu conheço um pouco sobre mim mesma: provavelmente vou dizer sim para seu plano muito em breve. Nós duas sabemos que ela vai acabar me convencendo disso. Posso ser bem suscetível a certo tipo de pessoa. E Charlotte, com todos os seus defeitos, simplesmente tem aquele jeito de fazer com que sua versão dos acontecimentos pareça muito *melhor* do que qualquer coisa que eu jamais poderia pensar. Às vezes é como ser a melhor amiga da líder de um culto.

Mais cedo ou mais tarde, vou beber veneno, mas às vezes você precisa mostrar alguma resistência, brigar um pouco, só para lembrar a si mesma que você pode fazer isso.

Felizmente, Scratch sai do quarto de Charlotte e puxa uma cadeira para se juntar a nós bem a tempo de distrair Charlotte de voltar a falar comigo.

Scratch. O pobre e repulsivo Scratch. Fazendo jus ao nome, ele tem erupções na pele. Scratch sempre tem erupções na pele. Ele é alérgico à droga de praticamente tudo. Basta você almoçar alguma coisa que passou perto de uma nogueira e ele vai ficar cheio de bolhas se você respirar perto dele três horas depois. Ele é o cara de pele mais escamosa e nariz mais congestionado que já vi, e por mais que eu tenha me acostumado a encontrar os resquícios de seus eczemas empoeirando nossas almofadas e ouvindo-o escarrar um catarro amarelo-esverdeado em nosso banheiro, ele ainda faz minha pele se arrepiar em momentos como esse, quando remexe preguiçosamente o batalhão de capacetes amarelos de pústulas que sobe por seu pescoço acima. Eu achava que ele provocaria um ataque cardíaco nos técnicos sempre que entrasse em um laboratório, mas ele arranjou um nicho ao ser voluntário de estudos sobre pele e alergia; ele passa praticamente qualquer coisa em sua pele. Tenho certeza de que Charlotte só fica com ele de vez em quando por pena dele.

Como sempre, ele traz notícias. Scratch é o equivalente humano a um tabloide, todas as coisas conspiratórias e adjacentes a escandalosas são enfeitadas por sua língua fervilhante. Hoje não é diferente, e ele está praticamente arfando para botar para fora.

– Adivinhem quem voltou para a cidade? – diz ele, secando um sangramento em seu pescoço com a gola da camiseta. – O Professor. Esbarrei nele ontem à noite. Ele diz que vai voltar ao trabalho esta manhã.

Jameson resmunga.

– Meu Deus, eu estava torcendo para que ele tivesse desaparecido para sempre.

Charlotte, por outro lado, dá uma gargalhada e em seguida esfrega as mãos.

– Isso vai ser divertido – diz ela, afundando de volta no sofá ao meu lado.

CAPÍTULO 8

Quando termino de me vestir e vou para o laboratório, todo mundo já saiu, supostamente para se divertir brincando em grupo com o Professor.

Quando eu era criança, não sei, talvez com uns onze anos? Enfim, eu tinha essa amiga, Krissy. Eu gostava de ficar na casa de Krissy porque ela vivia só com o pai, que era um desses pais negligentes que não causam mal e simplesmente supunham que Krissy iria lhe informar se precisasse de alguma coisa, mas fora isso, ele a deixava em paz. Nunca havia nenhuma comida em sua casa, mas seu pai era bom em deixar dinheiro. Sempre que ficávamos com fome, íamos até a loja de conveniência mais próxima e nos enchíamos com todas as porcarias que conseguíssemos carregar. Essa é uma das melhores coisas de ser criança: você pode se entupir com quilos de biscoitos e alcaçuz – qualquer coisa que não alimenta com muita frutose encontrada na prateleira, das que nunca passam perto de qualquer substância natural – e nunca fazem você passar mal. Você só enche a boca daquela merda artificial até não aguentar mais, e deita em um coma de açúcar leve e estúpido até a hora do café da manhã do dia seguinte, então você começa tudo de novo, mas dessa vez com calda por cima. É incrível ser criança às vezes. Ou pelo menos era incrível ser criança na casa de Krissy.

Enfim, nós costumávamos pegar um atalho até a loja de conveniência, porque, do contrário, era uma caminhada mesmo muito grande. Rastejávamos por baixo de um buraco que alguém abrira na cerca de alambrado, saltávamos uma vala enlameada cheia de camisinhas usadas e latas de cerveja vazia, e em seguida caminhávamos junto dos trilhos de trem por cerca de quinhentos metros até chegar aos fundos da loja. Dessa vez, estávamos voltando perto de escurecer – e como sempre não estávamos prestando atenção a muita coisa, quando de repente ouvimos a voz de um cara nos chamar, *ei, garotas*, ou algo genérico assim.

Nós viramos, e lá estava um homem parado nos trilhos atrás de nós com um sorriso estranho no rosto – não ameaçador nem nada, mais como se ele quisesse que nos apressássemos e entendêssemos a piada. Lembro-me de encará-lo, tentando adivinhar o que ele desejava, quando ele começou a se mover um pouquinho – não caminhando em nossa direção, mas como se estivesse se mexendo no lugar – e parte de meu cérebro começou a compreender que havia algo errado. Continuei a encará-lo, mas outros segundos se passaram antes que minha atenção se afastasse daquele sorriso estranho em seu rosto e se direcionasse o suficiente para compreender exatamente o que havia de estranho nele. Era sua calça. Ela estava baixada, ou pelo menos com a braguilha aberta, e ele estava se tocando, puxando e mexendo um pouco, e depois muito.

Eu ainda era tão jovem que não tinha palavras para descrever o que estava vendo. Quero dizer, eu *sabia* o que ele estava fazendo, mas eu nunca tinha visto aquilo acontecer bem na minha frente. Eu estava olhando fixamente, Krissy estava olhando fixamente, e o cara sorria de volta para nós, se masturbando ainda mais rápido, e o tempo pareceu distorcido, como se passassem horas, até que finalmente acordei, segurei Krissy pelo braço e corri muito.

Corremos o mais depressa que pudemos, pelo menos achei que fizemos isso na hora, mas talvez não, porque quando voltamos à casa de Krissy, ela ainda estava com a garrafa de dois litros de Hawaiian Punch enfiada embaixo do braço, e eu ainda estava com os pacotes de Doritos sabor Cool Ranch e de biscoitos Oreos. Quero dizer, você não pode dizer que estávamos exatamente correndo para sobreviver se conseguimos segurar os malditos biscoitos e salgadinhos preciosos, pode? Nós tagarelamos por causa daquilo por alguns minutos, *oh, meu Deus, você viu o negócio dele? Tããããooo nojento*. Então nosso programa de TV começou, e esquecemos aquilo. E a coisa mais engraçada é que sequer acho que nos passou pela cabeça contar sobre o fato a alguém, nem mesmo ao pai de Krissy quando ele chegou em casa mais tarde. Era como se nunca tivesse acontecido. O cara não deve ter nos perseguido muito, pois ele obviamente não nos alcançou, mas mesmo assim – é de se imaginar que nós tivéssemos trancado as portas da casa ou chamado a polícia ou algo assim em vez de esquecer aquilo para ver algum sitcom idiota. Talvez nós tenhamos calculado instintivamente que o cara não era uma verdadeira ameaça, e descartamos todos os pensamentos sobre ele sem nos preocupar com todos os *poderias* e *quem sabes* e *quases* que começam a persegui-la depois que você cresce um pouco.

Ou talvez nós fôssemos muito novas e burras demais para entender – nossas ondas cerebrais temporariamente em curto-circuito pelo nosso plano de dieta com punheta e miojo. Até hoje, não sei ao certo.

Enfim, acho que sinto pelo Professor o mesmo que senti pelo punheteiro no trilho do trem. Meu cérebro diz haver algo vagamente ameaçador nele, mas eu não consigo ficar nervosa o suficiente para largar meus salgadinhos. Quero dizer, quanta maldade ele poderia possivelmente fazer? Talvez ele seja a pessoa menos ameaçadora que você já viu. É mais baixo que eu, provavelmente 1,65 m, no máximo, e parece, sem sacanagem, exatamente igual a um anão de jardim com sua barba branca ridícula.

Mesmo assim eu fico de olho nele. E entendo por que Jameson o odeia tanto. O jeito como ele sempre fica à espreita, ouvindo a conversa de todo mundo, faz você se sentir como se estivesse sob vigilância. De vez em quando você escuta um boato de que ele é alguma espécie de policial disfarçado, coisa assim. Talvez um agente da DEA.* Ou, mais provavelmente, um investigador particular das empresas farmacêuticas procurando sujeira da concorrência. Jameson, que às vezes pode ser um pouco paranoico, jura que o Professor mantém um arquivo sobre ele.

Eu até que gosto da ideia de alguém manter um dossiê sobre mim. É como terceirizar seu próprio diário. Deixe que outra pessoa escreva enquanto me concentro em viver. Genial, certo?

Mas a história verdadeira não é assim tão interessante. O cara não passa de um pesquisador ambicioso – algum ramo pseudolegítimo de sociologia, acho – que, segundo os rumores, está trabalhando no poço sem fundo que é sua pesquisa há tanto tempo, que os seus superiores na universidade esqueceram que ele existe. Ele apenas fica com a gente e nos observa, constantemente fazendo pequenas anotações. Ele é uma Jane Goodall macho, observando seus objetos de estudo em seu hábitat natural.

O que, suponho, faz de nós seus chimpanzés.

E é provavelmente a razão de Charlotte o sacanear tanto.

* Drug Enforcement Administration, agência federal dos EUA responsável pelo combate ao tráfico de entorpecentes e distribuição de substâncias controladas. (N. do T.)

– Ei, Professor – diz ela. – Tenho uma história para você.

Ele sempre cai nessa. É quase triste o quanto ele é desesperado por canibalizar nossas vidas, para viver indiretamente através de nossas histórias. Ele é o excluído extremo. O supremo solitário introvertido, que nunca é convidado para brincar. Então, sempre que Charlotte lhe oferece alguma pequena pérola, seus olhos se iluminam e ele copia todas as palavras que saem de sua boca, anotando tão depressa que de vez em quando tem de sacudir a mão que usava para escrever para livrá-la de câimbras.

– Ontem um dos médicos me chamou em seu consultório e contou que estava desenvolvendo uma nova técnica de exame de seio e precisava de uma opinião feminina. Ele me disse que tirasse a blusa e o sutiã primeiro, então eu fiz isso. – Charlotte se toca enquanto conta a história para ele, passando as mãos por todo o peito, traçando círculos lentos e lascivos em torno dos mamilos.

O Professor balança a cabeça aos poucos enquanto anota tudo.

Todas as histórias que Charlotte conta para o Professor são sobre sexo. Todas são sobre ser observada. Ela está convencida de que ele é esse tipo de pervertido. São completamente ridículas, muito exageradas. Todo seu objetivo na vida é deixá-lo nervoso o suficiente para que ele enrubesça ou pare de escrever. Mas, até agora, nenhuma de suas histórias funcionou. Até agora, ele nunca enrubesceu. E nunca parou de escrever.

– Estão testando brinquedos eróticos na sala 342 – diz ela para ele. – O pessoal do marketing fica por trás de um vidro espelhado e observa as pessoas se masturbando. Hoje estão distribuindo vale-brindes como bônus, um jantar para dois em um restaurante aí qualquer para quem descobrir um novo jeito de usar o vibrador que querem utilizar no material promocional.

Essa pode realmente ser verdade. Nunca se sabe por aqui. Alguém, em algum lugar, com quase toda a certeza foi pago para testar vibradores.

– Há um furo para espiar na parede do laboratório de proctologia. Alguém montou uma câmera ali, e eles estão transmitindo ao vivo pela internet exames colorretais para assinantes na Ásia que pagam 29 dólares por mês.

O Professor nunca dá sequer um sorriso, nunca para de escrever. Não importa o quanto as histórias de Charlotte fiquem loucas.

Isso a deixa maluca. Sempre que fracassa, ela anda de um lado para outro por horas, irritada. Ela acha que há algo de errado com ele, que não é normal tanta neutralidade.

Eu não tenho opinião formada como Charlotte ou Jameson, mas mesmo assim mantenho distância. Fico no meu canto e observo enquanto o Professor nos observa. E é por isso que me assusto quando esbarro nele a caminho do trabalho e ele me chama pelo nome.

– Audie – diz. – Nós devíamos conversar.

CAPÍTULO 9

– Não! Juro que não tenho ideia de o que ele quer. Nem sei como ele sabe meu nome. – Estou tentando cortar meu frango à marsala enquanto conto a Dylan sobre meu encontro com o Professor, mas a coisa não está indo bem. – Ele me assusta.

Dylan ama ouvir minhas histórias de cobaia. É como a telenovela mais nojenta do mundo, diz. Mas ele nunca consegue lembrar o nome de ninguém.

– Espere, me lembre – diz ele. – Jameson é o que tem o herpes mutante que cobre metade do rosto?

– Não, bobo – retruco. – Esse é o Scratch. Sério, como você pode esquecer isso? Quero dizer, a porra do nome dele é Scratch, pelo amor de Deus. Olha sua dica bem aí.

– Eu sinto muito – diz ele, normalmente com um sotaque britânico bobo ou algo assim. Dylan faz sotaques e imitações maravilhosos. Ele pode ser engraçado demais quando não está sofrendo.

É devido à dor que ele é tão ruim com nomes. Ele nunca diz nada sobre isso, típico de homem, mas é óbvio que às vezes a coisa fica bem ruim. Eu sempre percebo. É como se alguém desenrolasse um cobertor de neblina sobre ele, e sua voz e até seus olhos simplesmente ficassem meio turvos. Eu amo quando ele aparece mesmo assim, ainda se esforçando, mesmo com dor. Amo que ainda consigamos sempre nos conectar, mesmo em meio a essa névoa terrível.

Por sorte, Dylan está em um bom dia hoje, sem sinal de neblina.

– Que mal esse pobre frango fez a você? – Ele sacode a cabeça diante da bagunça em meu prato, e, antes que eu possa detê-lo, ele se debruça para frente e pega duas azeitonas pretas de minha salada e as segura diante dos olhos. – Porque Audie – diz ele com uma voz de Hannibal Lecter. – Você parece absolutamente deliciosa. *Nós devíamos conversar.*

Ele dá um ganido quando eu o chuto por baixo da mesa, e o garçom olha feio para nós outra vez. Ele parece fazer questão de deixar nossos pratos e não encher nossos copos.

Estamos acostumados a isso.

Saímos juntos para jantar fora. Um restaurante italiano. Estou deixando que Dylan compense por ter desaparecido mais cedo e, tenho de reconhecer, ele está fazendo um bom trabalho para isso. Suas desculpas foram um pouco vagas, mas até aí, tudo bem. Cavalheiros de verdade não inventam desculpas esfarrapadas – apenas acertam as coisas. E tudo estava certo entre nós.

Além disso, acho que nem é possível ficar com raiva de um cara com uma covinha no queixo. A porra de seus olhos *brilha* quando ele estende a mão para colocar uma mecha de meu cabelo para trás de minha orelha, juro por Deus. É hilariante e surreal.

Nós não somos tão fofos que dá vontade de vomitar? É, ficamos o tempo todo nos beijando, comendo os crostini e a porra de uma lasanha gratinada para dois – tudo perfeito, exceto pela escala de cinza de Dylan resultante da quimio e da pulseira-de-alerta-médico. E, além disso, há minhas mãos, tremendo tanto que não paro de bater com o garfo contra o prato e a me atrapalhar com a faca, o que faz com que o garçom pigarreie ruidosamente às minhas costas e olhe escancaradamente para a linha de marcas recentes de agulha que sobe pela parte interna de meu braço.

Nós provavelmente devíamos ter nos restringido à cafeteria do hospital, mas que se dane. Eu sou louca por um bom prato de massa.

– É, estou bem. Estou só faminta. Você vai comer o último pedaço de pão? – Eu o pego e enfio metade dele em minha boca antes que Dylan responda. Estado de hipoglicemia medicamente induzida é igual a uma Audie com Muita Fome. Meu estômago parece um poço sem fundo, um monstro rosnando para uma presa.

Alimento o monstro. Encho o poço. *Coma um biscoito*, digo à fera. *Un biscotto.*

Estou me sentindo muito bem. Estou *feliz*. Um jantar italiano com Dylan, e somei uma bela quantia hoje ao fundo de viagem.

– Isso é bom – digo eu, assegurando-me de que meu sorriso não fuja de mim e exponha os dois dentes lascados no lado esquerdo. Tenho que consertá-los um dia desses.

Ele sorri de volta para mim, mas mal tocou em sua comida. Ele remexe o penne no prato com o garfo, faz oitos no molho pesto. Tento não deixar que ele me pegue olhando fixamente para seu prato, mas agora que percebi, não consigo ver mais nada. Estou comendo como uma porca, enchendo a pança de carboidratos como se não me alimentasse há uma semana, e ele fica só ali parado, agora mexendo com o gelo de seu copo de água, depois brincando com o pimenteiro. Por que ele não está comendo?

Minha mente começa a se remoer com ansiedade provocada por açúcar baixo. Ele está aborrecido com alguma coisa? Será que está ficando doente outra vez? Ele odeia quando eu fico preocupada por causa de sua saúde, mas parece um pouco mais magro que o normal, e com seu histórico...

Pare, Audie, digo a mim mesma. *Cuidado para não ir longe demais.* Às vezes faço isso, eu sei, basta uma farpa de pensamento na mão, e ela vai penetrando cada vez mais fundo, até que a única coisa em que consigo pensar é na pior coisa de todas. Juro, eu vou de Zero à Catástrofe em poucos segundos. Tento guardar isso para mim mesma na maior parte do tempo, já que a histeria não é considerada exatamente uma qualidade positiva em namoradas hoje em dia.

Igualo o ritmo do mastigar de Dylan até que meu coração para de bater. *Relaxe, porra*, digo a minhas células encefálicas. *Apenas aproveite a noite.*

– Podia nos trazer um pouco mais de pão quando tiver um tempo? – pede Dylan ao garçom, que ergue lentamente uma sobrancelha mal-humorada em resposta.

Amo isso nele, como ele não se aborrece por coisas estúpidas. Para ele, o passado é realmente passado. Dylan nunca retoma uma discussão da véspera. Dylan nunca perde o sono por causa de alguma babaquice da semana anterior. Ele chama isso de serenidade do quase morto, e o câncer, acho, é a lição definitiva sobre *não dar importância para as pequenas coisas.*

Eu, por outro lado, não tenho uma doença terminal, por isso rasgo e abro pacotes de adoçante e derramo escrevendo *cuzão* em letra manuscrita rebuscada sobre a mesa, depois pego até a última menta do pote no balcão da recepcionista quando saímos.

Ainda sou saudável, por isso eu me permito guardar rancores mesquinhos e cometer pequenos atos de alegre vingança.

– *Audie* – diz Dylan enquanto abre a porta para mim, mas ele está meio sorridente, e posso dizer que gostou de eu ter feito aquilo. Jogo uma menta na boca, depois outra na dele, em seguida jogo o resto para trás sobre o ombro quando fico na ponta dos pés para beijá-lo.

– Meu Deus, você é terrível – diz ele, depois me ergue com os pés no ar, e me gira em um abraço de urso.

Eu me forço a não perceber o novo relevo de suas omoplatas. Mudo um pouco meu abraço de lugar para ignorar a protuberância em suas costelas.

Concentro-me em o quanto ele me ergue no ar sem esforço. Movo as mãos para terreno menos preocupante. Seu peito. Seu bíceps. Sua bunda.

– Gosta disso? – pergunta ele, sorrindo, então me puxa para ainda mais perto.

Ele está forte. Sólido.

Nada mesmo com que se preocupar.

Ouviu isso?

CAPÍTULO 10

Então o Castillo Finisterre, sendo o lugar mais fantástico do planeta, tem aquele spa maravilhoso. O site lista as coisas malucas que eles podem passar em você, massageá-lo e esfoliá-lo. Estou falando de um catálogo de lamas, óleos, loções, poções e nem sei mais o quê – rochas vulcânicas tântricas e cera misturada com pó de esmeralda e o sangue de virgens, provavelmente. Merda séria de vodu de rico. Não estou descrevendo direito – eu na verdade não sou fluente em spa – mas a questão é que eles parecem ser bem profissionais e eficientes em transformá-la em algo sem poros, sem pelos e livre de tensões. Um invertebrado mimado e com aroma-de-verbena. Enfim, isso pode não parecer tão atraente, há uma razão por que ninguém me contrata para escrever o texto de anúncios para resorts de luxo. Mas acredite em mim quando digo que estou dizendo isso com a melhor das intenções. É como magia de cartão de crédito platina ou algo assim – você olha no site e *quer* ser lambuzada em sua lama de um lago do Ártico colhida sob o luar; de repente, você *precisa* de um de seus malditos chás-verdes e wraps de algas jurássicas antes que sua carne emaciada e esfoliada murche e o sufoque em um sarcófago de pele permanente.

Enfim, uma das fotos mostra um casal recebendo massagem lado a lado. Estão deitados de bruços sobre macas separadas por apenas alguns centímetros em um ambiente com janelas que vão do chão ao teto mostrando as vistas-do-fim-do-mundo pelas quais o lugar é famoso, só gelo, água e um vazio utópico revigorante. Eles estão nus até a cintura, e mulheres de cabelos negros cuidam deles com uniformes brancos impecáveis, e suas cabeças estão viradas, encarando-se nos olhos com expressões tão extasiadas e tranquilas que quase parecem drogados.

Esta manhã, Charlotte e eu estamos seminuas e deitadas lado a lado em macas, mas fora isso, todo o resto é praticamente o extremo oposto da imagem do site.

Estamos deitadas de costas, para começar, e diferentemente do casal invertebrado feliz do spa, estamos nuas da cintura para *baixo*. Os apoios para os pés estão frios contra meus tornozelos, minha própria culpa por não ter ficado de meias, e em vez de luz do sol beijada pelo oceano entrando prismada através das janelas panorâmicas, as luzes fluorescentes piscando no teto são tão claras que fazem meus olhos lacrimejar.

Não que eu esteja reclamando, já que o primeiro teste de hoje é dos fáceis: posar de modelo para médicos. Fingimos ser pacientes para médicos e enfermeiras em treinamento. Se eu tivesse um cartão de visitas profissional, ele diria: *porque às vezes apenas um cadáver não basta.* Às vezes é divertido – você tem de seguir um roteiro, gemendo e reclamando de sintomas fictícios até que os estudantes confusos acertem o diagnóstico. Sou especialmente boa em falsear enxaquecas – posso até forçar um pequeno tique trêmulo no olho quando desejo.

Para o compromisso do dia, porém, somos pouco mais que manequins de pernas abertas – orifícios mudos de aluguel – e agora mesmo seis alunos de medicina estão encarando de olhos abertos meu colo do útero. A aula de hoje: Exame Ginecológico Para Idiotas.

É uma pausa bem-vinda, já que o cronograma criado por Charlotte está seguindo na direção de testes de ingeríveis e injetáveis, alguns dos quais estão fazendo um belo estrago em meu sistema digestivo.

Eu disse sim ao plano. Claro que disse. Todos sabíamos que eu faria isso, certo?

As costelas de Dylan estavam com problema. Isso, e vê-lo virar em um corredor no hospital no momento em que devia estar na aula de química. Ele estava com a mãe, e eu não quis fazer uma cena, por isso me encolhi no banheiro e me tranquei em um reservado até ter certeza de que eles tinham ido embora. Enquanto eu estava ali, juntei as pistas: longos períodos sem retornar ligações, histórias conflitantes sobre seu paradeiro, uma combinação sempre diferente de hematomas em lugares variados de seu corpo.

Dylan está doente de novo.

Agora parece meio óbvio, por isso talvez parte de mim não quisesse saber.

Mas agora eu sei. Sei, porque ele teria me contado se não fosse nada demais. Ele teria dito se fosse apenas um check-up de rotina. Conversamos ao telefone por vinte minutos naquela manhã, e ele não disse nem uma palavra sobre vir ao hospital.

Não vou confrontá-lo por causa disso: ele vai me contar quando estiver pronto. Mas eu sei que o tempo está se esgotando mais rápido de que eu imaginava, e que o Castillo Finisterre está se transformando rapidamente em um Agora ou Nunca.

Eu escolho Agora.

Então Charlotte e eu somos oficialmente cúmplices de conspiração. Ela, na verdade, dirige o show – eu assumi um papel coadjuvante. Assino o nome em qualquer papel que me entreguem, faço o que me mandam, e em seguida estendo a mão para receber o pagamento. Estamos mamando nas tetas do sistema, jogando pesado, aumentando apostas, indo para o tudo ou nada. Seja lá como você queira descrever, é o que estamos fazendo. Vamos espremer todo centavo possível do sistema de testes com pacientes humanos, o que, é claro, é o mesmo que dizer que vamos espremer todo centavo possível de nossa própria carne.

Já estamos nessa há uma semana, e as coisas estão caminhando surpreendentemente bem... com algumas exceções, é claro.

As estudantes mulheres que se reúnem a nossa volta esta manhã estão calmas e impassíveis. Dois dos três homens parecem horrorizados. Tipo totalmente, prontos-para-sair-correndo-dali horrorizados. Eles se remexem desconfortáveis, puxando suas luvas de látex, e tenho quase certeza de que eles preferiam fazer qualquer outra coisa, qualquer coisa, a enfiar os dedos em minha vagina, mas isso é parte do currículo da escola de medicina, portanto eles não têm opção. *Bem-vindos à minha pelve, rapazes!* Outro slogan vencedor.

É o terceiro homem – se é que você pode chamar de homem um estudante de medicina magro de rosto-oleoso-e-vinte-e-três-anos de homem – que está me incomodando. Ele está ali parado, de braços cruzados no alto do peito, o lábio superior curvado de nojo, dando a impressão de que lhe pediram que mergulhasse em esgoto *in natura*. Seus olhos estreitados encaram minha virilha como se fosse o inimigo, e posso dizer que ele não está ouvindo nem uma palavra do que a instrutora está dizendo, nem mesmo fingindo escutar como cobrir a paciente de forma a preservar sua dignidade, ou como comunicar os passos do procedimento para minimizar sua surpresa e seu desconforto. Meu corpo é horrível para ele, para aquele futuro médico de cara feia, e não me surpreende quando ele se posiciona para ser o último no grupo. Como se esperasse ser salvo pelo gongo e não precisar desempenhar aquela tarefa repulsiva.

A professora termina e diz ao grupo de alunos que se dividam entre as duas "pacientes". Eu me preparo e deixo que meus pensamentos comecem a flutuar até as luzes fluorescentes que zunem. Aquela não era minha primeira vez naquele tipo em especial de experiência, e você ficaria surpreso com as formas como um aluno nervoso pode estragar um exame de Papanicolau.

Meu terceiro exame está quase acabando quando o jovem dr. Misoginia assume seu lugar no banco, na extremidade da maca de Charlotte. Fico egoistamente aliviada por não ser eu. Charlotte e eu viramos e olhamos uma para a outra – ela obviamente captou um sinal de sua vibração babaca sádica também – e por um segundo, deitadas lado a lado e olhando nos olhos uma da outra desse jeito, nós parecemos, *sim*, o casal na foto do spa. Então, o aluno pega o espéculo e começa sem dar uma palavra de aviso. Charlotte faz uma expressão de dor, chiando de insatisfação, e a instrutora repreende o cara, o que só faz com que ele pareça ficar com mais raiva e nojo que antes.

Percebo duas das alunas observando-o com olhares cortantes como navalhas. Elas também não gostam dele.

– Você vai ter de chegar mais perto. Você precisa visualizar a anatomia – torna a alertá-lo a instrutora. O Doutor-Júnior-Com-Cara-de-Babaca faz uma expressão de irritação e arrasta o banco para frente entre os joelhos de Charlotte, e quase posso senti-lo retorcer o instrumento de metal enquanto se inclina na direção do que ele aparentemente vê como seu buraco aberto do inferno.

Agora, eu por acaso sei que Charlotte está no quarto dia do teste de um protocolo de perda de peso no qual se inscreveu bem antes de começarmos a trabalhar juntas. Está funcionando – ela não para de falar sobre os quilos derretendo – mas os efeitos colaterais não são agradáveis. *Flatulência gordurosa. Desconforto abdominal*. Ela não se importa – Charlotte está disposta a sofrer pela beleza. Mas agora parece que outra pessoa vai sofrer junto com ela.

Todo mundo na sala escuta.

É um triunfo alto, bitonal. Uma explosão gasosa de cair o queixo que parece o som de um buraco rasgado no tempo e no espaço – um traque absolutamente íntegro. O aluno pula para trás tão rápido que esbarra em uma bandeja de metal, caindo e derrubando instrumentos esterilizados no chão com um barulhão. Seu rosto está roxo e retorcido, e ninguém na sala consegue ficar sério, exceto Charlotte, que parece totalmente angelical. E muito relaxada.

– Droga! – berra o estudante do chão.

Os outros alunos estão às gargalhadas. A instrutora está tentando não rir, mas não consegue ser discreta, e dá para dizer que até ela sabe como o sujeito é babaca.

Uma das alunas dá alguns passos na direção da maca de Charlotte e puxa a toalha de papel sobre suas pernas, cobrindo-a.

– Muito bem – ouvi-a dizer a Charlotte em voz baixa. – E obrigada em nome de todas as mulheres, já que isso com sorte vai fazê-lo ficar longe da obstetrícia.

– O prazer foi meu – diz com doçura Charlotte. Ela permanece reclinada na maca até a turma se dispersar. O babaca nem olha para trás.

Ela confere seu relógio depois que todos se vão.

– Por falar em ficar longe da obstetrícia, quer fazer xixi em um copinho agora?

Balanço a cabeça afirmativamente, então nos vestimos e seguimos pelo corredor para o estudo contraceptivo, ainda rindo do peido vingador de Charlotte. A sala dessa pesquisa já está lotada (quem não quer anticoncepcionais grátis?), por isso entramos na fila do banheiro com um único reservado. Uma a uma, com frascos de coleta cheios na mão, mulheres provam não estar grávidas, deixando os responsáveis pela pesquisa muito, muito felizes. Participantes do estudo deixam a sala de bexiga vazia e com sorrisos no rosto, empolgadas por estarem 25 dólares mais ricas por fazer o que elas iriam fazer de qualquer jeito. Uma situação boa para todos. Quando o dinheiro é assim tão fácil, quase sobe um pouco à cabeça. Tipo, você é tão valiosa que até seu xixi vale alguma coisa para alguém. Quase faz você começar a acreditar em coisas loucas.

A fila anda rápido, e vou primeiro. Giro o trinco da porta do reservado, faço o que tenho de fazer e saio, movendo-me devagar porque enchi meu frasco um pouco mais do que eu pretendia, e não quero derramar xixi nos sapatos. Estou segurando a porta do reservado com o cotovelo, concentrada em meu frasco cheio demais e pensando que eu provavelmente devia estar bebendo mais água, já que meu xixi está meio alaranjado e fedorento, e li em algum lugar que isso é sinal de desidratação.

– Sua vez – digo para Charlotte depois de um segundo, começando a ficar impaciente.

– Charlotte? – Ergo os olhos ao mesmo tempo em que deixo a porta do reservado bater, e algumas gotas de xixi respingam por cima da borda do frasco e caem no chão entre nós. Charlotte não percebe, porém, porque não está ali.

Não estou dizendo que não está *fisicamente*, já que ainda está ali parada de pé, bem à minha frente, mas não havia outro modo de descrevê-la. Seu rosto está inerte e perturbadoramente inexpressivo, e seus olhos estão vazios, desfocados, enquanto ela olha fixamente, sem piscar, para nada em especial. É como se alguém tivesse sugado Charlotte de Charlotte.

– Ei, tudo bem com você? – Cutuco seu ombro com minha mão livre, um pouco forte na verdade, já que tenho quase certeza de que ela está apenas me sacaneando, coisa que ela totalmente faria. Estou esperando que ela saia daquele estado com um sorriso de *peguei você* no rosto, mas ela sequer parece me ouvir, só fica ali parada, olhando fixamente para frente.

A pessoa seguinte na fila, uma garota de uniforme do restaurante Hooters, se espreme entre nós e entra no reservado, já lutando para tirar aquela legging cor de carne esquisita que usam por baixo do short apertado na bunda.

– Desculpe – diz enquanto bate e fecha a porta. – Mas se vocês não vão, eu vou. Preciso mijar como um cavalo, estou segurando há tempo demais.

Afasto-me para o lado para deixá-la passar, e quando olho para trás, Charlotte está voltando a si, apertando os olhos para mim como se fosse *eu* quem estivesse agindo de modo estranho.

– Achei que elas não tivessem permissão de usar o uniforme fora do trabalho – balbucia em uma voz estranha e embargada por saliva. Sua cabeça está inclinada para a direita, e ela balança lentamente de pé algumas vezes, quase como se fosse sonâmbula.

Fico aliviada por ouvi-la dizer qualquer coisa – havia alguma coisa seriamente errada naquela expressão *estou/não estou* em seu rosto.

– Vamos para casa – digo, ignorando o olhar feio que recebo da pessoa seguinte da fila quando jogo meu coletor de xixi na lata de lixo. – Lá se vão 25 dólares em ouro líquido. Você me deve – digo, na esperança de obter algum tipo de resposta dela, mas Charlotte fica silenciosa e passiva enquanto eu a conduzo para fora do laboratório.

CAPÍTULO 11

Leva alguns minutos, mas depois que Charlotte desperta tão abruptamente do que havia de errado com ela, começo a pensar que ela estava só de sacanagem comigo lá antes. Mal saímos do prédio quando parece que alguém a ligou de volta na tomada, e ela transforma-se de uma garota zumbi rastejante em um coelho da Energizer anfetaminado. Quando saímos, ela não para de falar no quanto está com fome e no que quer almoçar, enfileirando as palavras tão depressa que mal consigo entender o que está dizendo.

– Vamos comprar para viagem em algum lugar e comer no parque. Nem ligo para o que seja, desde que seja apimentado. Quanto mais apimentado, melhor. Já sei, vamos de comida tailandesa. Aquele lugar novo na esquina. Não, deixa pra lá. Tailandês, não. Da última vez em que comemos lá, fiquei me coçando por três dias. Acho que estou desenvolvendo uma alergia a capim-limão. Será que isso é possível? Vamos, em vez disso, a um indiano.

Ela começa a cantar uma música idiota que inventa pelo caminho, "Vindaloo for me and you", e a fazer aquele passinho de dança estúpido de hula enquanto anda. Ela oscilou entre catatônica e surtada em uns noventa segundos no máximo, e, em minha opinião, nem percebe que desligou completamente por alguns minutos.

– Podemos comprar o que você quiser, desde que você pague – digo a ela. – Já que você me custou 25 dólares lá dentro.

Ela me olha com uma sobrancelha arqueada que podia significar desconfiança ou irritação, mas depois mexe as mãos no ar e dá de ombros de um jeito exagerado.

– Tanto faz, pão-duro. Eu pago, mas vou mandar fazer com tanta pimenta que vai queimar quando sair e quando entrar. – Ela sai correndo (é sério, *correndo*) pelo quarteirão e não olha para trás. *Olá, Olá, tikka masala!*, posso ouvi-la cantando a plenos pulmões.

– Mas. Que. Porra – murmuro. Depois, digo mais alto: – Não vou *correr* atrás de você Charlotte! – Eu me xingo baixinho enquanto acelero o passo para um trote.

Quando eu a alcanço no restaurante, ela já está pedindo.

– *Desculpe?* – está dizendo o homem atrás da caixa registradora. Estive algumas horas com Charlotte e nunca o vi ser arredio, mas ele não parece tão amistoso agora.

– Eu *pedi* para colocar pimenta para causar um incêndio nível cinco no meu cu – diz Charlotte em voz alta demais para o local. Os outros clientes erguem os olhos de seus pratos e prestam atenção.

– Meu Deus, Charlotte – digo de trás dela. – Você pode relaxar um pouco?

O cara do restaurante fica sério, e, sem dizer outra palavra, rabisca algo no pedido e o entrega por uma janela para a cozinha, onde posso ver outro homem cozinhando em um espaço pequeno e atulhado. Não me surpreenderia se ele tivesse solicitado algum ingrediente extra *além* de pimenta em nossa comida. Eu provavelmente teria feito isso.

Convenço Charlotte a me esperar fora do restaurante. Ou melhor: *eu* espero. Ela fica andando de um lado para outro. Quando nossa comida fica pronta e é entregue em silêncio pelo atendente sério atrás do balcão, nós ocupamos um dos dois bancos no pequeno parque do outro lado da rua.

– Puta merda, isso está apimentado – digo após algumas mastigadas. Posso sentir gotas de suor se formando em meu lábio superior, e minha língua parece estar sendo atacada por formigas de fogo. Charlotte nem sequer parece perceber – ela está devorando a comida de uma das embalagens para viagem como se não se alimentasse por um mês.

Assoo o nariz em um guardanapo e penso que devia ter pedido algo para beber, algo para apagar o fogo em minha boca.

– Dylan também adora comida apimentada. Eu devia trazê-lo aqui. Mas acho que vou me limitar a um incêndio nível dois ou três no cu. Não aguento assim *tão* picante – digo como piada. Só estou tentando me encaixar ao momento surtado e bobo de Charlotte, mas algo sombrio cruza seu rosto e ela joga a embalagem de comida pela metade na direção de uma lata de lixo e erra por um quilômetro.

– É. Faça isso – diz ela, todo o ânimo de sua voz desaparecendo com a mesma velocidade com que surgiu. – Vá em frente e traga Dylan aqui no seu próximo encontrinho.

Seguro a língua e paro de falar. Não consigo acompanhar suas oscilações de humor. Mas eu também não devia ter falado sobre Dylan. Charlotte sempre foi um pouco estranha com ele. Ela é simpática na frente dele quase o tempo todo, mas às vezes se irrita e implica quando ele passa a noite, praticamente tratando-o como um invasor se esbarra com ele pela manhã. "Nossa, espero que ninguém dê uma arma de verdade para essa garota", lembro-me de Dylan dizer uma vez depois que ela atirou um garfo nele porque dizia que ele tinha lhe dado um susto. "Ela é a guardiã da moral por aqui ou o quê?"

E, uma vez no hospital, eu a vi passar direto por ele no corredor – sequer falou com ele, como se não valesse o esforço de cumprimentá-lo rápido. Ela não sabia que eu estava andando bem atrás ou provavelmente não teria sido tão escrota com ele – tirando jogar o garfo, suas críticas em geral são um pouco mais sutis. Eu nunca comentei com ela, mas ainda me incomoda. Dylan não merece ser tratado assim.

Não sei se o jeito dela com ele é ciúme ou outra coisa. Obviamente, não é hora de perguntar a ela. Não quando ela está sendo tão estranha com *tudo.*

Estou prestes a ir embora – não vou ficar aqui sentada ouvindo-a falar mal de Dylan – quando ela pede desculpas.

– Desculpe, Audie. Não fique com raiva. Eu estou com uma dor de cabeça horrível. Não consigo nem pensar direito.

Ela dá um gemido baixo e se dobra ao meio, segurando a cabeça entre as mãos. Ela solta mais alguns gemidos, como se estivesse sendo torturada, e um minuto depois me olha para se assegurar de que eu estou prestando atenção. Quando ela percebe que saquei seu olhar, ela sorri como o gato de Alice.

– Está bem, pare com esse teatro – digo. – Acabe com esse espetáculo de fingir infelicidade. Eu perdoo você.

Ela senta-se ereta e sacode a cabeça de um lado para outro, como se tivesse água nos ouvidos.

– Não é espetáculo. Eu me sinto mesmo estranha. – Ela arregala muito os olhos para mim, arqueia as sobrancelhas algumas vezes. – Audie, você pode me fazer o maior favor de todos? Por favor?

Ela quer que eu vá a sua consulta das duas horas. É a terceira em uma série de quatro visitas clínicas, e ela não quer ser eliminada antes de receber o dinheiro.

– Por favor, Audie? – choraminga. – Eu me sinto péssima. Minha cabeça está mesmo me matando.

Ela parece mesmo pálida e trêmula. E mesmo que seja 95% mentira, sei que ela faria o mesmo se eu pedisse. É para isso que servem as amigas, certo? Sem mencionar o fato que, de certa forma, agora éramos sócias.

– Vou dividir o dinheiro com você meio a meio – diz ela. – Tenho quase certeza de que esta visita é apenas para tirar sangue. Se você fosse amiga de verdade, faria isso de graça.

– Eu quero 75% para mim, 25% para você – digo, e quando ela concorda imediatamente, sei que podia ter barganhado ainda mais. Enfim, dinheiro é dinheiro.

– Só me diga aonde ir – suspiro.

CAPÍTULO 12

Dou cerca de dez passos antes de me dar conta do problema óbvio e virar para trás.

– Eu não posso simplesmente entrar lá e dizer que sou você, porque já sabem como você é.

Charlotte não está preocupada.

– Não fique se achando. Você, entre todas as pessoas, já devia ter percebido que podemos passar uma pela outra. Além disso, é um bando de residentes e pesquisadores bolsistas e médicos imigrantes do terceiro mundo que não conseguem emprego em um hospital de verdade. Eles não conhecem ou se importam com quem aparece, desde que a papelada esteja em ordem.

Mas ainda estou hesitante, por isso ela revira os olhos, em seguida remexe no interior da sacola de couro gasta que usa como bolsa. Ela tira a carteira de motorista e a entrega para mim.

– Aqui. Mesmo com zero chance de isso acontecer, se eles se derem ao trabalho de pedir uma identidade, mostre isso a eles. – Ela se anima quando lhe ocorre uma tática diferente. – Na verdade, quer fazer uma aposta? O dobro ou nada se eles não pedirem sua identidade. Vamos lá, só pela diversão.

– Não, não quero apostar nisso. – Eu olho para a carteira. – Eu não pareço nem de longe com você nesta foto.

Charlotte zomba.

– *Eu* não pareço nem de longe comigo mesma nessa foto.

Ela tem razão. A foto deve ter sido tirada depois de algumas mudanças de cor de cabelo e alguns piercings, porque Charlotte parece quase saudável, ou pelo menos não tão tingida, espetada e irada quanto parece atualmente.

Ainda estou hesitante quando meu telefone começa a tocar, e sei que deve ser Dylan. Não faço questão de olhar, já que Charlotte está muito estranha em relação a ele, mas não faz diferença.

– Vá em frente, atenda – diz ela em voz baixa. – Você não vai querer perder uma ligação do Príncipe Encantado.

Enfio a carteira de motorista no bolso e saio andando, em parte porque não quero discutir mais, mas principalmente porque ela tem razão, eu não quero perder a ligação.

Pelo menos *eu sou* consistente.

CAPÍTULO 13

MATEMÁTICA PARA COBAIAS. OU: MOSTRE-ME A GRANA!

Não sou nenhuma gênia da matemática. Se me pedirem para dividir qualquer coisa por mais de dez, vão ter que me dar uma calculadora. Mas essas coisas ficam bem explícitas depois que você aceita que a função de "voluntário" é um negócio. Se me permitem dizer, é uma economia mutuamente benéfica com base em dor. Eis algumas equações que vocês devem conhecer:

Fornecimento = Vocês

Vocês são a *commodity*. A faca e o queijo. Vocês são a soma de seus fluidos, suas pressões, sua contagem de linfócitos, suas células. Seu valor está em seu sangue, seus dejetos e suas características mitocondriais. Não se enganem pensando que fazem parte de uma equipe de pesquisa, vocês estão alugando seu corpo assim como uma puta de rua aluga sua boceta. Na verdade, a única diferença é que vocês se prostituem no nível celular.

Demanda = Lucros ÷ Voluntários

Minha nossa, é possível sentir o cheiro de ganância farmacêutica a um quilômetro de distância. Querem saber onde ficam os estudos que pagam melhor? Procurem os anúncios de recrutamento em papel-cuchê e as promessas de coisas grátis. (Se eu ganhasse cinco centavos por cada sacola de pano horrorosa com uma logo de marca farmacêutica...) É simples: quanto mais dinheiro o homem de negócios pretende ganhar com um comprimido seguro o suficiente, mais dinheiro pode-se receber por ser o primeiro burro para tomá-lo.

Recompensa = Risco x Dor

Ah, está bem, você é durão, certo. Um autêntico fodão. *Manda ver as agulhas*, você diz. *Leve seu naco de carne!* Bem, adivinhe o quê, seu fodão? Paciência. Às vezes a verdadeira dor só surge muito tempo depois, e esse é um conjunto completamente diferente de equações.

Problema: Quantos raios X e exames de tomografia computadorizada hoje equivalem a um tumor do tamanho de uma noz daqui a uma década?

Problema: Quantos anos vão levar para os médicos descobrirem que os comprimidinhos verdes incômodos estavam corroendo sua função renal em silêncio, e você acabe a bordo do Expresso Diálise?

Problema: Quanto tempo vai levar até que o bichinho de um coágulo sanguíneo escape de seu esconderijo numa dobra de sua veia e se dirija até seus pulmões ou seu cérebro?

Awnn, vocês estão com uma expressão preocupada. Nossos professores do quarto ano mentiram para nós, meninos e meninas. A matemática nem sempre é divertida, né?

Se X, então Y...

Nada de furar fila! A ordem das coisas importa muito no mundo dos testes, por isso entrem direitinho na fila. Os primeiros testes são feitos em animais, é claro – *macacos e coelhos e ratos, minha nossa*. Se coelhos peludos e fofos sobreviverem ao primeiro round com saúde, os terríveis anjos da morte da pesquisa seguem em frente, e concentram sua atenção nos viciados em drogas, indigentes e cobaias profissionais para o segundo round. (Ahã, é aí que nós entramos.) Em seguida, vêm os universitários. Depois, os doentes que recebem salário mínimo – pessoas realmente enfermas cujos planos de saúde vagabundos mal servem para alguma coisa e os orçamentos apertados, quase falidos, não têm espaço para coisas como curas "comprovadas". Só então, depois de muito, muito tempo e, com sorte, sem muitos testes *problemáticos* mais tarde, qualquer coisa vai ser testada em cidadãos honrados do Planeta dos Que Têm Plano de Saúde Adequado. Todos acabam tendo sua vez, desde que não estejam morrendo de impaciência (vê o que eu fiz ali?).

Então, pode não ser divertido, mas eu disse a vocês que a matemática para cobaias era simples. E agora, que maneira melhor de concluir se não com alguns versos de Kenny Rogers, o santo padroeiro dos tolos jogadores:

Every gambler knows
That the secret to survivin'
Is knowin' what to throw away
And knowin' what to keep
'Cause every hand's a winner
And every hand's a loser
And the best that you can hope for
*Is to die in your sleep**

Vamos apostar, cobaias!

---

* Todo jogador sabe/ Que o segredo da sobrevivência/ É saber o que descartar/ E saber o que guardar/ Pois toda a mão é vencedora/ E toda mão é perdedora/ E o melhor que você pode esperar/ É morrer dormindo. (N. do T.)

CAPÍTULO 14

O negócio sobre os testes é que você precisa se acostumar a superar várias reações normais.

Imagine um cara forte caminhando em sua direção com uma agulha enorme na mão. Também não estou falando naquelas pequenas farpas inofensivas que usam quando você recebe um reforço de tétano. Não, a coisa na mão desse cara parece a maldita Excalibur das seringas. Supondo que você ainda não saiu correndo da sala, talvez você comece a se preocupar com a higiene do sujeito. Quando ele se aproxima, você percebe que o cara tem farelo laranja de Cheetos do almoço ainda sujando os dedos. Talvez tenha manchas de gordura no uniforme, e seu hálito seja fedido como um rabo de cachorro. Você olha de perto para seu rosto e talvez seus olhos estejam um pouco injetados, e ele está obviamente no piloto automático, sem sequer prestar atenção ao que está fazendo com aquela agulha em uma das mãos enquanto massageia seus braços com a outra. Talvez nem esteja olhando quando empurra aquela ponta afiada e prateada contra sua carne, porque está ocupado demais reclamando com o colega de trabalho do outro lado da sala sobre como estão reduzindo a jornada dos técnicos de laboratório outra vez, e como vai conseguir pagar a prestação de seu carro sem as horas extras? Reação normal: correr na direção oposta o mais rápido que seus malditos pés consigam ir. Essa é fácil, certo?

Ou digamos que uma senhora lhe entregue um creme. Ela lhe diz que vai arder, muito provavelmente queimar, e que há grande possibilidade de deixar você com uma cicatriz terrível, talvez até desfigurada pelo resto da vida. Ela lhe entrega uma prancheta com uma escala de um a dez, e diz para você circular um número a cada cinco minutos para indicar quanta dor você está sentindo. *Não tire enquanto você aguentar*, diz ela a você. Ela estará trabalhando na sala ao lado. *Não se preocupe*, diz ela. *Vou ouvir se você gritar.*

Reação normal? Jogar aquilo fora e mandar a mulher se foder.

É instinto de sobrevivência. Lutar ou correr, coisa de cérebro de lagarto. O medo é o dom que não para de ajudar, um presente de aniversário das criaturas rastejantes e com crânios achatados das quais evoluímos. A disposição de dizer *que se foda esta cena* e fugir é o que manteve seus ancestrais Neandertais livres da ponta afiada de uma presa de mamute lanoso.

Mas cobaias têm de desligar isso tudo, ignorar todos esses milhões de anos de lições duras de vida. *Ei, tataratataratataravó, belo trabalho em escapar correndo de todos aqueles tigres-dentes-de-sabre, mas eu agora tenho isso sob controle.* E, no início, é difícil fazer isso. Você tem de descobrir maneiras de se preparar psicologicamente para caminhar *na direção* do tigre. Às vezes leva um tempo para se conseguir fazer isso.

E foi assim que conheci Jameson.

Eu estava no corredor, apoiada contra uma parede enquanto esperava que os tremores cessassem, e que meu estômago parasse de se revolver e retorcer como dois monstros marinhos trepando. Eu estava tentando me convencer a voltar para uma sala de onde tinha acabado de fugir, mas sem sucesso. Eu não estava em um lugar feliz.

Eu talvez estivesse gritando algo sobre canalhas sádicos e câmaras de tortura. É tudo meio turvo.

Havia uma porta a minha esquerda. Atrás da porta havia um médico, uma enfermeira e o merda humano de um administrador do laboratório, todos esperando que eu superasse meu medo, minha repulsa, meu orgulho e meus últimos vestígios de autopreservação e voltasse lá para dentro para me submeter ao resto do programa.

Eu estava tentando, estava mesmo. Só que talvez não com força o suficiente.

– Você pode dizer ao dr. Jekyll aí dentro que não vou mais tomar o seu veneno! – talvez eu tenha gritado. – Bárbaros de merda! – Eu na verdade não estava com o estado de espírito para esse tipo de coisa.

É essa conexão mente-corpo sobre a qual as pessoas estão sempre falando. Seu corpo não vai permitir até sua mente aprovar o plano.

Enfim, Jameson, que eu nunca tinha visto antes, se aproximou, parou ao meu lado e me ofereceu um chiclete, que eu não aceitei. Doce de estranhos e todas essas coisas.

– Você só está tornando as coisas mais difíceis para si mesma – disse ele. – Eles são pagos de qualquer maneira. Você, por outro lado, não.

– É? Bem, eu não voltaria lá para dentro nem por todo o dinheiro do mundo. – Lembro-me de cuspir no chão, errando seus pés por pouco. – Alguém precisa dizer à enfermeira Stálin lá dentro para voltar para seu gulag. – Levantei a voz e virei a cabeça para gritar para a porta fechada. – Vão procurar uns filhotes de cachorro para afogar!

Naquela hora, eu estava passando por um momento ruim, não estava me sentindo exatamente amigável.

Mas Jameson sorriu.

– Nossa, como você é mal-humorada! Deixe-me adivinhar. Você é nova por aqui.

Eu não disse nada.

– Olhe – disse ele. – Faça o que tiver de fazer, mas eu ando por esse lugar há mais tempo que praticamente todo mundo aqui, incluindo os médicos. Pode não parecer, mas é possível ganhar o suficiente para ter uma vida decente, se você entender como o sistema funciona. Posso dar uma volta com você por aqui, mostrar um pouco como as coisas funcionam, se você quiser.

Quando lembro disso, agora sei que era apenas Jameson fazendo seu papel de mãe-postiça-bem-no-centro-de-tudo. Na época, porém, ele me deixou nervosa. Eu não conseguia descobrir qual era a dele.

– Por quê? – perguntei a ele. – O que você quer de mim?

Ele deu de ombros.

– Não sei. Você parece interessante, acho, você tem toda essa coisa selvagem e esse ar de criança abandonada jogando a seu favor. E você fala palavrão como uma campeã. Sempre admiro pessoas que sabem xingar. – Ele desembrulhou um pedaço de chiclete e o enfiou na boca. – Além disso, olhe ao redor. Esse pessoal está começando a ir ladeira abaixo. Como eu disse, sou da velha guarda, por isso talvez eu tenha um interesse sincero em receber o tipo certo de gente.

Segui seus olhos e observei ao redor. Ele tinha minha atenção, nem que fosse apenas porque jamais tivesse me passado pela cabeça que alguém fizesse aquele tipo de coisa repetidas vezes, que ganhasse a vida com aquilo. Não que a ideia me atraísse, mas era interessante na teoria. Uma loucura completa, obviamente, mas ainda assim interessante.

Olhei ao redor durante vários segundos. Não é um lugar no qual você precise passar muito tempo para formar uma opinião. Estávamos em um corredor iluminado demais, com cartazes multicoloridos pendurados a intervalos compulsivamente precisos. A pirâmide alimentar da década passada. Aposentados garbosos fazendo caminhadas com sorrisos estampando dentes postiços perfeitos no rosto. Lembretes exclamativos em negrito para usar fio dental! Aperte os cintos! Conheça os sinais de alerta de doenças cardíacas! Previna a diabetes! Lave as mãos!

E nas cadeiras abaixo dos cartazes sentavam exatamente os tipos de fodidos e patéticos que você espera ver vendendo plasma e/ou em uma fila para um programa experimental de metadona às 10h da manhã em uma terça-feira qualquer. A presente companhia incluída, já que eu devia estar um pouco estragada. Aquilo era uma sarjeta com piso de linóleo. Nós com certeza não éramos uma turma que usava fio dental, apertava os cintos nem lavava as mãos.

– Escolha irônica para enfeitar a parede, não? O contraste cria um belo visual. – Ele estendeu a mão. – Por falar nisso, meu nome é Jameson.

Eu o estudei por um minuto antes de aceitar apertar sua mão.

– Sou Audie – disse por fim.

A porta fechada se entreabriu, e uma mulher uniformizada com olhos grandes lentamente espichou a cabeça para fora.

– Vá se foder! – berrei, e meio que fingi saltar sobre a enfermeira até que ela tornou a se recolher. – Fiquem com seu dinheiro, vocês são todos sociopatas.

Eu não conseguia evitar. Não tinha aprendido ainda a desligar meus instintos.

Jameson jogou a cabeça para trás e riu.

– É, você sem dúvida está mal-humorada. Vamos lá, quero apresentá-la a umas pessoas. Ver se talvez possa colocar você em alguma coisa um pouco mais atraente.

LUGAR DO NUNCA (LUGAR NENHUM)

Uma breve fresta surge na escuridão, e acordo e me vejo algemada em quatro pontos. Eu faço uma avaliação cuidadosa:

Ponto 1: Mão esquerda, bem cerrada em punho.
Ponto 2: Mão direita, duas unhas quebradas.
Ponto 3: Pé esquerdo, se retorcendo.
Ponto 4: Pé direito, dormente.

Meus captores, porém, são nitidamente tolos. Eles se esqueceram das partes mais perigosas.

Ao meu lado, uma enfermeira surge de repente. Ela é atarracada, com um permanente feito em casa e toda eficiência e bifocais.

– Você pode...? – Eu levanto a mão o máximo que minhas correias permitem, e tento parecer digna de pena e inofensiva. Minha voz sai rouca, como se eu tivesse gritado por horas, ou tivesse ficado em silêncio por dias.

Ela se vira para mim com um sorriso largo em seu rosto de avó, depois se debruça para perto para responder:

– Sem chance disso, sua vadia sem-vergonha. Você está louca. Louca à moda antiga. Você está exatamente onde deveria estar.

Ela cantarola enquanto aperta as fivelas das correias que me prendem, sua boca com batom cor de coral um tanto presunçosa e superior enquanto ela confere duas, três vezes, depois vira e faz uma grande cena para inspecionar e rearrumar uma série de seringas cheias.

Fico quieta, olhando fixamente para sua nuca até que ela fica nervosa e vira para me olhar.

– Vou cortar você em um milhão de pedaços – digo em um sussurro alto.

Não estou falando realmente sério. Jesus, eu estava sorrindo e tudo o mais enquanto dizia isso a ela, mas acho que ela não aguenta uma piada, porque uma expressão séria encobre seus olhos e ela não vira as costas para mim outra vez.

– Olhe, aí vem o médico – diz ela, com uma voz de sonoridade muito doce e delicada, parecendo uma pessoa completamente diferente, quando escuta passos chegando pelo corredor. – Ele vai dar um jeito em você logo.

CAPÍTULO 15

Eu já passei por muita coisa desde aqueles primeiros dias. Agora conheço meus limites. Faço meu dever de casa. E não gosto de me gabar, mas fiquei muito boa em lidar com o sistema, selecionando e escolhendo os estudos que pagam mais e machucam menos.

Mas, às vezes, escolho errado. Às vezes, não se pode evitar.

Ou às vezes alguém o leva para o caminho errado. Alguém em quem você confiava.

Como hoje.

Porque agora, está tudo escuro, e tudo dói.

E mesmo antes de abrir os olhos, sei algumas coisas.

Já passei por isso antes, ah, sim.

Já estive de cara para baixo no asfalto frio. (Bem-vinda ao lar!) Conheço o gosto de cascalho misturado com sangue. (Terroso, metálico.) Conheço arranhões e conheço hematomas e, por isso mesmo, sem saber exatamente o que aconteceu comigo ou precisamente onde estou, a única coisa que *não* sinto neste exato momento é surpresa.

Eu reconheço traição.

Charlotte estava certa sobre as pessoas que fazem o estudo. Ninguém me olhou duas vezes quando me registrei usando o nome dela. Ninguém duvidou de mim nem por um segundo. E ninguém viu a necessidade de me alertar sobre o que me aguardava.

Convenço meus olhos apertados de dor a se abrirem, e a luz do dia empurra o nódulo de dor em minha têmpora para um nível acima. Meu *onde* está bem claro: estou estirada no chão nos fundos do hospital, no beco usado para se livrar de todo tipo de lixo e resíduo biológico e material contaminado. O *como* e o *quando*, por outro lado, são turvos. A última coisa de que me lembro é engolir algo farinhento e depois entrar em uma máquina de ressonância magnética, só um dia como outro qualquer nas minas de sal.

Tento arrancar mais detalhes da escuridão latejante, mas há pouca coisa mais ali. Mesmo sem me lembrar de mais nada, porém, recordo muito nitidamente de que aquele devia ser um teste de Charlotte. Eu me lembro de como ela praticamente me implorou para assumir seu compromisso.

Eu me lembro de como ela armou para mim.

A explosão de raiva que sinto ao me dar conta disso é quase imediatamente extinta pelo medo gelado quando percebo minha mochila jogada aberta no chão ao meu lado. Uma tateada rápida confirma meu medo: o dinheiro sumiu. Todo ele. Uma bolada de dinheiro, os ganhos de uma semana, uma porção nauseantemente significativa de meu pé-de-meia que (até então) estava crescendo, substituído por nada além de um galo que crescia rapidamente em minha cabeça.

Ocorre-me que eu devia procurar sangue, mas o esforço parece doloroso e inútil, por isso desisto. Agora mesmo, a perda do dinheiro parece muito mais vital do que a perda de qualquer quantidade de sangue.

Não ter dinheiro significa não ter viagem. Não ter viagem significa não ter objetivo. Não ter objetivo significa não ter esperança.

Nada de postais. Nada de lembranças cafonas. Nada de dar as mãos em uma decolagem turbulenta, nada de café da manhã no quarto. Nada de final feliz. Nenhuma versão futura de Nós em álbum de fotos.

Nenhum Nós no futuro.

Isso e apenas isso está claro em minha mente, todo o resto é um borrão de imagens confusas e pensamentos nublados. (*Vá se foder.* Apenas *vá se foder* se vai me dar um sermão sobre carregar tanta grana comigo. Onde uma cobaia ilegal menor de idade como eu arranjaria uma conta bancária, gênio?)

– Merda! – grito ao vento.

Em algum lugar às minhas costas, ouço uma porta se abrir e depois fechar com uma batida.

– Você está bem? – pergunta alguém.

É o Professor, que se aproxima em silêncio, observando como sempre. Claro que ele está aqui, o acadêmico dos becos que ele é. Exceto que ele está mudado. Ele agora está enorme, do tamanho de um elefante, e meu cérebro se esforça para entender por que tudo a minha volta parece ampliado. O latão de lixo ao meu lado está do tamanho de um prédio, e os tijolos da parede do tamanho de para-brisas de carros.

Fragmentos de conversa retornam em jorros entrecortados, e eu me lembro. Algo sobre o estudo, o estudo de *Charlotte*, deu errado. Efeito liliputiano. Apenas uma leve alucinação, meninos e meninas, nada com que se preocupar. Algumas sinapses cruzadas, alguns caminhos neurológicos embaralhados. A cena se remonta em meu cérebro latejante: o técnico de laboratório ficando atordoado enquanto eu descrevia o que acontecia comigo em um gemido que nem soava como minha voz. *"Estou encolhendo, por que estou encolhendo?"*

Parecia que eu era um unicórnio. Um trevo de quatro folhas (com espinhos e puto da vida). Minha reação ao produto que estavam testando, seu destilado ilegal de milhões de dólares, foi única o suficiente para levar o técnico a chamar o supervisor, e depois o pesquisador chefe. Houve uma conversa sobre um artigo de revista sobre mim, a pequena e velha eu (literalmente pequena, pelo menos para meus olhos fodidos pela droga de meu cérebro com conexões confusas).

Eu lembro vagamente de ouvir fragmentos de conversa murmurada. *Nós a examinamos por mmmph, não? Claro que sim... mas essas coisas acontecem... nós devíamos blargle grph...* eu me pergunto brevemente o que eu tenho em meu sangue que Charlotte não tem e me fez reagir dessa maneira, mas estou grogue e cansada demais para realmente me importar.

Efeito liliputiano: eu sou pequena, você é alto. Um problema de percepção sem base na realidade. Parece engraçado? Imagine isso acontecendo, imagine ver tudo ao seu redor girar, crescendo cada vez mais enquanto você desce na direção do chão, na direção do esquecimento. Nada engraçado.

Sou Alice no País das Maravilhas, mordendo o lado errado do cogumelo. Um distúrbio visual temporário, disseram eles. Um efeito colateral raro e sem importância, que devia (devia) se resolver sem necessidade de intervenção médica.

Eu com certeza espero que sim, porra. Por que eu estava lá mesmo? O que eles estavam testando em mim? Minhas memórias se acotovelam umas com as outras, se empurrando e brigando, escorrendo e me fazendo passar mal e não funcionar direito, as falhas entre elas preenchidas com vazios escuros. Eu, insistindo estar bem para caminhar sozinha, eu, correndo, desesperada por ar fresco; eu, assinando formulários com o nome de Charlotte, sem me dar ao trabalho de ler as letras pequenas.

– Ah, é você. O que está fazendo aqui fora? – O Professor está lentamente encolhendo de volta ao normal; está agora apenas do tamanho de um cavalo de carga. Ele me oferece a mão, mas eu aceno para dispensá-lo e levanto sozinha.

– Você roubou meu dinheiro? – pergunto a ele assim que me firmo de pé. Tento soar ameaçadora, mas sai como um balbucio pastoso.

– Eu? – Ele parece insultado. – Eu não peguei nada de você. Como eu poderia? Acabei de chegar aqui.

– Bem, você viu quem foi?

Ele sacode a cabeça, depois põe um par de óculos de leitura para me examinar mais de perto.

– Esse é um galo feio na sua cabeça. Talvez nós devêssemos levar você para ser examinada.

Eu me afasto um passo dele, piscando para afastar uma cascata de pontos brilhantes flutuando em meu campo de visão.

– Não. Estou bem. Quero dizer, não estou, mas vou ficar. Só quero ir para casa.

– Quer companhia, então? Estou indo na mesma direção. – Ele estende o braço, que parece longo como uma píton. *Ele é uma cobra.* O pensamento borbulha a partir do centro de dor acima do meu olho, mas eu tomo seu braço mesmo assim. Não confio em mim mesma para ficar acordada.

Não quero ir a lugar nenhum com ele, mas não é como se eu tivesse muita escolha. O que eu quero, o que eu *preciso*, é de Dylan, mas ele agora está na aula, e eu sei que não pode atender ao telefone.

Então eu apenas balanço a cabeça concordando. Tento perguntar ao Professor como ele sabe onde eu moro, mas penso sobre o dinheiro, no que eu tinha passado para obtê-lo, o que ele *significava*, e sei que, se abrir a boca, vou começar a chorar. Por isso não digo nada, nem mesmo quando ele começa com suas perguntas. *Escrotinho oportunista.* Eu apenas me concentro em pôr um pé à frente do outro, desligando-me de todo o resto.

Ele finalmente entende o toque e cala a boca, acompanhando-me em silêncio por todo o caminho até minha porta.

CAPÍTULO 16

Estou sentada na bancada do banheiro, a borda da pia apertada contra a parte de trás de minhas coxas. Sinto-me esgotada, como se a pessoa que roubou meu dinheiro tivesse também me esvaziado de sangue. Coisas mais estranhas já tinham acontecido nos laboratórios, se você acreditar nos rumores, coisa que eu não faço.

Pareço como quem perdeu uma briga com um muro de tijolos.

Felizmente, Charlotte é uma artista. Charlotte é uma mágica. Ela está de volta a sua velha personalidade, e tenho de insistir em me lembrar que é culpa dela, para começo de conversa.

Ela muda para uma sombra mais suave, muda para um pincel diferente, e observo no espelho meu olho roxo desaparecer. Ela é boa nisso. Muito boa.

– Se tem uma coisa que aprendi com meu gosto de merda por caras foi a disfarçar um hematoma – diz ela enquanto passa mais corretivo sob meu olho e segue até a linha do meu cabelo. – Viu? Nova em folha.

Pessoalmente, não vejo a razão. Em minha experiência pessoal, hematomas no rosto funcionam como um manto da invisibilidade. Nada como um olho roxo fresquinho para fazer com que as pessoas façam aquela dancinha do *Eu não quero me envolver* e deixem você em paz para fazer o que quiser, mas eu não digo isso em voz alta. Charlotte está ocupada demais sentindo-se útil.

– Voilà! – Ela faz uma reverência profunda enquanto aplaudo seu trabalho.

– Você é uma mestra do disfarce – digo a ela. Dylan vai chegar a qualquer momento, largando qualquer coisa para vir cuidar de mim, por isso não tenho tempo para colocar Charlotte contra a parede por ter me enganado para tomar seu lugar naquele estudo. Também não tenho energia, já que parece que uma carreta passou por cima da minha cabeça.

Além disso, minha raiva está diminuindo. É como um refrigerante sem gás depois de ficar largado, e estou começando a achar ridículo pensar que Charlotte armou para mim de propósito, que ela sabia o que aconteceria. Se continuasse assim, eu estaria perto de me transformar em um daqueles loucos cheios de teorias da conspiração, que gritam sobre roubo de órgãos para o mercado negro e os malefícios do flúor.

Charlotte faz uma careta.

– É, genial. Por que será que não importa o que eu faça, não importa aonde eu vá, sempre acabo maquiando hematomas? – Ela fecha o zíper de sua bolsa de maquiagem e se recosta na parede, mordendo um pouco o interior da bochecha, do jeito que faz quando está nervosa, e espero que seja um pedido de desculpas. Mesmo que ela não tenha armado para mim, ainda foi o compromisso *dela* que fez aquilo comigo.

Mas me engano de novo em relação a Charlotte, pois o que sai de sua boca é muito distante de um pedido de desculpas.

– Você não acha que era hora de dar um tempo desse negócio com Dylan? Quero dizer, vamos lá, Audie, olhe só para você. – Ela aperta os olhos em minha direção, em seguida estende a mão para ajeitar uma mancha de corretivo fora do lugar com o polegar. – Olhe o que está acontecendo com você. Você é jovem, gostosa, e podia estar muito melhor se simplesmente seguisse em frente...

Afasto a mão dela do meu rosto e a interrompo.

– Espere, você está de brincadeira comigo? Você acha que foi Dylan quem fez isso? Charlotte, eu disse a você. Eu desmaiei depois de deixar a droga da *sua* consulta, onde eu tomei a droga dos *seus* remédios de teste, muito obrigada, por falar nisso, e eu bati a cabeça no meio-fio, ou algo assim.

Ela não responde, só fica ali parada, agora mordendo o lábio, e posso ver que ela não acredita em mim. Ela acha *mesmo* que Dylan fez aquilo comigo.

Qualquer raiva em mim se desfaz. Isso é muito triste, não? Eu me sinto péssima de repente por Charlotte. O tempo todo que ela passou perto dele, em nossa volta, todo o tempo que ela viu como ele me trata, como ele é bom para mim, e ela ainda não pode superar a suposição de que se eu chego em casa com um olho roxo, deve ter sido meu namorado.

Eu meio que entendo. Quando você cresce cercado por merda de coelho, você não olha para o que o coelhinho da Páscoa deixou para trás e pensa primeiro, *huummm, chocolate*.

– Oh, Charlotte. Nem todo cara é um idiota. Você vai conhecer um legal um dia desses, alguém que mereça você. – Eu salto da bancada e lhe dou um abraço. Ela fica rígida, não retribui meu abraço, mas não deixo que isso me aborreça. Eu entendo. Somos todas apenas produto de nosso meio. Nem todo mundo tem a força para romper com seu passado.

Ela finalmente relaxa um pouco, e, quando eu recuo, ela ergue uma sobrancelha, parece que está prestes a dizer algo, mas para.

– Ei – diz ela após alguns segundos. – Certo. Você tem razão. Não é mesmo da minha conta. Só se cuide, está bem? Você é uma das do bem. – Ela passa por mim com delicadeza, e vai para o seu quarto.

Eu posso dizer que ela está aborrecida, por isso vou atrás dela. Finalmente compreendo por que ela é tão estranha com Dylan, e me sinto uma babaca completa por não entender isso antes. É tão óbvio agora que alguém como Charlotte, com seu histórico e sua bagagem, não possa ver a bondade em alguém como Dylan. Pela vida que teve, ela simplesmente não entende o que é amor verdadeiro e não problemático. Na opinião dela, o que eu tenho com Dylan podia muito bem ser um conto de fadas mentiroso.

Eu sento na cama de Charlotte e a observo por alguns minutos. Prometo a mim mesma que vou ser mais simpática com ela, parar de esfregar meu relacionamento em sua cara. Não é justo sair por aí exibindo minha boa sorte.

Ela, porém, parece ter seguido em frente. Ela tira a camisa e a cheira antes de jogar em uma pilha no chão.

– Eca. Preciso lavar roupa. Aonde será que foi a maldita empregada?

Eu rio com ela, feliz por podermos mudar de assunto, em seguida a vejo remexer no interior do armário à procura de algo para vestir. Ela parece mais ossuda do que me lembro. As drogas para perder peso devem estar funcionando a todo vapor. Ela não era mais arredondada, macia, há uma ou duas semanas? Será mesmo possível perder tanto peso em tão pouco tempo?

Estou prestes a perguntar sobre isso quando as tatuagens em suas costas chamam minha atenção. Círculos pequenos, toda uma série deles, que correm ao longo de sua espinha. Eu pensava que ela seria o tipo de garota com um golfinho-na-bunda. Talvez uma borboleta no quadril, ou o símbolo chinês de alguma coisa ou outra. Em vez disso, aquelas tatuagens são malfeitas e irregularmente espaçadas, quase aleatórias, e a que fica bem no centro de suas costas deve ser novinha, porque a pele a sua volta está inchada, de vermelho raivoso.

– Ei, o que é o desenho novo? – pergunto a ela. Olhando mais de perto, vejo que não são círculos de verdade, são cobras, mordendo as próprias caudas.

Ela franze o cenho, em seguida pega uma camisa da pilha de roupa suja e a veste pela cabeça.

– Você vai à festa este fim de semana?

Ela está mudando de assunto, o que é meio estranho, mas tudo bem. Se ela não quer falar de uma coisa, isso normalmente tem a ver com um cara, pois Charlotte é a grande campeã em terminar mal. Mais razão ainda para que eu pare de esfregar Dylan na sua cara.

Além disso, quem não tem certas coisas de que não gosta de falar?

– Eu não deixaria de ir – digo.

CAPÍTULO 17

Dylan me conhece bem demais: ele aparece com uma pilha de livros em vez de um buquê de flores.

Flores são simplesmente muito *biológicas*, o jeito como murcham e secam e morrem. É a última coisa de que uma cobaia como eu precisa: novas evidências de mortalidade por toda a nossa volta. Livros, por outro lado, são o presente perfeito: pequenos pacotes meticulosos de fantasia e fuga. De pulp a Poe, amo todos eles.

Amo que Dylan me conheça assim.

Ele dá uma olhada em meus machucados, ou pelo menos nos dois centímetros de espessura do corretivo que está cobrindo meus hematomas, e insiste que eu vá para a cama para me recuperar. Ele me traz chá, de olho em Charlotte enquanto entra e sai discretamente da cozinha, depois passa o braço pelo meu ombro e observa enquanto eu folheio eufórica a pilha de livros.

– É aqui que preciso fazer uma confissão – diz ele. – Na verdade, agora estou sendo um canalha egoísta. Estou um pouco atrasado em inglês, na verdade, muito atrasado, e não só tenho que terminar uma dessas feras nas próximas 24 horas, mas também tenho de escrever um trabalho de quinhentas palavras brilhante o suficiente para convencer a sra. Krolnik a não me reprovar.

Abro a boca, prestes a dizer algo sobre que tipo de professora penalizaria um aluno em tratamento de câncer, mas lembro bem a tempo que ele ainda não me contou que não está mais em remissão.

– Então, qual nós vamos ler agora? – digo em vez disso.

– A escolha é da paciente.

– Está bem. Que tal esse? – Eu ergo um exemplar de *1984*. – Estávamos lendo esse na escola quando eu... tive que largar, por isso nunca terminei. – Desejei imediatamente ter ficado com a boca calada.

– Que seja o sr. Orwell – diz Dylan, e por um minuto acho que estou em segurança. Mas *au contraire*. – Mas, afinal, por que você não terminou a escola? – pergunta Dylan. Claro que ele pergunta. Há certas conversas que faço o máximo para evitar, e agora a culpa é minha, já que fui eu que comecei. – Você gosta mais de ler do que todo mundo que conheço. Aposto que você só tirava A.

Idiota, eu me xingo em silêncio. Fecho a cara e tento parecer patética o suficiente para ele simplesmente esquecer.

– Já lhe falei sobre isso antes. Vamos conversar sobre algo mais interessante. Melhor ainda, vamos começar o livro.

Mas ele não desiste.

– Não, não contou, não. – Ele ergue meu cabelo e brinca de beliscar minha orelha. – Vamos, Audie. Só estou tentando conhecê-la melhor. Você é uma mulher muito misteriosa.

Na verdade, já contei a ele, mas sempre fiz questão de minimizar as coisas sobre meu passado quando conversamos. *Não foi grande coisa, nada demais aqui*, esse tipo de coisa. Respostas evasivas, escorregadias, entrando por um ouvido e saindo por outro.

– Está uma tarde agradável demais para falar sobre coisas deprimentes. Em vez disso, vamos ler sobre Estados totalitários e Polícia do Pensamento de *1984*.

– Me conte – diz ele me puxando um pouco mais para perto.

O Big Brother está de olho, penso, o que não é justo. Dou um suspiro, e tento decidir que versão contar a ele.

Há várias para escolher, e cada uma delas é tecnicamente verdadeira. Tudo depende de quem você escolhe como narrador, a assistente social, que contaria uma versão diferente do diretor, que contaria uma versão *completamente* diferente da minha, ou um dos coadjuvantes, personagens secundários com compreensão mínima e opiniões máximas. Até minha própria versão mudou ao longo dos anos, eu agora vejo tudo de maneira diferente do que via na época, quando tudo aconteceu.

Além disso, você precisa levar em conta o público quando conta certo tipo de história.

Eu decido por uma explicação diluída, uma combinação amaciada de várias versões distintas.

– Várias coisas diferentes aconteceram mais ou menos ao mesmo tempo. Principalmente, azar. As coisas foram se acumulando até que não aguentei mais – digo.

Ele espera.

– Minha mãe morreu – conto a Dylan, e seus olhos se arregalam, enquanto ele emite sons de quem sente muito.

Não conto a ele que ela vivia semimorta há anos, viciada em tudo menos à vida.

– E depois disso, na verdade, fiquei sem lugar para morar.

Não menciono que eu não morava com ela na época de sua morte – isso é meio desnecessário, não é? Além disso, estávamos falando em recomeçar. Eu tinha ficado sem opções, e ela estava tentando ficar limpa. Pela primeira vez, ela parecia estar se esforçando. Palavra correta: *parecia*.

Mas as mães no mundo de Dylan não tomam nada mais forte que um Tylenol extraforte. Talvez Xanax ou um copo a mais de Merlot à noite se pegarem pesado. Por isso, eu avanço alguns passos.

– Acho que eu fiquei muito abalada – digo. – O luto e essas coisas todas.

Não quero mentir para ele, então deixo de fora as piores partes. As coisas que costumam espantar um cara legal como Dylan. Além disso, você precisava realmente estar lá para entender. Contexto é tudo.

– Tive que lidar com umas questões de raiva – digo, na esperança de que possamos parar por aí.

– Totalmente compreensível – murmura Dylan.

– Mas agora estou bem – tranquilizo-o. – Já superei isso.

Eles não abriram um inquérito. Algum detalhe técnico-jurídico, alguns professores que falaram a meu favor, e uma decisão tomada em comum acordo de que provavelmente era melhor se eu apenas seguisse em frente.

Há mais. Para ser honesta, porém, tudo é meio borrado. Não acho que possa contar a ele todos os detalhes, mesmo que quisesse. O que não quero. Ninguém precisa ouvir aquele tipo de coisa várias vezes, muito menos eu. E, sem dúvida, não um cara bom e decente como Dylan.

Eu só quero que nós tenhamos uma chance. Só porque viemos de mundos diferentes não significa que não possamos recomeçar juntos.

Afasto o pensamento do dinheiro desaparecido. *Depois.*

Felizmente, Dylan não precisa ouvir mais. Ele me envolve com os braços e me puxa para junto do peito.

– Bom, eu me sinto tão mal por você. Você passou por tanta coisa. – Ele parece realmente triste, até um pouco choroso, o que me desconcerta um pouco. Eu não acho que ele seja o tipo de cara que chora.

Sério, será que hoje todo mundo tomou alguma droga para alterar o humor? Deve ser lua cheia, ou algo assim.

– Eu já falei para você – digo. – Estou bem, agora. Além disso, podia ser pior. Eu podia ter câncer. – Dou um sorriso. Tento mostrar que tenho senso de humor em relação a isso.

E, está bem, vamos ser honestos. Talvez seja uma pequena provocação. Uma pequena, apenas um pequeno lembrete de que ninguém é perfeito, que mesmo *ele* tem coisas em seu passado que preferia apagar. Talvez seja meio que uma babaquice de se fazer, mas quero equilibrar as coisas.

Quero que ele deseje recomeçar também. Comigo.

Dylan, porém, não vê isso como provocação. Nem como uma deixa para compartilhar seu pequeno segredo. Será que ele não tem ideia de que sei que ele está doente de novo? Que tipo de pessoa eu seria se não percebesse todos os sinais? Em vez disso, ele recosta e sacode a cabeça, parecendo tão desgraçadamente sincero que me deu vontade de sacudi-lo.

– Não, não faça isso. Não minimize seu sofrimento.

Merda. Posso ver exatamente aonde isso está indo. Estamos fazendo o oposto de seguir em frente. E que garoto adolescente fala daquele jeito? Eu me remexo e afasto os olhos dele enquanto tento esconder minha irritação. Posso praticamente sentir a conversa, a tarde inteira, afundando por aquele vórtice emocional depressivo-pra-cacete, e é a última coisa na terra que quero fazer em um lindo dia de primavera com meu namorado lindo (apesar de irritantemente choroso).

Então pego uma dica de George Orwell e faço minha própria versão de Polícia do Pensamento. Viro de volta para Dylan e me inclino para sussurrar em seu ouvido, derrubando a pilha de livros no chão ao fazer isso. Ele pode não querer mudar de assunto, mas escolho o tema que nenhum garoto adolescente consegue resistir.

Um pouco de lavagem cerebral nunca fez mal a ninguém.

Dylan fica chocado, é claro, mas supera isso quando murmuro mais detalhes, e após um ou dois minutos, ele não é mais um fraco à beira das lágrimas. É uma transformação *total*, e ele não se opõe quando eu o pego pela mão e o puxo para mais perto.

CAPÍTULO 18

Tratamento promissor –
os resultados são anônimos.
Pode resultar em morte

Estou jogando Haicai de Formulário de Autorização com Dougie, que por razões desconhecidas (e que não perguntei quais eram) também necessita urgentemente de uma injeção de dinheiro rápido, e, portanto, está participando desse estudo, que nós dois sabemos que vai ser horroroso.

Mas: quanto mais dor, maior o ganho.

A perda do dinheiro ganho em uma semana foi um revés horrível, e a única maneira de recuperar o tempo perdido até a linha de chegada do Castillo Finisterre é ser menos exigente. Nada mais de selecionar e escolher, preciso me inscrever em todos os testes que me aceitarem.

– O que você acha? – pergunta Dougie enquanto rearruma as linhas que rasgou de seus formulários sobre as pranchetas emplastadas com a logomarca de alguma empresa farmacêutica espalhada pela sala de espera. Enquanto empurra a prancheta, percebo uma de suas tatuagens: cinco pontos entre o polegar e o dedo indicador. Emblema de quem já esteve preso. Ele parece, porém, terrivelmente jovem para isso. Algo sobre Dougie sempre me deixa nervosa. Além disso, ele tem os dreadlocks mais nojentos que você já viu em um cara branco, o que Charlotte diz ser motivo para questionar o bom senso dele.

– O seu é melhor do que o que eu consegui pensar – admito, mas mostro o meu assim mesmo:

Evento adverso.
Máxima quantidade de sangue,
quando o estudo termina

– Nada mau, Audie. Nada mau. – Ele está me animando. Nós damos espaço um para o outro. Acho que talvez seja a primeira vez que estamos sozinhos em uma sala. O que é engraçado, já que você poderia questionar o que dois jovens problemáticos como nós poderiam ter em comum. Aposto cem dólares que conhecemos algumas pessoas em comum lá fora. Que é outra razão para evitar o assunto, já que é sempre vergonhoso estragar um bom começo.

Quero dizer, o que vamos fazer, planejar uma reunião? Hah! É uma ideia ridícula *e* redundante, já que o sistema normalmente suga pessoas como nós de volta e organiza a reunião para você, com os cumprimentos do Estado, sem necessidade de RSVP.

Volto a folhear a pilha de papéis em minha prancheta à procura dc linhas melhores. Estou me sentindo um pouco competitiva, tenho de admitir. Recorto algumas frases aqui e ali, mas nada muito poético brota. Por que a porra desses formulários têm de ser tão longos? Não é como se alguém os lesse. Blá-blá-blá, eu concordo. Tererê, tererê, reconheço não ser responsável. Nada lírico nem digno de citação.

Diga-me apenas onde assinar. De novo e de novo e de novo.

Eu confiro meu celular. Esvazio a mente. Espero. Às vezes, há bons dias aqui. Dias fáceis, sem sangue, só de papelada. Sem pontos, sem sondas, sem agulhadas. Dias que parecem bizarramente normais, a bolsa de papel pardo que você está levando na mão podendo conter apenas um sanduíche e uma maçã em vez de um coletor de fezes vazando e fedorento. *Só mais um dia no escritório!*

Às vezes há dias ruins. Dias de bisturis e afastadores. Dias de agulhas enormes. Dias de tempo perdido turvos, borrados.

Mas sabe de uma coisa? Que se foda.

É perda de tempo se estressar com o irreversível isso e o incurável aquilo, 31 sabores de efeitos colaterais de revirar as tripas. Isso é para pessoas de pele lisa e sem marcas bem-sucedidas, para pessoas com expectativas razoáveis de férias na praia e festas na piscina no futuro não muito distante, pessoas que têm uma razão para não parecer com uma autópsia ambulante em trajes de banho. É para pessoas que sonham acordadas com vestidos de noiva tomara que caia, que podem se preocupar o suficiente com o futuro para se dar ao trabalho de passar fio dental e fazer esfoliação.

É para pessoas que têm um futuro muito diferente do meu.

Eu sei, estou muito chorosa? É só que Dylan não está respondendo as minhas mensagens, e seu silêncio está tornando tudo mais difícil.

O que seu professor achou de meu, ops, SEU trabalho?

Aí: *Onde está você? Está tudo bem?*

Isso parece normal, certo? Tenho consciência de que, às vezes, eu deixo de levar em conta como minhas palavras e atitudes podem parecer para alguém de fora. Por causa disso, não me importo que Dylan nunca tenha me apresentado a sua família. Eu entendo, entendo mesmo.

Eu estou apenas nervosa agora por causa do dinheiro. Tudo parece mais urgente, até algo tão bobo quanto uma mensagem de texto não respondida.

Olho para meu relógio e me instruo para não mandar mais nenhuma mensagem por pelo menos três horas. Lembro a mim mesma para não forçar a barra dele. Sei que ele me ama, e isso basta.

Ele provavelmente perdeu o celular de novo. O coitado está sempre esquecendo onde o deixou. É a quimio. Essa merda afeta seriamente as células do seu cérebro. Eu provavelmente esqueceria meu próprio nome se eu tivesse passado pela metade do que Dylan passou.

Concentre-se no dinheiro, digo a mim mesma, e o resto vai se resolver. Concentre-se no objetivo atingível. Só preciso me esforçar um pouco mais, trabalhar um pouco mais rápido. Apertar o velho cinto, como eles dizem.

Tenho bastante experiência em me desapegar de bens materiais. Você poderia chamar isso de ascetismo induzido pelo estilo de vida. Desde que me lembro, coisas com algum valor de revenda costumavam desaparecer enquanto eu dormia, como se levadas à noite por hordas de duendes saqueadores da Craigslist.

Minha primeira bicicleta, de segunda mão, provavelmente roubada, foi depois roubada de mim. Carma é uma merda, aprendeu a Audie de seis anos.

A TV de tela grande da sala, um presente de Natal extremamente ambicioso vendido antes do Ano-Novo. O Papai Noel é um picareta, aprendeu a Audie de oito anos.

O kit de ferramentas de papai: dinheiro de fiança é mais importante do que melhorias domésticas, aprendeu a Audie de nove anos.

Um relógio de pulso, uma pilha de DVDs, meu casaco de inverno, a coleção de moedas do vovô, quando o traficante bate à porta, seus bens vão embora, aprendeu Audie em vezes demais para contar.

Você aprende a não se importar. Aprende a não se apegar. Tudo bem, então você também aprende a se esconder, a se esgueirar e a roubar, não estou fingindo ser a Gandhi com peitos, mas estou dizendo que, quando você se acostuma a que tomem as coisas de você, você aprende a superar isso e seguir em frente.

O problema é que a cada vez isso consome mais energia.

E agora mesmo está mais difícil que o normal esquecer a perda e recomeçar, porque dessa vez não é só sobre mim. Dessa vez é sobre Dylan e a viagem. É sobre nós, e nossa chance de fazer algo incrível juntos.

Eu posso ficar sem dinheiro. Não posso ficar sem a felicidade de Dylan.

Volto a conferir meu telefone. Faltam duas horas e quarenta e dois minutos para poder enviar outra mensagem de texto para ele. Vai ser informal. *Ei! Vem pra cá esta noite?* Alguma coisa assim. Duas horas e quarenta e um minutos.

É um alívio quando finalmente chamam meu nome, apesar de eu saber que aquilo vai doer.

– Boa sorte – diz Dougie quando eu me levanto. Ele boceja quando passo por ele, e, enquanto se espreguiça, sua camisa sobe, e vislumbro outras tatuagens. Com certeza não gosto da história que elas contam.

A enfermeira não olha para mim. Não enquanto eu a sigo pelo corredor e entro na sala de procedimentos, e não enquanto ela me entrega uma bata de papel e me diz para vesti-la com a abertura para frente.

O médico que chega também não olha para mim. Não quando afasta a bata de papel para o lado, não quando esfrega antisséptico marrom em minha coxa, não enquanto injeta anestésico local. Sem dúvida não enquanto usa uma tesoura pequena e afiada para cortar um pedacinho de músculo.

– Você precisa voltar para remover os pontos – diz ele para minha amostra de tecido enquanto sai da sala. Vi mais de sua careca que de seu rosto.

– De nada – digo antes que a porta feche, um pouco alto, um pouco irritada.

Ele congela, depois vira e volta, de olhos esbugalhados, para o interior da sala, como se estivesse surpreso ao descobrir que posso falar.

– Oh – diz ele. – Sim. Sim, é claro. Obrigado. – Depois de cumprir a obrigação, ele sai apressado outra vez.

A enfermeira me estende um envelope pardo na mão e depois sai atrás do médico.

Folheio rapidamente o pacote. Instruções para o cuidado do ferimento, curativos extras, uma lista de possíveis sinais de infecção.

Nada sobre ser paga.

– Espere um minuto! – Empurro a porta e saio atrás da enfermeira. – Onde está o dinheiro?

– Dinheiro? – Ela parece confusa.

Tenho vontade de sacudi-la. *Acha que eu deixei vocês me cortarem de graça, sua vaca burra?*

– Grana. Pagamento. Um cheque ao portador. Tanto faz. Você sabe, o *dinheiro*?

– Ah. Tivemos de alterar nossos termos recentemente, e agora nós não pagamos até você ter completado todas as etapas. Muitos voluntários estavam desistindo antes da última fase, e aí não podíamos usá-los no conjunto de dados. Por isso agora só pagamos depois da última consulta de acompanhamento.

Empurro o cabelo para trás com as duas mãos, digo a mim mesma para respirar fundo.

– Última consulta? – pergunto entre os dentes cerrados. – E quando é isso?

Ela dá um suspiro e continua andando, por isso tenho de correr atrás dela para acompanhá-la.

– Está tudo na papelada que demos a você.

Merda. A papelada que está em tiras rasgadas de trechos de cinco e sete sílabas.

– Eu, uhm, acho que posso ter perdido essa página. Você pode conferir seus registros ou algo assim, para eu saber quando posso voltar?

A enfermeira olha para mim como se eu não merecesse estar respirando o ar do planeta.

– Eu não tenho essa informação – diz ela com uma voz entrecortada e arrogante. – Você vai ter de ligar para o escritório da coordenadora do estudo na semana que vem. Ela está de férias até segunda-feira.

Enfio as unhas na carne das palmas das mãos e viro o rosto, para que ela não possa ver como estava me irritando.

– Você pode me conseguir o número do telefone dela? – digo enquanto pisco, apertando bem os olhos. Então, digo antes mesmo que ela consiga responder: – Sei que estava na papelada que você me deu. Mas você pode me dar outra cópia? Por favor?

Mantenho o rosto virado para não ter de vê-la revirar os olhos enquanto bufa para demonstrar seu aborrecimento e joga um novo pacote de formulário de autorização no balcão.

– De nada – diz ela em um eco irritado de minha própria voz.

Eu giro e saio andando a passos largos, o que não é a ideia mais inteligente do mundo, pois dá a sensação de que meus pontos estão rasgando através de minha pele. Ainda estou dormente pela anestesia, por isso na verdade não dói, mas vai doer em breve. Eu só quero cair logo fora dali.

Mas quando empurro as portas e chego à área da recepção, Dougie está lá me esperando. Ele está mancando um pouco, do mesmo lado que eu.

Eu o ignoro. Não consigo lidar com ele agora.

Ele não percebe a deixa. Segura a parte de cima de meu braço e aperta, não tão apertado que machuque, mas firme o suficiente para mandar uma mensagem que não posso deixar de entender. "O que acha de irmos a algum lugar, Audie? Talvez tirar a roupa e cuidar das feridas um do outro como faziam antigamente?" Ele passa a língua pelo canto dos lábios e joga para trás seus dreads falsos e patéticos de um modo que tinha a intenção de ser sexy.

– Me larga, seu babaca. – Eu o empurro e praticamente saio correndo da sala, sem sequer ligar quando olho para baixo e vejo uma pequena mancha de sangue brotando através de minha calça.

Não estou surpresa. Nunca gostei de Dougie, ele disparou meu radar de gente esquisita na primeira vez que o conheci. Mas ele é a menor de minhas preocupações, e não posso me distrair. Meu maior inimigo neste momento é o tempo, um fato que confirmo ao conferir o conteúdo do envelope em minha mão. A consulta de acompanhamento final do estudo é apenas em cinco semanas. O que significa nenhum dinheiro até depois do aniversário de Dylan, então é quase a mesma coisa que nunca. Pensar nisso quase faz com que eu trema de raiva. Eles já têm minha carne, mas eu não recebo um centavo pela porra de cinco semanas. Será que eles podem mesmo fazer isso, mudar os termos dessa forma?

Eu pego o celular, é um pré-pago vagabundo, telefone de viciado, e ligo para Dylan. Não me importo que ainda não seja a hora, preciso ouvir sua voz. Preciso ouvir que nós merecemos isso.

CAPÍTULO 19

Na primeira vez em que fiquei doidona, era a lua, cheia e redonda.

Era o calor do sol.

Era uma maré, puxando e se aquietando em minhas veias.

Não é exagero dizer que essa percepção, essa sensação pálida, elétrica e tremeluzente dentro de mim era a luz no fim do túnel. Foi minha primeira respiração. Minha apresentação ao mundo. Ele me deu voz, aquele momento de êxtase, abençoado, abastecido por drogas, meu primeiro grito de *aleluia* químico, um *amém* cheio até a borda.

Vão se foder. Vão se foder todos vocês que tentam me dizer que não é possível que eu me lembre disso.

Eu me lembro. Lembro, sim.

Eu saí do útero completamente doidona. Todo dia desde então foi manchado pela ausência daquela sensação em especial, aquele coquetel singular e determinante de opiáceos e outras substâncias misturadas (prováveis suspeitos, segundo relatórios policiais ponderados incluídos em meu arquivo de alta do hospital: pó de tijolo, aspirina esmagada, açúcar. Também traços de fezes de rato).

Parabéns para mim, nesta data querida, muitas felicidades, muitos anos de vida, Audieeeee.

Mas nada jamais vai igualar aquela sensação outra vez. Nenhuma droga no mundo pode me dar *vida* como aconteceu naquela primeira vez, no dia em que eu nasci, um bebê amarelado gritando, de cara amassada, prematuro, achatado e pequeno demais, chorando e agitando minha incubadora com enfermeiras ao redor fazendo expressões de repreensão.

Lembro-me de tudo, porque todos os dias desde então foram um esforço pela abstinência.

A parte boa de nascer viciada: nada me tenta. Ou melhor, nada me satisfaz. Uma deformação em minha genética de viciada me deixou com toda a avidez, as necessidades que penetram fundo no osso, mas nada da onda. Já experimentei a viagem perfeita, e nenhuma outra coisa vai chegar perto. Não que eu não tenha tentado, só que tentei e não consegui. Tenho veias indiferentes. Receptores de opiáceos constipados. É um jeito de merda de romper um ciclo de merda: sou teimosa e irremediavelmente não viciada.

Seria justo dizer, entretanto, que minha indiferença química é rara entre meus colegas cobaias profissionais, e esta noite um jogo animado de Vidro de Remédio Musical está rolando na sala. *Festa!*

Uma loura magra aperta os olhos para ler o que está escrito em um pequeno frasco que termina em suas mãos quando a música para.

– Que porra essa merda vai fazer comigo? Eu nem *tenho* testículos! – Ela grita alto o suficiente para que toda a sala escute, engole em seco dois comprimidos, depois começa a rir tanto que se mija, e a mancha se espalha pelas duas coxas, o que só a faz rir ainda mais.

Coisas assim acontecem em uma festa de cobaias, o que ajuda muito a explicar por que você não vê a presença de muita gente de fora.

Por causa de incontinência. E também por causa de lesões.

Ver também: Vômito. Flatulência. Drenos. Não exatamente coisas que agradam as multidões.

Do canto onde estou sentada, vejo pelo menos quatro convivas carregando garrafas grandes que parecem cheias de suco de maçã, só que não é suco de maçã, claro. Há um grande teste em andamento que exige que os participantes coletem 48 horas de urina, e uma festa não é razão para esquecer o trabalho, por isso eles colocam suas garrafas cheias de cerveja cor de xixi ao lado das garrafas de xixi cor de cerveja.

Não é uma cena bonita, mas com certeza é divertida, e algo maluco *sempre* acontece em festas de cobaias. Tem simplesmente alguma coisa libertadora em entregar seu corpo para a ciência, saltar às cegas no abismo farmacêutico. Além disso, você nunca viu ninguém dançar como um monte de pessoas todas testando substâncias patrocinadas pelo governo criadas para neutralizar os efeitos de alucinógenos.

Vi um homem alto e careca de quatro correndo atrás de sua cauda imaginária no meio da sala. Ou ele estava no grupo de controle, ou alguém pode dizer aos pesquisadores que seu cinto de castidade psicodélico, patrocinado pelos contribuintes, não é muito eficiente na dosagem atual. É, entretanto, impressionante que o homem esteja a apenas centímetros de atingir seu objetivo e morder a própria bunda. Por toda a volta dele, as outras cobaias aplaudem seus esforços, e, no corredor, Jameson está dominando uma rodada de bingo de logos farmacêuticos.

– Pfizer – canta a banca, e os outros jogadores resmungam quando Jameson ergue a mão em um gesto de vitória e recolhe seus ganhos.

Todos estão se divertindo.

Todos menos eu. Principalmente porque minha cabeça parece ter sido golpeada com uma marreta em brasa, uma queimação, uma queimação dolorosa. Por trás de meus olhos, a dor tenta rasgar seu caminho para fora, lançando seu veneno em meu sangue.

Charlotte passa cambaleante, também parecendo perturbada, e eu me pergunto o que ela tomou. O lado direito de seu rosto está vermelho, e suas pupilas estão do tamanho de moedas – o que quer que ela esteja tomando, tenho quase certeza de que ela devia parar.

– Ainda esperando que seu "namorado" apareça, Audie? – Ela faz pequenas aspas no ar quando diz isso, depois continua andando. Mais para cambaleando.

Fico em silêncio por um instante, mas algo em mim se inflama com ainda mais força que a dor em minha têmpora. Estava tentando ser compreensiva, mas todo mundo tem um limite.

– O que há de errado com você, Charlotte? – Eu me levanto e a sigo pelo corredor. – Por que você tem de ser sempre tão babaca em relação a Dylan? Sei que você tem problema, mas você precisa parar com isso e me deixar ser feliz.

Ela continua andando como se não me escutasse, o que é completamente impossível, já que eu posso ter meio que gritado e posso sentir que todas as outras pessoas na sala estão me encarando, mas Charlotte continua a andar até sair pela porta.

Fico ali parada como uma idiota. Não tenho ideia de o que aconteceu, por que ela está sendo tão má. Achei que tínhamos deixado para trás a discussão sobre Dylan durante nossa pequena conversa na bancada do banheiro, ou pelo menos concordado em discordar. Mas Charlotte obviamente saiu daquela conversa com uma conclusão bem diferente.

Tento esquecer o assunto e voltar a me divertir na festa, mas, para começar, eu não estava me divertindo na festa, já que Dylan tinha feito mais uma vez seu truque do desaparecimento.

Confiro meu telefone. Nada. Ele prometeu que viria esta noite, mas aqui estou eu, esperando, sem receber sequer um telefonema de cortesia para me dizer que está atrasado.

Jameson surge às minhas costas e põe uma bebida em minha mão.

– O que é isso? – pergunto, cheirando-a.

– Beba. É exatamente do que você precisa agora, pelo que parece – diz ele, levando-me para longe da porta e saindo para o cemitério de guimbas de cigarro do pátio. – O que está acontecendo, Audie? – pergunta ele.

De repente, sério, do nada, percebo que eu o odeio. Sei que essa parece uma palavra forte, e eu provavelmente dei a impressão de achar Jameson um cara muito legal e tudo mais, mas eu só entendo agora, parada de pé naquele pátio de merda cheio de pontas de cigarro do lado de fora daquela festa que parecia a porra de um festival de malucos. Não consigo suportá-lo nem a porra do jeito como ele está sempre por nosso apartamento à toa, como se você mal pudesse ter seu próprio espaço ou uma conversa particular, porque ele está sempre se metendo em qualquer coisa sobre o que você esteja falando, agindo como se soubesse muito mais sobre *tudo* do que todo mundo.

Uma garota pode mudar de ideia, certo?

– Só suma da minha vida, Jameson! – digo, e caminho de modo arrogante até uma cadeira de junco solitária e envelhecida pelo tempo do outro lado do pátio, o lugar perfeito para um bom mau humor solitário. Mas, antes de fazer isso, viro a bebida, seja lá o que for, e faço uma careta quando o líquido desce queimando por minha garganta. Posso não ser uma drogada, mas não me oponho a ficar um pouco alta ou um pouco chapada de vez em quando.

Droga, Dylan. Por que você não está aqui?

Mas, lá no fundo, eu já sei. Ele disse que viria, claro, mas só depois que eu praticamente implorei a ele. Era óbvio que ele não queria, e eu não posso culpá-lo. O modo como Charlotte o trata é apenas parte. Ele é simpático demais até, mas sei que toda essa vida de cobaia o assusta, e nossa pequena conversa sobre Por Que Audie é uma Perdedora que Largou os Estudos provavelmente não ajudou, mesmo que eu não tenha contado a ele exatamente a história inteira.

Sinto a onda da bebida misteriosa de Jameson começar a bater, e minha desconfiança começa a se cristalizar em uma forma reconhecível. De repente, é óbvio que estive mentindo para mim mesma o tempo inteiro. Dylan não estava se afastando de mim, desaparecendo por horas ou dias por vez, levando cada vez mais tempo para retornar minhas ligações porque está ficando mais *doente*. Ele está se afastando porque está ficando *melhor*.

Ele não está me rejeitando porque seu câncer voltou. Ele está apenas me rejeitando.

Ponto.

Que pessoa de merda eu sou por preferir pensar que meu namorado tem uma doença terminal em vez de enfrentar o fato de que ele apenas não está tão interessado em mim?

Ouvi um estrondo, depois uma série de ruídos de assobios vindos da festa, e meu rosto enrubesce. Quanto mais saudável Dylan fica, mais estranhos devemos parecer. É claro, ele mal pode esperar para terminar seu tratamento, para entrar em remissão completa, e nunca mais pôr os pés em um hospital. *É claro* que ele mal pode esperar para deixar tudo isso para trás. (Tradução: *me* deixar para trás.)

Como meu cérebro agora está preenchendo as lacunas que eu ignorava deliberadamente, ocorre-me que Dylan quase nunca mais fala sobre sua doença. Você pode sentar e conversar com ele por horas, e ele nunca vai dizer a palavra *câncer.* Nem uma vez. Ele acabou com isso. Venceu. Terminou. E a próxima na lista de coisas a descartar? Eu. *Eu sou* parte do seu mundo doente. Por que ele iria querer estar perto de um lembrete constante dos piores anos de sua vida depois de melhorar?

Eu me sinto meio confusa e tonta, a bebida devia ser muito forte mesmo. (Ou foram duas? Os detalhes estão começando a ficar turvos.) Mas mesmo através do prisma alterado da intoxicação, sei com uma clareza singular que apenas uma coisa pode consertar aquela espiral descendente.

Patagônia. O castelo no fim do mundo.

Dylan e eu temos de sair daqui por algum tempo, para longe de nosso passado, para podermos construir algo saudável. Precisamos recomeçar em um contexto diferente. Em um lugar melhor.

Empurro Jameson, passo por ele e torno a entrar no apartamento, então continuo abrindo caminho por toda a multidão até sair pela porta da frente. *De quem é aquele apartamento, afinal?* Sinto como se em algum momento da noite eu soubesse a resposta, mas ela agora me escapa. Não importa. Apartamentos de cobaias são todos iguais. Colegas de quarto rotativos, decoração mínima. Limpos. Somos pessoas compulsivamente limpas, o que faz sentido. Os laboratórios deixam você com medo de contaminação. Todos já vimos o que acontece quando as coisas não são mantidas esterilizadas: uma selva de fungos, talvez uma visita de uma bactéria resistente a antibióticos, ou aquele hóspede mais indesejado, a fasceíte necrotizante. Só nós, cobaias, nos damos conta de que o verdadeiro apocalipse zumbi é microscópico, que os zumbis não estão fora dos portões. *Eles estão dentro de casa, gente!* Ou, mais precisamente, em suas veias. Os primeiros sinais de infecção foram tão martelados dentro de nós que Charlotte os transformou em uma musiquinha:

Trá-lá-lá-lá, morta.
Sua ferida está inchada e vermelha.
Suas glândulas, podres.
Há um festival de pus,
Trá-lá-lá-lá, morta.

Nós somos um bando de aberrações que lavam as mãos e depois passam desinfetante, isso sim.

Quando saio, examino as mensagens de texto em meu telefone, na esperança de encontrar respostas. Na esperança de encontrar prova de... o que, exatamente? Nem eu sei.

Ele: *Jantar com meus pais, dpois vou p aí.*

Eu: *Vejo vc daqui a pouco!*

Eu: *Onde está vc?*

Eu: *Ainda vem?*

Eu: *Amo vc.*

Eu: *?*

Ele: *Estou a caminho.*

A mensagem de texto não oferece prova de nada, talvez de indiferença. Duas horas se passaram desde sua última mensagem que, eu acho, faz dele um mentiroso. Ando de um lado para outro diante da porta e afasto essa conclusão dolorosa, mas eu a sinto voltar, como uma infecção.

Não faça isso, Audie, digo a mim mesma. *Não se volte contra ele. Tenho certeza de que ele tem uma boa razão para ainda não estar aqui.*

Mas a raiva, essa infecção extremamente invasiva, já encontrou uma porta de entrada e agora está devorando lentamente meus pensamentos. Se ele não quisesse vir, devia apenas ter dito isso.

Estou falando sozinha, batendo os pés, quando surge o Professor. Ele é praticamente a última pessoa na terra que eu quero ver no momento, mas tenho de admirar sua coragem, o modo como insiste em aparecer onde não é querido. Ele deve saber que as pessoas mentem o tempo todo, quando concordam em conversar com ele. Ele deve saber que Charlotte mente muito quando lhe conta suas histórias malucas. Mas ele continua a aparecer, continua a encher seus cadernos de mentiras.

É preciso admirar esse tipo de dedicação, mesmo que seja inútil.

– Você está bem, Audie?

Não digo nada. Mas como em geral as pessoas não hesitam em mandá-lo se foder, cair fora, ele parece encarar meu silêncio como um convite.

– Você parece um pouco aborrecida. Posso lhe pagar um café? De repente ir a algum lugar e conversar?

Que porra de gnomozinho esquisito. O Professor GostaDeVer. Fã de cobaias.

Mas eu quero sair daqui. Estou cansada da festa. Cansada de conferir meu telefone em busca de mensagens de texto que nunca chegam. Por que não? Na pior das hipóteses, é uma oportunidade de praticar a grande arte de contar uma boa mentira.

– Está bem – digo. – Vá na porra da frente.

CAPÍTULO 20

Há um restaurante perto, um lugar que cheira a gordura acumulada e problemas hidráulicos. Ao entrar, sinto uma breve descarga de pânico, pois não tenho lembrança de caminhar (vir de carro) até aqui. É mais um pequeno buraco negro em minha memória, o que não é um elogio a minha sobriedade ou a minha memória de curto prazo.

Mas aqui estamos nós.

A hostess nos leva a um reservado sujo e escuro, onde ela limpa um pedaço marrom de alface da mesa com a unha, depois coloca um bule cheio de café na nossa frente sem sequer perguntar se queríamos.

Limpo duas cores de batom da borda de minha xícara de café antes de eu mesma enchê-la.

– Esse lugar é uma espelunca.

O Professor arranha uma mancha de ketchup do tamanho de um punho que cobre as palavras em seu cardápio plastificado, depois desiste.

– Vou ficar só no café – diz ele quando chega a garçonete. – Mas descafeinado, por favor.

Esse é o tipo de restaurante onde Charlotte comeria se quisesse entrar em um estudo de *E. coli*.

Nessa manhã, ela me disse que nunca mais lava a mão depois de usar o banheiro, e que está comendo ovos com gema mole todos os dias há semanas.

– Você nem imagina o que eles pagam a você para testar novos tratamentos contra salmonela – disse ela. – A indústria aviária está cheia de dinheiro. – Ela ainda não tinha tentado comer frango cru, mas o fará, se for preciso.

Ela pode ser uma vaca às vezes, mas você tem de respeitar sua ética profissional.

– Aqui está seu descafeinado. – A garçonete derrama café por toda a mesa quando enche a xícara do Professor, depois vai embora.

– Moça, você poderia me trazer um pano? – chama ele por ela, mas é ignorado.

Ele dá um suspiro, depois me pede para segurar sua pasta para que ela não molhe enquanto ele seca a sujeira com um punhado de guardanapos de papel.

Pego a pasta, depois abro seu zíper e começo a remexer seu conteúdo. Ele ergue uma sobrancelha enquanto me observa fazer isso, mas não me manda parar.

– Está vendo alguma coisa interessante?

Dou de ombros.

– Eu digo, se estiver.

Estou sendo malcriada, mas só porque sei exatamente o que estou fazendo aqui. O Professor é famoso por aquelas pequenas "entrevistas". Quase todo mundo que conheço, exceto Jameson, que faz qualquer coisa para evitá-lo, já sentou e respondeu às perguntas do Professor pelo menos uma vez.

A maioria das pessoas gosta de falar de si mesma.

A maioria das pessoas gosta de acreditar que é interessante.

Na verdade, é triste: um babaca passa quinze minutos fazendo perguntas fofoqueiras e tendenciosas, e você se sente como um astro de rock por um dia.

Comecei a ficar irritada só por estar ali.

– O que exatamente você está pesquisando, afinal?

Seu rosto se contorce quando ele toma o primeiro gole de café. Eu devia ter dito a ele que estava horrível, mas isso seria mais uma coisa que ele aprenderia indiretamente por meio da experiência de outra pessoa. Era melhor ele descobrir por conta própria.

– Pergunta interessante – diz ele, apesar de não ser. Entende o que eu digo sobre o quanto essas conversas são falsas? – Eu estudo o comportamento humano – diz ele após mais um minuto. Ele teve de pensar sobre isso, primeiro, como se ninguém nunca tivesse se interessado o suficiente para perguntar. O que provavelmente não era bom sinal para sua pesquisa. – Especificamente, o comportamento humano em circunstâncias extremas ou incomuns.

Eu escarneço.

– Em que categoria está minha situação? Extrema ou incomum? – Antes, porém, que ele possa responder, eu saco algo de sua pasta e o ergo.

– Minha nossa, acho que isso é o que você chama de extremo.

É uma revista: o *Jornal de Modificação Corporal Artística*. Na capa, há a foto de um homem que mal parece humano. O que, aparentemente, é a intenção. O modelo da capa se transformou cuidadosamente em um gato humano, completo, com lábio superior fendido cirurgicamente, dentes afiados e orelhas pontudas. Bigodes tatuados riscam seu rosto marcado de acne.

Abro a revista no meio e escolho uma frase aleatória para ler em voz alta.

– A decisão de declarar como ilegal a tatuagem na íris no estado de Oklahoma é um exemplo claro de abuso do governo.

– Paro e olho para o Professor, que dá um sorriso amargo e aponta para os olhos.

– Epa. Íris, tipo o globo ocular? – digo. – As pessoas tatuam a porra dos olhos? Sério? – Eu devia largar a revista, mas é repulsiva demais, fascinante demais para parar de olhar. Eu folheio suas páginas.

A porra de um show de aberrações.

A porra da merda da droga de um show de aberrações.

As fotos na revista fazem com que meus irmãos cheios de eczemas, suturados, com seus coletores de urina pareçam missionários mórmons recém-saídos da fazenda. De livros infantis. Livros infantis com os cabelos muito pintados. Aquelas são as pessoas mais cortadas, mais empoladas, mais desenhadas e mais furadas que eu já vi.

Zíperes de carne. Eu não sabia que havia uma coisa dessas.

Marcação a ferro quente. Não só para gado.

Uma matéria de quatro páginas registra uma performance recente de bailarinos que se apresentam pendurados por ganchos que perfuram sua carne acima das omoplatas. As imagens parecem fotos de cena de crime, exceto pelo fato de que as vítimas estão sorrindo e posando com dedos dos pés esticados e braços estendidos graciosamente. É tudo surpreendentemente sem sangue, e há a citação de um dos artistas dizendo achar o ato de suspensão “terapêutico”. Sua parceira de dança é a esposa; uma das fotos os mostra perfurando delicadamente um ao outro.

Eles parecem churrasquinhos de bailarinos.

– Isso é real? – pergunto ao Professor. – É isso o que você estuda?

Ele estende o braço e pega a revista de minhas mãos.

– Não exatamente. Posso pegar minha pasta de volta?

Espero um instante antes de devolvê-la a ele.

– Estou estudando uma variedade de populações. O tema unificador, pelo menos é o que defendo, é um desejo de controle. Primeiro, sobre si mesmo. E, por extensão, uma sensação de controle sobre suas próprias condições. Às vezes as pessoas fazem mal a si mesmas só para provar a si mesmas, e talvez ao resto do mundo, que podem fazer isso.

– Ou antes que alguém as machuque primeiro – digo sem pensar.

– Ou isso – diz ele.

Eu encosto no banco e penso nisso. Então apoio as mãos na mesa e debruço outra vez para frente.

– Espere, você está *nos* comparando a essas aberrações na revista? Isso é ridículo. Uma porra totalmente idiota.

– É mesmo? – Ele está cofiando a barba, desfrutando minha reação. Ele tirou o caderno e está com uma caneta na mão. Canalha esperto, tentando me enrolar para que eu fale. – Por que a comparação a irrita tanto?

Ela me irrita, *sim*. Mas estou com dificuldades em me expressar. Alguns dos comprimidos que tenho tomado ultimamente desaceleram meus pensamentos e estendem minhas palavras, especialmente à noite, e tive de dobrar a dose hoje porque me esqueci de tomar ontem. Eles somam-se aos analgésicos, além de um ou dois ou três drinques que eu posso ter bebido esta noite, e agora os químicos estão todos se misturando e se retorcendo e devorando meus pensamentos como vermes famintos.

Odeio quando isso acontece. Normalmente não sou uma pessoa raivosa, acho que não, mas certas combinações simplesmente me disparam. Junte as pessoas erradas com os comprimidos errados e, *bum*, é como se alguém acendesse um pavio em mim.

Respiro lentamente e lembro a mim mesma que coisas ruins acontecem quando deixo que meu mau humor tome conta.

– Nós não temos nada a ver com eles. Nós só estamos ganhando a vida – digo por fim. – Nós recebemos para fazer o que fazemos. *Essas* aberrações pagam outras pessoas para mutilá-las. Se isso não é um indicador de insanidade, não sei o que é.

O Professor está tomando notas tão rápido que esbarra na xícara com o cotovelo.

– Droga! – diz ele quando o café se derrama pela mesa pela segunda vez. Mas seus olhos estão brilhando e ele não para de escrever, ignorando a poça crescente. – Então a diferença está no pagamento com dinheiro? É isso o que você afirma? Que a decisão de permitir espontaneamente que outra pessoa inflija dor em você é racional, desde que você seja compensada?

– Não. E não escreva isso, também, porque não é o que eu disse. – Posso ver que ele está tentando me provocar. Infelizmente, está funcionando. – Nós, cobaias, voluntários profissionais, como quer que você queira nos chamar, servimos a um objetivo. Somos parte de um processo científico. O que fazemos tem uma função. Não é apenas... autoimolação.

– Ah. Sim. Entendo. É pela ciência. Então o que você faz é altruístico, além de lucrativo. O que torna tudo... – Ele imita minha própria pausa com um sorriso irônico. – O que torna tudo absolutamente saudável.

O sorriso desaparece de seu rosto quando percebe o garfo agarrado em minha mão. *Enfie nele*, incentivam-me os vermes.

Os olhos dele se arregalam, e ele ergue as mãos, se rendendo.

– Ei, calma. Eu peço desculpas, Audie. Não queria insultá-la. Só achei que fosse ser um debate divertido. Duas mentes inteligentes discutindo um assunto interessante e complexo. Não tinha a intenção de desrespeitar você. Posso ter levado nosso papo longe demais, depressa demais.

Relaxei a pegada no garfo, mas passo o polegar por seus dentes, conferindo as pontas. Só por garantia.

Talvez eu goste da expressão de pânico em seu rosto um pouco mais do que seja saudável.

– Que tal isso, Audie – diz ele. Seus olhos perderam o brilho, e o tom provocador sumiu de sua voz. – Em vez de eu sempre fazer as perguntas, o que acha de conversarmos sobre algo que você queira. Qualquer coisa.

Isso me deixa com pena do cara, a forma como ele diz isso. É bem patético, ali está aquele homem crescido que praticamente não existe, exceto como uma sombra seguindo a vida de outras pessoas.

Enfim. Ele quer conversar? Eu não tenho mesmo nada melhor para fazer agora.

Dylan não ligou, não mandou nem uma mensagem de texto.

– Então vamos conversar sobre livros – digo, só porque é a primeira coisa remotamente educada que passa pela minha cabeça. Só para puxar papo, sabe?

O Professor olha para mim.

– O que você leu ultimamente?

– *1984*. Você sabe, o Grande Irmão, todas essas coisas boas. George Orwell. – Eu me remexo no assento. A única razão por que eu concordei em conversar foi evitar pensar em Dylan. E, apesar disso, ali estamos nós. Parece que todos os assuntos levam a Dylan.

Mas o Professor se anima ainda mais.

– Na verdade, eu o reli bem recentemente. É um de meus favoritos. O personagem principal, Winston, diz várias coisas que refletem meu próprio trabalho. Por exemplo, ele diz no início do livro que "liberdade é a liberdade de dizer que dois mais dois são quatro. Se isso está assegurado, todo o resto vem em consequência". É uma afirmação poderosa sobre a necessidade de manter o controle sobre os próprios pensamentos, crenças e verdades.

Eu me remexo no lugar, assegurando-me de parecer entediada. Dylan nunca sequer se deu ao trabalho de me dizer como se saiu no trabalho que eu basicamente escrevi para ele.

O Professor não percebe; ele ainda está falando sem parar.

– Ela articula um sentimento que vejo em vários grupos que estudo, um desejo fundamental por autonomia, mesmo que esse autocontrole tenha de ser conquistado ou expressado por meio de comportamento extremo.

Ele faz uma pausa, esperando que eu diga algo, mas eu não tenho pressa e mexo mais creme artificial gorduroso em meu café frio. Em um reservado do outro lado do restaurante, um quarteto de adolescentes musculoso demais, alto demais pede batatas fritas para todos, e sua bebedeira normal de rapazes, é claro, faz com que eu pense ainda mais em Dylan.

O que me deixa aborrecida de novo. É como se eu não conseguisse escapar dele, ele está por toda parte. Sua *rejeição* está por toda parte.

O que faz os pontos escuros abertos por vermes em meus pensamentos começarem a zumbir e se remexerem, desconfortáveis.

O que me faz agredir outra vez o Professor, apesar de, até aquele exato momento, eu não ter nenhuma opinião formada sobre suas teorias de pesquisa ou sua análise literária, de um jeito ou de outro.

– Que monte de merda – digo. A essa altura, eu diria isso para qualquer coisa que saísse de sua boca. Já fui chamada de vaca do contra mais de uma vez. Vejam-me fazer por merecer o título. – O direito de dizer "dois mais dois é igual a quatro" não é liberdade. É apenas repetir a porra de uma fórmula que alguém mais convincente enfiou em sua cabeça.

O Professor está me encarando com um sorrisinho estranho no rosto. Ele não está tomando notas. *Pegue a porra de sua caneta!*, dizem em coro os vermes. Minha voz fica mais alta.

– Foda-se o quatro – digo eu, e os adolescentes atléticos viram para olhar para mim. – Talvez essa seja a ideia patética de liberdade de outra pessoa, mas e se eu quiser mais que isso? Talvez eu queira cinco. Quero mais que números, mais que a ciência. Quero os feijões mágicos, sabia? E, droga, sim, eu quero controle. Por isso, quando todo mundo diz que quatro é a resposta, a "verdade", bem, talvez eu ainda queira cinco. Quero o poder de fazer com que o cinco aconteça. *Isso* é liberdade.

Nem sei de onde tudo isso está saindo, nem por que eu sequer me importo. Mas como eu disse, certas combinações simplesmente parecem disparar algo em mim, e eu acho que essa é uma delas. Talvez eu devesse parar de tomar aquelas pílulas anticoncepcionais. Pelo menos, vou relatar as alterações de humor.

Mas apesar de irritada com o Professor – e eu nunca admitiria isso para ele nem em um milhão de anos –, na verdade até que é uma sensação agradável sentar ali e conversar sobre um livro. Sobre ideias. Sobre outra coisa além do histórico médico de minha família ou minhas alergias e a atual medicação que estou tomando. Sobre algo que não seja Dylan.

É até agradável lembrar que ainda existe um cérebro escondido no interior desse meu corpo com etiqueta de preço. Posso ser um pedaço de carne, mas sou um pedaço de carne ainda com uma cabeça presa a ele.

Mas o sorriso amarelo está de volta ao rosto do Professor, e sua caneta está pousada na mesa, como se nada que eu tenha a dizer importe como metade das histórias eróticas mentirosas de Charlotte. Ele está sempre ansioso para registrar cada porra de palavra dessas.

Ela provavelmente tem razão em relação a ele. Ele provavelmente é um pouco tarado. Talvez seja por isso que faz o que faz: isso lhe dá uma chance de circular com outros depravados sem admitir suas próprias tendências doentes e pervertidas. *Eu tenho um amigo... Conheço esse cara... Estou estudando uma pessoa que...*

Enquanto penso nisso, pequenos trechos de *1984* estão passando por minha cabeça. Uma palavra do livro brilha como néon em minha mente: *duplipensar*. Duas crenças contraditórias, aceitas simultaneamente. Bem-vindo a minha vida.

O Grande Irmão está olhando. E eu não sei disso?

Os vermes se remexem e contorcem em meu cérebro, e eu olho de relance para os rostos sorridentes do grupo de jovens musculosos no reservado. Eles estão se acotovelando, apontando e rindo. Viro a cabeça e vejo a linha reta e tensa que é a boca da garçonete enquanto se aproxima, provavelmente para me pedir que cale a boca ou vá embora. Viro de volta e olho para a caneta parada abandonada ao lado da página em branco do Professor.

O Clube do Livro para aberrações terminou.

– Sabe de uma coisa? Não tenho tempo para essa babaquice. – Eu me afasto da mesa, viro na direção da porta enquanto mais trechos do livro irrompem nos cantos de meus pensamentos. – Enfie isso no rabo das suas lembranças! – grito ao sair pela porta, cobrindo os ouvidos para não ouvir mais a voz de ninguém.

SEMPREUMAVEZ

– Eu me sinto ótima. Sério, eu estou muito melhor.

Sorrio ao mentir para o médico. Imagino sua pele descamando de seu rosto. Imagino metralhadoras carregadas com agulhas hipodérmicas.

rá-tá-tá-tá, o que acha disso?

Ele sorri ao mentir para mim. A mentira é a nova moda.

– Audie, os termos de sua permanência aqui mudaram – está dizendo ele. – Há uma questão de autorização, e o departamento jurídico está preocupado. Sem a assinatura de um responsável legal... – Ele fica quieto, espera que eu preencha a lacuna.

Estou ocupada demais tentando manter o sorriso no rosto. Não é fácil manter aquela máscara de pele. É necessária toda minha concentração para não deixar que ela caia.

Ele dá um suspiro. Tenta outra abordagem.

– Há outra opção. Meu departamento está começando outro estudo clínico. Ele combina um novo medicamento com um... procedimento que acho que poderia realmente ajudar você. É experimental, mas você ficaria sob meus cuidados, então eu seria seu responsável médico em relação ao estudo. Isso eliminaria o problema da autorização.

Problema de autorização. Isso é um jeito de descrever. Também é um jeito de me *descrever.*

Eu podia tentar atingi-lo. Meus pensamentos são cálculos turbocarregados de força e distância e trajetória. Eu podia pegar aquela caneta muito, muito afiada em seu bolso. Homem estúpido e descuidado, sentado aí tão tolamente perto de mim com sua Orgulhosa Caneta de Médico reluzindo à luz. É prateada, enfeitada com duas cobrinhas enroscadas em torno de um pequeno cajado com asas. O caduceu, um símbolo de envenenadores e torturadores e ladrões.

Como eu sei isso? De onde veio a palavra? Palavras como essa não ficam flutuando por aí nas cabeças defeituosas de viciados como a minha.

Aí eu compreendo.

Elas *a sussurraram para mim. As cobras. Elas estão se movendo, as pequeninas cobrinhas de metal da espessura de uma linha, e posso ouvi-las sibilar palavras para mim. Posso sentir suas escamas enquanto elas se enroscam em meus tornozelos e apertam.*

Enquanto observo, uma cobra abre bem a boca e devora a outra. Ela lentamente, suavemente come sua gêmea, e em seguida faz uma volta para trás e começa a se banquetear outra vez, agora começando com a própria cauda. A fome da cobra é maior que sua vontade de viver, e ela lentamente se volta contra a própria carne.

A cobra sibila meu nome em cumprimento. A dor de ser consumida e o fardo da carne em sua boca dificultam que ela fale, mas eu entendo. Mesmo coberta como está com sangue e cartilagem, a cobra é bela em sua integridade. Vida e morte, fome e dor, começo e fim. É perfeição infinita.

É realmente tudo.

– Audie? – A voz do médico interrompe minha concentração. – Audrea?

Odeio a porra desse nome, e queria que a cobra devorasse o homem que o está dizendo.

Encaro seu rosto por tempo demais, sempre esqueço de piscar. A cobra em seu bolso também não pisca. Eu balanço a cabeça afirmativamente.

CAPÍTULO 21

PANCAKE MOMENTS™: UM AFFAIR FAMILIAR!

Dirigido por: Esta Sua Sincera Amiga

Fade in. Foco suave, plano aberto de uma figura paterna de olhos castanhos e cabelos despenteados (bonito, não demais) fazendo uma bagunça deliciosa (!) na cozinha banhada de sol com sua pequena prole (três ou menos, para evitar matiz socioeconômico negativo) de olhos castanhos.
[Objetos de cena: tigela, colher, espátula]

Edição ágil de imagens: 1) Transbordamento em câmera lenta seguido por pantomimas de olhos arregalados de culpa (criança) e perdão (pai). 2) Momento emocionante em que toca, limpa ou passa (melhor) o dedo sujo de farinha na linda ponta do nariz. 3) Acidente engraçado envolvendo calda.

Câmera faz uma panorâmica até a figura materna de roupão que entra na cozinha sacudindo a cabeça (despenteada, mas não de modo sugestivo), fingindo estar chocada. Corta para a criança com o nariz sujo de farinha servindo com orgulho um prato de panquecas. Sorrisos e abraços por todo lado, música sobe, um final e tanto!

** Observações para a pós-produção: Copião com imagens/sons discordantes já feito, por solicitação do cliente. P favor confirmar eliminação completa de: rosto amassado de ressaca da mãe. Voz do pai rouca de sono pedindo seus *malditos cigarros*. O som de irmãos de criação agitando maçanetas sem tranca de portas de banheiro. Patrocinador confirma falta de compatibilidade com a marca: esses não são Pancake Moments™.

Acordo de uma noite de sonhos vívidos me sentindo muito melhor.

Finalmente sinto-me normal outra vez.

Minha raiva evaporou. Era obviamente apenas um efeito colateral temporário, e eu estou com os pensamentos no lugar. Estou, sim.

Estou me desculpando com panquecas. Encontrei um pacote de preparado em pó no fundo de um armário, o que me faz sorrir um pouco, porque é simplesmente uma daquelas coisas que nunca sequer passaria pela minha cabeça comprar.

As coisas ficaram um pouco estranhas por algum tempo, mas não tempo demais, certo? Tudo vai ficar bem. Porque... panquecas! A Disneylândia das entradas de café da manhã. A Hallmark dos pratos de frigideira.

Nunca fiz panquecas antes, mas elas estão saindo perfeitas. Panquecas: o início fresco dos cafés da manhã. Aumento o som e danço enquanto as viro.

Penso em ligar para Dylan e convidá-lo para vir, mas resolvo não fazer isso. Tenho essa forte sensação de que ele virá por conta própria. Ele sempre aparece quando mais preciso dele. Às vezes brincamos sobre isso, sobre como parecemos estar conectados em uma rede de Wi-Fi mental particular.

Estou certa de que ele tem uma boa explicação por não haver aparecido ontem à noite.

Tenho certeza de que não há razão para me preocupar.

Quando o relógio marca 11h, as larvas em minha cabeça começam a acordar, mas eu as afogo com suco de laranja e faço barulho extra enquanto lavo louça e chacoalho a gaveta de utensílios. Às 11:20, aumento a música para um volume quase agressivo. Às 11:25, bato na porta de Charlotte, depois na de Jameson. Ninguém responde em nenhuma delas.

Tenho panquecas suficientes para um exército, mas sou a única em casa.

Às 11:31, a chave balança na porta da frente, e Jameson entra se arrastando, olhos turvos e com barba por fazer. Suas roupas normalmente são engomadas e passadas ao ponto de parecerem quadradas (ele é o tipo raro de cara que talvez parecesse natural de gravata-borboleta), mas agora está usando um moletom com capuz manchado que faz com que ele pareça um de seus clientes drogados. Ele está com um aspecto horrível.

– Onde diabos você estava? – perguntou ele desligando bruscamente o som, sem sequer notar a torre inclinada de panquecas parada diante dele na bancada. – Estou ligando para você há horas.

Droga. Visualizo o último lugar onde lembro ter visto meu celular: na mesa do restaurante ontem à noite.

– Por quê? Qual o problema? – Não lembro de uma vez em que Jameson tenha me ligado. Nós *moramos* juntos, não é como se eu fosse difícil de localizar, por isso não consigo imaginar por que ele se importaria agora. Eu me aproximo das panquecas, esperando que ele perceba minha oferta de paz.

Ele esfrega as mãos no rosto com força, como se estivesse tentando espremer fora um sonho ruim de dentro da cabeça.

– É Charlotte. Ela... eu nem sei como descrever o que aconteceu. Ela surtou completamente ontem à noite, depois que você saiu. Nunca vi nada igual. Estávamos tentando controlá-la, mas ela simplesmente... apagou, acho. Não queria que você soubesse isso por mais ninguém.

Triste, mas verdade: a frase sozinha não dispara nenhuma campainha de alarme. Entre a turma das cobaias, as pessoas apagam/têm colapsos/desmaiam/perdem os sentidos/caem com muita frequência. Os efeitos colaterais e o abuso de substâncias juntos tendem a deixar você com um equilíbrio abalado e hematomas na bunda. Fiz uma expressão *E daí?* para Jameson.

– Audie, ela... – Ele para de falar, e meio que se esvazia a minha frente. Tudo nele definha, e sua voz parece sem gás quando ele finalmente continua. – Nós não achamos que fosse grande coisa, mas você sabe como são as coisas por aqui.

Balanço a cabeça afirmativamente, sem respirar, começando a entender o que está por vir em seguida.

– Então, quando ligamos para pedir ajuda, já era tarde demais. Eu não... quero dizer, *nenhum de nós* percebeu o quanto era sério. Todos pensamos, ei, estamos lidando com Charlotte. Ela vai acordar, ela sempre acorda... – Jameson passa os dedos por dentro do cabelo, fazendo com que ele se erga em pontas sebosas. – Só que, dessa vez, ela não acordou. Meu Deus, eu ainda não consigo nem entender direito. Ela se foi, Audie. – Ele não olha para mim quando diz isso. Ele diz para o chão. Para seus pés.

Nós viramos estátuas.

Estou só ali parada, com a maldita espátula ainda na mão. Até meu cérebro congelou no meio de um pensamento. Tudo em que consigo pensar, por um minuto longo e estúpido, são em minhas panquecas. Tipo, se Charlotte está morta, quem vai comer todas essas panquecas?

Mas descongelo, e o que ele diz me dá um soco no estômago.

Forte.

– Merda! – É o que digo por fim.

Você sempre acha que vai ser eloquente ou admiravelmente estoica em momentos como esse, mas não é assim que funciona. Não para mim, pelo menos.

– Merda – digo de novo, de maneira lenta e estendida. É a única palavra que tenho que captura o momento. *Desculpe, Charlotte. Não tive intenção de desrespeitar.* – Eu não entendo. O que aconteceu?

Jameson sacode a cabeça.

– Ninguém sabe. Ela estava tomando muita coisa, Audie. Coisa demais. Mas não sei exatamente o que foi responsável, os médicos não me disseram, pois eu não era da família. – Seu rosto está vermelho, como se estivesse chorando.

Sinto a garganta fechar. Algo molhado e maligno está me estrangulando por dentro. Seguro a borda da bancada, porque não há outra coisa em que me apoiar.

– Eles vão parar os estudos em que ela estava participando? Fazer uma autópsia? Alguma coisa?

Jameson me olha sério quando pergunto isso, e sinto meu rosto ficar vermelho, já que deve ser muito óbvio que não estou perguntando apenas por curiosidade. Admito que é bem escroto me preocupar comigo mesma em um momento como esse, mas no fundo de minha mente estou pensando que Charlotte e eu estivemos em vários dos mesmos estudos recentemente.

Babaca, eu me xingo, e forço meus pensamentos de volta para Charlotte.

– Ela tem... eles sabem para quem ligar? Seu parente mais próximo, ou algo assim? O que eles vão fazer com seu...? – Deixo a pergunta inacabada. Não consigo me fazer dizer *seu corpo*.

Jameson dá de ombros, depois coça a coloração que cresce sobre seu rosto com tanta força que as unhas deixam linhas vermelhas. Ele ainda está olhando fixamente para o chão.

– Não sei. Durante todo esse tempo que eu a conheci, nunca, nem uma vez eu a ouvi falar da família. Não sei nem de onde ela era.

– Detroit. Ela cresceu em Detroit. Isso é tudo o que eu sei. – Eu não digo, mas é bem óbvio que quando uma pessoa não fala nunca de sua família, ela provavelmente está morta ou é escrota. Esse é o tipo de situação de gente como nós, não é? Não somos o tipo de pessoas que têm alguém para quem ligar.

Somos as pessoas com cadeiras vazias em nossos funerais.

Jameson e eu ficamos ali parados, em lados opostos da bancada da cozinha, e o silêncio entre nós ficando estranho. Como se devêssemos estar dizendo mais, mas tivéssemos esquecido nossas falas.

– Devíamos fazer alguma coisa por ela – digo por fim, principalmente porque um de nós tem de dizer *alguma coisa*.

– É. Nós devíamos fazer alguma coisa – Jameson responde como se estivesse em transe. Finalmente, depois de mais alguns segundos de silêncio desconfortável, ele ergue os olhos para mim, mas é mais como se estivesse olhando através de mim. – Preciso tomar um banho. Talvez dormir algumas horas.

Eu apenas balanço a cabeça afirmativamente. Espero até ouvir sua porta fechar, depois jogo as panquecas no lixo. Não estou chorando, mas meu peito dói, meus olhos ardem, e a umidade cruel está começando a vencer. Parece que também não consigo me mexer nem pensar muito rápido. Tento lavar o prato de panquecas em que ninguém comeu, mas tenho aquela sensação estranha e desajeitada, como se minhas mãos simplesmente não me pertencessem mais, e me ocorre que os pratos são, *eram*, todos de Charlotte, por isso parece especialmente importante não quebrar nada. Ponho o prato sobre a pia com a maior delicadeza possível e deslizo até o chão. Fico ali sentada muito tempo sem, *sem* chorar.

No início, penso apenas no quanto é ruim que estivéssemos brigando na última vez em que a vi. Eu só a conhecia havia o que, cerca de um ano? Mas eu não havia morado em muitos lugares por um ano inteiro, por isso é como se eu a conhecesse desde sempre. E eu *gostava* de Charlotte. Gostava mesmo. Pode não ser muita coisa, mas ela foi a amiga mais próxima que eu tive em muito tempo. Talvez na vida.

Por isso, sentada ali daquele jeito sem chorar, com lágrimas suspensas, que na verdade é uma sensação muito pior do que chorar, começo a tentar descobrir por que, exatamente, estávamos mesmo brigando, e percebo que os detalhes da briga em minha memória são meio turvos. Não é apenas uma dessas coisas *não fale mal dos mortos*. É mais como se eu não tivesse muita certeza do que ela *realmente* tinha dito ou feito que me deixara aborrecida. Talvez eu só tivesse achado que ela estava pensando aquelas coisas. Ela havia mesmo implicado com Dylan quando estávamos na festa à noite, chamando-o de meu "namorado" com aquelas aspinhas de dedos no ar, ou eu tinha editado essa parte?

Às vezes faço isso. Projeto coisas ruins onde elas não existem. Coloco palavras na boca das pessoas, preencho lacunas com meus piores pensamentos. E eu estava me sentindo insegura em relação a Dylan na noite passada.

Quanto mais penso nisso, mais tenho certeza: Charlotte e eu não estávamos brigando. Tudo bem, eu a chamei de babaca na festa. Mas foi alto, e ela não virou, tenho certeza absoluta dessa parte, o que significa que ela provavelmente sequer me ouviu falar. O que significa que minhas últimas palavras para ela, pelo menos as últimas palavras que ela ouviu, não foram más. E não é que tenha realmente sentido raiva dela. Não de Charlotte. Ela era uma pessoa boa.

Ela era minha amiga.

Eu me sinto melhor quando percebo isso. Começo a sentir como se minhas mãos pertencessem a mim outra vez, como se tivessem sido reconectadas ao resto de meu corpo. Eu me apoio no chão e me levanto porque agora estou motivada. Charlotte era minha melhor amiga, e agora eu preciso fazer algo por ela.

Eu me sinto bem. E quanto melhor me sinto, mais raiva sinto; quanto mais raiva sinto, melhor me sinto. Isso parece estranho? Será que existe raiva boa? Estou boa e com raiva. Boa. E com raiva.

Sim.

CAPÍTULO 22

Charlotte ainda está morta quando batem na porta. De olhos fechados, me esforço para não pensar na notícia, quando o som interrompe minha concentração. Ela continua morta.

No início, eu o ignoro, mas passa pela minha cabeça que podia ser Dylan. Ele devia ter feito de novo, sentido minha necessidade de companhia em nossa rede sensitiva de mentira.

Mas não há ninguém ali.

No chão estão meu celular e um exemplar novinho de capa dura de *1984* com um cartão de visita do Professor marcando uma página com uma única linha sublinhada em vermelho:

Vamos nos encontrar no lugar onde não há escuridão.

Entendo imediatamente que é o jeito estranho de o Professor oferecer seus pêsames por Charlotte, e eu gostei. Na verdade, bastante. Talvez o pequeno anão de jardim não seja um cara tão ruim. Agora vejo que ele é bem-intencionado.

Há uma única mensagem em meu telefone, de um número que não reconheço. Acesso minha caixa postal com dedos trêmulos. Não sei como, mas simplesmente sei que vai ser ruim. É como as coisas têm se desenrolado ultimamente. Morro abaixo. Sem freios.

Ouço uma voz masculina que não reconheço. No início, acho que é engano ou talvez uma ligação sem querer, porque há muito ruído no fundo e a voz está tão abafada que tenho de ouvir duas vezes para entender o que a pessoa está dizendo. Na segunda vez, porém, percebo que a voz do estranho é de Dylan, e que há uma razão muito boa para ele não parecer com ele mesmo.

Ele está de volta ao hospital.

Por baixo de minhas pálpebras bem apertadas, lágrimas de verdade finalmente começam a escapar.

CAPÍTULO 23

Claro que Dylan tinha uma boa razão para não aparecer. Nunca duvidei dele. Nem por um segundo.

Paro na lojinha perto da entrada do saguão e gasto dinheiro que devia estar poupando em um arranjo dos balões de gás mais feios que eles vendem no local. Você já viu as merdas cafonas que eles vendem em lojas de lembranças de hospitais? O pior balão tem uma imagem do Bisonho com um balão de pensamento flutuando acima de seu rosto de burro triste e deprimido: "Na verdade, não se pode reclamar. Eu tenho meus amigos."

É tão mal-humorado e horrível que sei que vai fazer Dylan sorrir.

Preciso esconder meu sorriso. Não quero que ele ache que estou contente por ele estar doente. Mas fiquei muito aliviada por ter notícias dele, ponto, normal me sentir um pouco alegre. Adequadamente alegre, quero dizer.

– Vim visitar meu namorado doente – digo à senhora com uniforme de enfermeira com quem subo no elevador.

– Espero que ele melhore logo, querida – responde ela, e me dá um tapinha no ombro. – Tenho certeza de que ele vai adorar ver você. Visitas fazem *tão* bem aos nossos pacientes.

Essa visita vai me ajudar tanto quanto a Dylan. Preciso de algo que afaste meus pensamentos de Charlotte antes que o pesar me paralise. Preciso de boas notícias.

A notícia é boa. Ele não está na ala de oncologia. Dessa vez é uma infecção secundária, resultado infeliz de um bom tratamento que deu errado. É um daqueles casos típicos em que *a cura é pior que a doença*. Estão dando a ele antibiótico suficiente para esterilizar duas vezes o Hemisfério Norte. Reconheço o nome da droga, tenho quase certeza de que já a testei uma vez. Ela deixou meu estômago em frangalhos, e fez com que tudo tivesse gosto de cobre por um mês depois que eu parei de tomá-la, se me lembro bem.

Tenho certeza de que é por isso que ele mal toca em seu almoço insosso enquanto sento em seu leito de hospital tentando distraí-lo.

– Sério, por que isso não tem cheiro de nada? É um sanduíche de peru grelhado com queijo. Isso não devia cheirar a carne? Ou queijo? Eu aceitava até um leve aroma de torrada. Mas não tem nada.

Havia muitos assuntos que devem ser evitados. Como Charlotte, obviamente. Dylan não precisa saber disso. Eles podiam não ser amigos, mas ele ficaria chateado por *minha causa*. É melhor focar nos assuntos positivos. Minha estratégia atual: evitar qualquer coisa do passado. Só o futuro é seguro.

E comida. Falar sobre comida é seguro.

Dylan sorri, e você mal pode dizer que ele está doente. Está bem, ele está mais pálido que o normal, mas nada exagerado. Seus médicos estão sempre reagindo com excesso, mas posso dizer que ele vai ficar bem.

– Você não pode ter comida com cheiro forte em um hospital – diz ele. – É falta de sensibilidade. Quero dizer, pode imaginar se sua morte, seu último suspiro, seu grande mergulho de cisne no céu, fosse acompanhada de uma trilha de cheiro de bacon? Ou, tipo, batatas fritas? Essas coisas cheiram pela droga de um quilômetro. Isso tiraria a dignidade do momento.

Eu me remexo quando uma enfermeira entra no quarto para dar uma olhada no monitor de Dylan.

– Espere, você acabou de dizer trilha *de cheiro*?

Seus olhos estão brilhando. Podiam ser os remédios, mas acho que não.

– Droga, sim. Se pode haver uma coisa como uma trilha sonora, por que não uma trilha de cheiro?

Roubo uma mordida de seu sanduíche, já que ele obviamente não vai comê-lo. Ele tem o sabor igual ao cheiro. De nada.

– Pessoalmente, quero que minha morte seja acompanhada pelo cheiro de marshmallows tostando em uma fogueira – digo.

Ele arqueia uma sobrancelha.

– Escolha interessante. Um pouco mais estilo Bandeirante do que eu pensaria de alguém como você.

Dou mais uma mordida e penso naquilo enquanto mastigo.

– Você tem razão. Cancele isso. Prefiro algo apimentado. Algo exótico. Algo que cheire como se você estivesse no meio de uma aventura. Paella, talvez? Nada chato pode acontecer em um ambiente com cheiro de paella.

Dylan fica rígido por um segundo, e seu rosto perde mais dois tons de cor. Ele respira fundo e pensa no que quer que seja antes de dizer qualquer coisa.

– Nunca comi paella. – É tudo o que diz antes de fechar os olhos e tornar a afundar em seus travesseiros. Aparentemente, seus remédios para a dor fizeram efeito. Deitado daquele jeito, ele parece fraco, quase frágil. Ele não é nada disso, mas ver alguém que você ama semiconsciente em um leito de hospital pode abalá-la um pouco, pode até fazer alguém alto e de ombros largos como Dylan parecer pequeno e vulnerável.

Isso lhe dá vontade de fazer o que for preciso para proteger essa pessoa, rastejar para a cama e lutar suas batalhas bem ao seu lado.

Eu o balanço delicadamente.

– Espere, não durma ainda! Quero lhe contar uma coisa. – É uma decisão tomada no calor do momento. De repente, sinto uma necessidade absurda de contar sobre meu plano, sobre o quanto estou perto de fazer com que nossa viagem ao Castillo Finisterre aconteça, antes que ele apague. Por acaso, sei que, quanto mais você está sofrendo, mais faz toda a diferença ter algo pelo que esperar.

Além disso, agora que seu segredo foi revelado – e ele não tem mais de esconder de mim que está doente –, quero contar a ele meu segredo também. Não quero mais segredos entre nós.

Mas ele já está sedado demais. Murmura alguma coisa pouco compreensível sobre a festa de ontem à noite, provavelmente desculpas por não ir, então fecha os olhos, sorri e diz:

– É um prazer conhecer você – diz na voz de um bêbado felizmente inconsciente. Estou prestes a provocá-lo por soar tão meloso, mas ele apaga completamente, os traços do sorriso suficientes para dar a impressão de que onde quer que esteja agora é um lugar decente de se estar.

Eu me aninho ao seu lado enquanto ele dorme, beijando-o e sussurrando planos de viagem em seu ouvido. No princípio, a sensação é boa, e posso quase me desligar dos ruídos do hospital e fingir que somos apenas nós dois em uma suíte aconchegante de lua de mel. Mas após alguns minutos, suas palavras retornam flutuando, como sempre fazem, e começam a girar enquanto se repetem sem parar em minha cabeça.

nunca comi paella nunca comi paella nunca comi paella

Estou fazendo muita força para não pensar nada negativo, mas, quanto mais me concentro nisso, mais começa a me parecer a porra da coisa mais triste em todo o mundo, e não demora muito para que eu fique totalmente deprimida.

Sento ali, de novo com medo, olhando para aquele cara maravilhoso que podia morrer sem nunca ter comido uma paella, e penso em como seria se eu saísse e achasse alguém para lhe preparar a droga de uma paella. Seria uma dessas coisas depressivas-pra-cacete-tipo-realize-um-desejo, nada gostosa, porque você sentaria ali, a provaria, sabendo que é a Quentinha da Morte. A areia movediça do meu cérebro dirige meus pensamentos até os presos no corredor da morte e suas últimas refeições, e de repente estou me perguntando quantos deles realmente comem o que desejam em sua última refeição. Começo a visualizar celas vazias lotadas de alimentos não comidos, costeletas de porco de assassinos e purê de batatas de sequestradores, e me vejo encarando e encarando toda a comida deixada no prato do almoço de Dylan, e penso em todas aquelas panquecas que fiz para Charlotte, impossível de imaginá-la morta.

Menos de cinco minutos depois que ele dorme, estou ali sentada ao lado de meu não namorado doente e adormecido, feia de tanto chorar e com catarro escorrendo acima do lábio superior, tudo por causa do maldito cheiro de paella e uma pilha de panquecas não comidas.

Segure a porra da sua onda, digo a mim mesma. *Pare de surtar*. A solução é óbvia.

A solução, como sempre foi, é o Castillo Finisterre.

Nem sei se eles comem paella na Patagônia, mas não estou nem aí. Vou mandar buscar na Espanha se for preciso. Tudo está no mesmo pacote em minha cabeça, e não me importa o que tenha de fazer, vou acelerar tudo e tornar essa viagem realidade. Logo.

CAPÍTULO 24

Todos fazemos um brinde frio e formal a Charlotte.

Além de Scratch, ninguém chora, e mesmo com ele é difícil dizer se está mesmo chorando ou se é a coriza habitual provocada por suas alergias.

Não é uma turma que chora.

É uma turma com raiva, que soca paredes. Tem alguma coisa na água. Revolta no ar.

– As pessoas que administram a porra desse lugar acabaram com ela. Eles são a porra de um bando de criminosos. – Acho que o cara que disse isso nem conhecia Charlotte. Nunca o vi antes na vida. Algumas outras pessoas na sala respondem em concordância que sim, *alguém* devia pagar, mas isso não leva a nada. Somos todos cobaias aqui. Sabemos que a mão que nos aplica injeções é a mesma que nos alimenta.

Então a raiva permanece turva e sem foco. É um míssil em busca de um alvo.

Para aliviar a tensão, Jameson nos mostra um vídeo que fizemos em seu telefone séculos atrás: Charlotte fazendo palhaçada com um ukelele. Ela tocava mal, cantava pior ainda, mas droga, ela conseguia animar o ambiente. No vídeo, ela está um pouco bêbada, sentada torta em sua cadeira (será que alguém já tocou ukelele sóbrio?), e está inventando letras engraçadas para as canções infantis. Ela sempre fazia isso, algumas de suas letras ficavam bem pesadas. Ela criara uma versão obscena de "Old MacDonald", que me levava às gargalhadas sempre, de tão engraçada. Essa, no vídeo de Jameson, é relativamente suave, cantada ao ritmo de "The Chicken or the Egg". Mas Charlotte está cantando com aquela voz estranha, muito intensa, em vez de seu jeito brincalhão habitual.

Ah, o que veio primeiro, a loucura ou o remédio?
O que veio primeiro, a loucura ou o remédio?
Como algo tão cruel e complicado
Pode vir de algo tão pequeno e delicado?
O que veio primeiro, a loucura ou o remédio?

Ela começa a balançar um pouco para frente e para trás enquanto canta, e está olhando para cima, não para baixo, para quem quer que esteja gravando. Ela parece bem puta, como se *odiasse* a pessoa atrás da câmera, como se estivesse prestes a pular da cadeira e arrancar sua cabeça. É tudo bem estranho, já que suponho que seja Jameson quem tenha gravado o vídeo, mas até onde sei, eles eram bem próximos. Nunca soube de Charlotte sentindo tanta raiva dele.

Começa a ficar bem estranho, e é possível dizer que outras pessoas também percebem, por isso ninguém protesta quando Jameson guarda o telefone antes do fim do clipe.

Dougie está colocando gelo sobre os nós dos dedos, irritado por trás da cortina emaranhada de dreadlocks idiotas, e começo a sentir que eu deveria falar alguma coisa com ele, sem ressentimentos, esse tipo de coisa, para lhe dizer que não estou guardando rancor nem nada. Estamos em meu apartamento, por isso eu devia tentar agir como uma boa anfitriã, mesmo que Dougie seja a porra de um idiota.

Meu telefone não para de tocar, mas não atendo porque sei que não é Dylan, e tenho recebido várias ligações para número errado. Algumas foram bem sujas, e estou começando a achar que talvez alguém tenha feito uma brincadeira comigo e escrito meu nome em uma porta de banheiro. *Quer se divertir? Ligue para Audie.*

Agora que penso nisso, parece algo que Dougie faria. Na verdade, eu me sinto meio irritada por ter levado tanto tempo para descobrir isso. Claro que foi Dougie. Eu o observo de cara feia do outro lado da sala, o modo como faz questão absoluta de me ignorar, apesar de ser a droga de meu apartamento.

Mas não vou confrontá-lo. Não esta noite, pelo menos. Esta noite é para Charlotte.

Além disso, não estou com tanta raiva no momento. Alguém oferece mais um brinde, e todo mundo na sala fica um pouco mais bêbado e um pouco mais louco.

Pego meu telefone e digito o número no cartão de visita do Professor. *Quer observar uma cerimônia fúnebre de cobaias? Venha até aqui.* Nem sei por que faço isso, por que o convido. Por alguma razão, quero apenas que ele esteja aqui, fazendo aquelas anotações. Quero o nome de Charlotte escrito em algum lugar. Quero que alguém tenha um registro de que ela existiu, e morreu fazendo isso. Gosto da ideia de ter seu nome em um livro didático em algum lugar. Ela adoraria isso, gerações de universitários marcando seu nome. Ou melhor ainda: como seria ter uma pergunta de múltipla escolha sobre ela em uma prova?

A morte de Charlotte foi:

A) Um acidente trágico

B) Erro médico

C) Assassinato

D) Suicídio

E) Todas as respostas anteriores

Eu sei, sou mesmo a alegria da festa, não sou? Mas só de pensar na morte de Charlotte assim, como uma pergunta, faz com que eu me dê conta de que ninguém na sala, eu incluída, tem a porra da menor ideia do que aconteceu com nossa amiga. Está bem, como disse Jameson, é uma suposição razoável que ela tenha tido uma overdose. Todos sabemos que ela estava ingerindo muita coisa, mas foi uma gota ou uma enchente que a matou? Quero saber exatamente *que* comprimido, *que* frasco, *que* combinação levaram minha amiga.

Será que sou a única pessoa que se pergunta isso?

Talvez eu não devesse. Não é um mistério tão grande. Ela é só mais um rato de laboratório que morreu uma morte previsível e, portanto, desinteressante. Ela é a etiqueta de alerta que todos ignoram: PODE RESULTAR EM MORTE. *Isso não se aplica a mim*, as pessoas dizem a si mesmas. *Essas coisas só acontecem com outras pessoas.*

Só que as pessoas cheias de cicatrizes assustadoras reunidas nesta sala *são* as outras pessoas.

Termino minha cerveja e levanto para pegar outra, apesar de saber que não é uma boa ideia.

– Ei. Silêncio. Será que todo mundo pode calar a boca por um instante? Quero um momento de silêncio pela Charlotte. – Até Jameson está piegas esta noite, e todos o ignoram. – Ela está em um lugar melhor. Ela está mesmo... – Ele fica em silêncio.

Você percebe que ele não acredita nisso, e parece estar lendo de um cartão de condolências brega pela forma como fala. Ele só está dizendo isso porque é o que as pessoas dizem quando alguém morre.

O Professor responde a mensagem e diz que está a caminho, e logo a vigília por Charlotte começa a parecer como todas as festas de cobaias. As pessoas estão gritando, há um cara correndo de cueca branca frouxa, e o detector de fumaça dispara. Tomo outra bebida, porque esta noite é para Charlotte, e, após algum tempo, o Professor aparece. Eu o vejo conversar com pessoas e fazer anotações, e tomo outra bebida, e nada disso realmente importa.

Como indivíduos, somos todos estatisticamente insignificantes.

Há, porém, uma energia vertiginosa em toda aquela palhaçada que começa a me animar um pouco. É óbvio que todos aqueles viciados em remédios realmente se importam, e isso não é pouca coisa. Com o tempo, tenho de me esforçar para ficar ali parada e sorrir, porque sinto que Charlotte estaria rindo de todos aqueles lunáticos junto comigo. Apesar de ela estar morta, e eu sentir sua ausência como um maldito buraco no peito, sinto-me meio que feliz, parada aqui pensando em minha amiga rindo, pensando em Dylan, e pensando em como eu vou arranjar o dinheiro para a Patagônia nem que isso me mate.

Scratch caminha até onde estou e para ao meu lado.

– Ei, Audie – funga ele.

Pobre Scratch. Não consigo olhá-lo. Ele está tentando deixar crescer um bigode – é uma coisinha triste e falhada rastejando sobre seu lábio, com todos os pelos encravados provavelmente infeccionados aninhados entre os poucos tufos pubianos crescidos. Ele é um cara legal, mas muito nojento.

Faço o possível para não estremecer quando ele se aproxima em um movimento rápido, depois se aproxima ainda mais, até quase se apoiar em mim.

Ah, merda. Ele quer um abraço.

Fico rígida, e tento dar tapinhas em suas costas para minimizar o toque, tipo o abraço equivalente a um beijo no ar, mas ele não aceita só isso. Depois que se abre, mergulha em contato corporal total, puxando-me contra ele. Ele é alguns centímetros menor que eu, por isso acaba dando uma fungada molhada em meu pescoço. Solto um pequeno gemido quando penso na trilha de catarro que ele provavelmente está deixando em minha camisa, e Scratch confunde o som com choro, e aproveita para abrir suas comportas. Ele começa a chorar, e seu nariz escorre por todo o meu ombro.

– Não acredito que ela morreu – soluça ele.

Recuo o máximo que seu abraço molhado permite, mas ele está sofrendo muito com a morte de Charlotte, e acabo não me afastando completamente. Para ser honesta, estou ficando um pouco chorosa por ver Scratch desmoronar.

– Eu sei, também sinto falta dela – digo. Pobre Scratch. Agora me sinto muito mal. Sei que Charlotte transava com ele por pena de vez em quando, mas não tinha me dado conta de que ele realmente gostava dela. Tenho quase certeza de que não era recíproco, mas ele não sabe disso. Desisto da minha blusa e de segurar as lágrimas, e por um minuto nos unimos e choramos. É uma sensação agradável prantear Charlotte juntos. É reconfortante. E por mais catarrento que ele seja, Scratch até que cheira bem. Como se fizesse um esforço.

– Sei que vocês eram próximos – digo, quando finalmente consigo me livrar de nosso abraço molhado.

Ele dá de ombros, depois começa a cutucar um ninho de cravos dentro de sua orelha.

– Mais ou menos. Nós ficamos algumas vezes. Mas não éramos, tipo, próximos *próximos*.

– Não? Pelo jeito que você está... quero dizer, você parece estar sofrendo muito. Achei que talvez...

Ele levanta a barra da camisa para secar o rosto, dando-me um vislumbre do eczema rosa-prateado que brota de seu umbigo. Pústulas vulcânicas e cicatrizes enrugadas de biópsias pontilham seu peito como uma dezena de mamilos extras.

Meu Deus, Charlotte, como você conseguia?

Mordo o interior da bochecha e me concentro em uma mancha na parede atrás dele até ele colocar a camisa para dentro da calça.

– Não, não é assim. É só o momento, cara. É uma merda. Quero dizer, eu estava *muito* perto de fechar o negócio em uma, uh, oportunidade de investimento, e Charlotte me ajudaria. Transformar sonho em realidade, sabe?

Inclinei a cabeça de leve em sua direção, movi um pouco o queixo.

Ele interpretou errado minha confusão.

– Eu ia pagar-lhe de volta. Com juros, é óbvio.

– É por *isso* que você está gemendo como a porra de um fantasma? Porque você pediu a ela a porra de um *empréstimo*?

Ele dá de ombros de novo, volta a enfiar o dedo nos cravos em sua orelha, dessa vez com força.

– O quê? Eu estava contando com isso, sabe? Eu tenho *compromissos*. E ela disse que estava com uma parada boa rolando, toneladas de grana entrando.

Ele finalmente olha para a expressão em meu rosto. Percebe minha raiva.

– Ei, não me entenda mal, não é só o dinheiro. Você acha que eu estaria chorando que nem um bebê se eu não me importasse? Eu vou sentir falta dela demais. Demais. É uma merda muito triste, cara. Uma merda triste e no momento errado, é só isso que eu quis dizer.

Relembro uma de minhas últimas conversas com Charlotte, nossa brincadeira de Casa, Fode, ou Dá um chute no saco.

Escolho a opção C e deixo Scratch choramingando como um neném, esbravejando no chão em posição fetal enquanto me afasto.

– Vá se foder, seu pústula nojento escroto – digo olhando para trás. – Enfie a porra de sua oportunidade de investimento no seu cu cascudo e leproso!

Odeio quando me engano tanto sobre as pessoas. Isso faz com que questione minha própria capacidade de julgamento. Quem mais estou avaliando errado?

Vejo o Professor tentando chamar minha atenção enquanto abro caminho até sair do apartamento, mas eu o ignoro. Cansei de perder tempo com essa turma.

Está frio esta noite e chovendo bem forte, mas não me importo. Abaixo a cabeça e sigo para o hospital. Passa muito do horário de visita, mas sei como passar escondida pelas enfermeiras. Dylan é praticamente a única pessoa com quem posso contar, e como ele não pode vir até mim, eu vou até ele.

CAPÍTULO 25

PROGRESSÃO DA CARREIRA DE COBAIA: UM GUIA DE DOZE PASSOS PARA (DESCER) A ESCADA CORPORATIVA

Passo Um

Você vai começar vendendo plasma. Todo mundo faz isso. É dinheiro fácil, e há poucas exigências.

Passo Dois

Como aquilo foi fácil, você vai organizar a doação de pequenas amostras em potencial. Se você for homem, isso significa sêmen. (Por que não ser pago por aquilo que você já está jogando fora, mesmo?) Se você é jovem e mulher, isso significa doação de óvulos, mas só se você passar pelo processo de peneira. (Você é bonita-bonita-bonita o suficiente? Talvez uma ginasta ou uma violoncelista? E, por falar nisso, quais são suas notas na escola?)

Passo Três

Como a subida é escorregadia e o pagamento é bom, você vai permitir que algo seja perfurado e examinado além de sua pele. Será desconfortável, e você não vai gostar.

Passo Quatro

Como você não gostou, você vai optar por, em vez disso, tomar comprimidos por dinheiro. Especialmente quando há boa probabilidade de você receber um placebo inofensivo.

Passo Cinco

Você vai receber um comprimido de açúcar e, portanto, não vai sentir nada além de uma sensação nítida de superioridade diante da pobre trabalhadora que você costumava ser antes de descobrir o mundo dos testes de drogas.

Passo Seis

Você vai tomar mais comprimidos. Alguns deles vão funcionar como o esperado. Outros não. Alguns não vão fazer nada. Outros vão ter efeitos demais.

Passo Sete

Como alguns comprimidos funcionam como o esperado, e também porque alguns funcionam como não esperado, você não vai mais ficar tão desconfortável quando estranhos em jalecos de laboratório enfiarem coisas em sua garganta ou na sua bunda. O dinheiro é bom, e você se sente bem. Pelo menos, na maior parte do tempo.

Passo Oito

Como agora você está deixando estranhos enfiarem coisas na sua garganta e na sua bunda com frequência, você toma mais comprimidos, e depois mais, e depois mais. Você começa a torcer para não receber um placebo, porque esses ferram com tudo, e isso agora é um problema.

Passo Nove

Como você está tomando muitos, muitos comprimidos, a maioria dos quais tem *algum efeito*, manter um emprego se torna impossível. Isso não incomoda você, pois a ideia de um emprego se tornou intolerável. Efeitos colaterais dos comprimidos em geral são temporários. Efeitos colaterais da vida real em geral não são. Além disso, você gosta de estar no controle. Você agora é seu próprio patrão, diz para si mesma.

Passo Dez

Como você ganha a vida em tempo integral com a sublocação fixa/estável de suas veias/pele/ossos/tripas, coisas que antes pareciam insuportáveis, agora são rotina. Você mal percebe mais a dor, e você começou a se sentir agradavelmente indestrutível. Você definitivamente está no controle.

Passo Onze

Como você é indestrutível e está no controle, e também porque o dinheiro é muito bom, você começa a ver cada dia como uma nova chance de entrar em jogos perigosos contra o universo. É uma sensação poderosa, e você normalmente ganha.

Passo Doze

Até que não ganha.

Descanse em pedaços, Charlotte.

CAPÍTULO 26

O fato de eu e Jameson esperarmos mais um dia inteiro antes de mexer nas coisas de Charlotte é um sinal de como estamos tristes.

Jameson trouxe a bolsa imunda dela do hospital para casa, e é o primeiro a mexer na carteira. Ele a aninha na mão por um minuto, depois a desdobra e abre lentamente, todo reverente como se fosse uma cerimônia.

Somos ladrões solenes e respeitosos.

Ele extrai um maço grosso de dinheiro, e eu solto um assovio baixo.

– Isso é muita grana.

Jameson enfia a mão na bolsa e tira um envelope cheio com ainda mais; vejo notas de cinquenta e de cem enquanto ele contava o dinheiro. Isso não é grana de uma ida rápida ao caixa eletrônico. Isso não é um punhado de notas de um e de cinco amarfanhadas. Isso é dinheiro sério, um dia de pagamento – ou dez – e tanto. Não posso acreditar que Charlotte pensasse em emprestá-lo para Scratch, mas não consigo pensar em outra razão para ela andar com tanto dinheiro. Seria mais uma decisão ruim; e ela seria a primeira a contar suas escolhas ruins quando se tratava de homens.

Jameson fica corado e começa a se remexer nervoso de um lado para outro, parecendo muito menos solene que um minuto atrás. Ele separa um maço de notas, um maço bem pequeno, e o entrega a mim. Ele tenta guardar o resto nos próprios bolsos, mas é demais. Ao desistir, com o rosto agora vermelho escuro, coloca o dinheiro de volta no envelope, e o guarda dentro do casaco.

Eu conto o que ele me deu. Duzentos dólares. Acho que ele deve ter ficado com dez vezes isso. Quando vou reclamar, ele me interrompe.

– Estávamos trabalhando em uma coisa juntos. Ela me devia isso e muito mais.

Nossa, como isso é interessante. Agora que Charlotte não está aqui para confirmar, parece que devia dinheiro para todo o tipo de gente.

Jameson deve estar mentindo, mas o que eu posso fazer? Esse é seu apartamento, e eu não paguei minha parte do aluguel deste mês. Ele ainda não tocou no assunto, mas nós dois sabemos que já passou da hora de conversarmos.

Agora que penso a respeito, também não me lembro de ter pagado o mês passado. Esqueço muitas coisas. Mesmo assim, é minha vez de corar e ficar vermelha, e o calor sobe por meu rosto quando me dou conta de que Jameson pode estar mentindo sobre Charlotte lhe dever dinheiro só porque ele é legal demais para comentar que *sou eu* quem deve a ele um monte de grana.

Enfim, incomoda um pouco ele mentir para mim. Ou ele simplesmente não ser franco e dizer o que está pensando, especialmente em um dia como esse. Ou que não possamos colocar tudo em pratos limpos e reconhecer que estamos nos sacaneando. Eu não devia me surpreender. Cobaias não são o tipo de gente que respeita as regras do jogo.

Nós fazemos o que for preciso para sobreviver, até, e incluindo, roubar de nossos amigos.

O pensamento se completa e me acerta como um soco. Muito dinheiro desaparece de minha mochila em uma semana. Muito dinheiro aparece na bolsa de Charlotte na seguinte. Coincidência?

Lembro-me de como ela implorou para que eu tomasse seu lugar no estudo naquele dia. *Por favor, Audie? Minha cabeça está me matando, de verdade...* Ela conhecia meu horário, sabia exatamente onde eu estaria. Ela podia estar me observando, esperando pela chance de atacar, de roubar o dinheiro que eu estava trabalhando tão duro para economizar...

Não. É uma ideia idiota. Porra, nós vivíamos juntas. Ela podia simplesmente ter pegado o dinheiro enquanto eu dormia, ou enquanto eu estava no chuveiro. Não havia razão para me espreitar no laboratório enquanto esperava a possibilidade remota de eu desmaiar no beco.

Era um pensamento ridículo, e me sinto babaca por considerar a possibilidade de Charlotte me roubar. Charlotte era minha amiga. Ela nunca faria isso comigo. Por outro lado, eu não diria que Jameson estivesse fora disso. Entre seu pequeno negócio de revenda de produtos farmacêuticos e como ele embolsara a maioria do dinheiro de Charlotte, sequer tentou disfarçar seus... interesses empresariais. Sei que, só na semana passada, ele revendeu um vidro de meus comprimidos que sobraram para algum pobre coitado por oitenta dólares. E me pagou cinco.

Eu paguei o aluguel a ele? Devo ter pagado...

Jameson examina rapidamente o resto do conteúdo da bolsa, depois a empurra para mim sem tirar mais nada. Ele olha para outro lado enquanto em remexo em OB's e protetor labial e recibos amassados de lanchonetes. A única coisa que merece ser guardada é uma agenda de couro. É bonita. Reutilizável. Algo para alguém com uma vida de verdade, alguém com coisas que mereçam ser organizadas. Guardo a agenda e a carteira e largo a bolsa num canto. Não sou o tipo de garota que carrega bolsa e, além disso, me deixaria triste demais olhar para ela e pensar em Charlotte todo dia.

Jameson deve ter percebido que está sendo um merda ganancioso, porque me diz para ficar com o que eu quiser do quarto dela.

– Outra hora eu entro lá e limpo o que você não quiser – diz ele. – Não consigo lidar com isso agora.

E então é isso. Acabou.

É assim que funciona com pessoas como nós. Nada de ler o testamento. Nenhuma herança, exceto o que você tem amassado nos bolsos. Deixe o suficiente para trás e você pode descansar em paz, sabendo que os carniceiros estão lhe tecendo elogios. *Que a paz esteja convosco – e sua grana para quem pegar*. Do contrário, é como se você nunca tivesse existido.

Tirando a divisão desigual de Jameson, não há vergonha em pegar o que precisamos de Charlotte. É o código universal dos com um pouco menos de azar, como um soldado da Guerra Civil Americana tirando as botas de um camarada que levou um tiro na barriga. Uma questão de praticidade, sem ressentimentos. Eu espero a descida dos abutres quando morrer. Que eles limpem meus ossos, restando menos de mim para apodrecer na terra.

Jameson se levanta e limpa as mãos na calça, como se todo o processo o tivesse feito se sentir sujo. Ele está evitando contato visual.

– Vou comprar cerveja e pizza. O jantar esta noite é por minha conta.

Balanço a cabeça afirmativamente, ainda sem saber ao certo se tenho direito de ficar puta ou agradecida, e ele sai rápido, com os bolsos pesados com milhares de dólares do dinheiro de nossa amiga morta.

Depois que ele sai, entro no quarto de Charlotte, feliz pela chance de estar ali sozinha. Ele parece muito com o meu, significando que não há nada além de roupa suja, mais OB's e um secador de cabelo barulhento que provavelmente não duraria um mês. Algumas moedas. Um cinzeiro e um despertador barato. Brincos sem par, todos sem a tarraxa. Um tubo de rímel ressecado e quatro lápis de olho. Isso é tudo o que restou dela. Um monte de lixo inútil que podia pertencer a qualquer pessoa. É deprimente demais, sério.

Mas mesmo com uma presença tão insignificante no quarto, isso ainda é tudo o que me resta de Charlotte, por isso me demoro. Toco todas as superfícies. Eu respiro o ar. Isso era minha amiga. Isso é meu adeus.

Não há quadros nas paredes. Nada de lembranças. Nenhuma porra de enfeite ou quinquilharia. Acho que tem algo na vida de cobaia, toda essa aposta com a mortalidade, que deixa uma pessoa insensível. Como se fosse difícil apreciar o valor de qualquer objeto, de qualquer *coisa*, se você já começou a vender a própria carne pela melhor oferta. O que é mais valioso que isso?

Não somos do tipo de gente que entra no livro do ano da escola. Não temos troféus nem bichos de pelúcia guardados da infância. Não exibimos nosso passado em porta-retratos.

Rastejo para baixo das cobertas de sua cama e então abro sua carteira. Também não há fotos, nem mesmo um único cartão de crédito, de débito ou de presente. *Droga*. Só sua carteira de motorista e um cartão de fidelidade da loja de falafel da rua. Mais um carimbo, e a próxima refeição completa é grátis. A porra de um verdadeiro bilhete premiado.

– Muito obrigada – digo em voz alta. Mas tenho um sorriso no rosto. A garota adorava um bom falafel. Que tal isso como epitáfio?

É quando abro a agenda que o dinheiro começa a fazer mais sentido. Eu solto um assovio, e o sentimento de alívio que sinto me pega de surpresa.

Charlotte não precisava me roubar. Ela era uma garota muito, muito ocupada. Uma verdadeira empreendedora de laboratório. Ela tinha marcados dois, três estudos diariamente por meses. Como eu não soube que ela estava fazendo essa quantidade de testes? E por que ela esperou tanto para me incluir em seu plano?

Estou lendo a semana anterior, a semana antes de sua morte, linha por linha, quando percebo as consultas extras. Além dos estudos que fizemos juntas, há vários compromissos que não reconheço. Suponho que são para o acompanhamento de estudos de longo prazo que já fazia, mas não tenho certeza, porque ela usava um tipo bizarro de taquigrafia, com palavras rabiscadas ao lado de desenhos e códigos, apenas poucos identificáveis. Minha única certeza é que ela era muito mais ocupada do que eu percebia.

Por que tanto? Testar desse jeito é simplesmente pedir para morrer. Qualquer um podia ver isso, mesmo alguém como Charlotte, que estava convencida de que viveria para sempre.

– O que você estava fazendo, Charlotte? – pergunto a seu quarto.

Entendo a necessidade. Entendo a fome. Totalmente entendo o desejo de ganhar dinheiro suficiente para poder pirar um pouco, e depois um ganhar um pouco mais que isso para se sentir segura, e talvez um pouco mais ainda, além disso, só por garantia. Mas me dou conta de que o ritmo que Charlotte estava mantendo de *meses* era completamente insano. Há um preço em jogar toda a química em seu corpo. E, além disso, há o sangue, tantos frascos extraídos em nome da ciência de outra pessoa.

Por que ela se deixaria ser sugada até secar desse jeito?

Estremeço um pouco embaixo da coberta dela. Químicos para dentro, sangue para fora. Veneno para dentro, força vital para fora. Dia após dia. Repetidas vezes. Sinto como se estivesse olhando para um cronograma de suicídio. Morte por testes.

– Por quê? – pergunto de novo a seu quarto, mas não espero nenhuma resposta. Somos um bando sem sentimentos, lembra? Quando fazemos as malas e vamos embora de um lugar, é para sempre. O pouco que ela deixou para trás não vai contar nenhuma história.

Sei que não há nada que valha a pena guardar, mas rastejo para fora da cama e vasculho sua cômoda só por garantia. Suéteres e jeans na gaveta de baixo. Algumas camisas na do meio. Uma gaveta de cima cheia de meias e lingerie, e a outra cheia de drogas. É um cemitério de comprimidos, cheio até a borda com dezenas e dezenas de remédios diferentes – Jameson não devia saber deles, ou ele não teria me deixado entrar no quarto tão rapidamente. Metade dos frascos está sem tampa, e comprimidos e cápsulas chacoalham espalhados quando puxo com força, depois com mais força, para fazer a gaveta emperrada abrir mais. Puxo forte demais, e a gaveta inteira sai voando em minha mão, cuspindo pílulas por todo o carpete.

Droga. Eu fico de quatro para limpar a bagunça.

É fazendo isso, pegando o que derramei, que tenho a ideia. Abaixada no chão daquele jeito, com as mãos cheias de frascos pela metade e comprimidos misturados aleatoriamente – qualquer um dos quais podia ter sido a coisa que a tinha matado –, *sinto como se Charlotte estivesse me mandando uma mensagem. Me dando um presente.*

Sei que estou sendo mórbida e ridícula demais, mas é como me sinto. Charlotte era minha amiga, e essa ideia, esse *plano*, está vindo dela. Parece superstição boba, besteira de fantasmas, mas eu sei o que estou dizendo. Isso é Charlotte me oferecendo o dinheiro do aluguel. Isso é Charlotte me dando a chance de ir ao castelo no fim do mundo. Isso é Charlotte finalmente aprovando Dylan.

Jameson pode ter pegado o dinheiro de Charlotte, mas posso ganhar muito mais se for inteligente. Inteligente o suficiente para não morrer. Caminho até sua cama e pego sua carteira de motorista. Funcionou uma vez antes, e vai funcionar de novo. Abro a agenda na data de hoje. Agora é tarde demais, mas a partir de amanhã, vou ser uma garota muito ocupada. Uma empreendedora de laboratório.

Vou dobrar minha aposta. Vou para meus compromissos *e os dela*. Não por meses e meses, como fez Charlotte, obviamente. Essa é uma solução de curto prazo, vou fazer isso só até ter o suficiente para a Patagônia. Só a renda, sem a morte. E se eles me pegarem e expulsarem, que seja. Esse é mesmo meu *grand finale*. Meu plano de saída. Meu fundo de garantia.

Charlotte tinha razão sobre uma coisa: é hora de dar um passo adiante. Ela só levou as coisas longe demais. Vou fazer isso do jeito certo. Só até o ponto certo.

Eu me sinto bem com isso. Feliz e esperançosa. Vai ser fácil entrar no lugar de Charlotte. Amanhã, depois de terminar de ser eu, vou ser ela.

Só que não morta.

INTERDEPOIS

Eles continuam a trazer. Mais remédios, em quantidades absurdas. Eles derramam e injetam; eles me enchem disso a colheradas e com forcados e caminhões.

Sou diluída.

Audie em um vidro, uma parte por milhão.

Agite bem para evitar separação. Agite bem antes de servir. Posso sentir as partes boas, as partes que são eu, *dissolvendo-se no sangue ruim.*

agiteme agiteme agiteme

Segure a onda. Segure a minha onda.

Eles acrescentam ainda mais remédio. Eu não tinha ideia de que era tão vazia, de que tinha tanto espaço que precisava ser preenchido. Eles me abrem ao meio e derramam em meu interior, dia após dia. Estou sendo reconstituída. Regenerada. Nova e melhorada.

Uma nova e homeopática eu.

CAPÍTULO 27

Ser Charlotte fica mais fácil com a prática.

Entrei em pânico nas primeiras vezes em que precisei assinar seu nome. Ela era destra ou canhota? Eu me senti culpada por não saber isso, portanto assinei usando floreios grandes e gratuitos, o oposto de meus garranchos compactos, só para dar mais espaço no papel ao nome de Charlotte. Ninguém questionou nada.

Como se fosse ela, eu dou amostras. Por ela eu engulo comprimidos. Sendo Charlotte, eu me abro toda e digo aah. Nada demais. É como ser eu, só que mais ocupada.

Também é mais divertido. *Eu estou* mais divertida. É difícil explicar, mas quando entro em uma sala e digo a eles que sou Charlotte, é como se eu me tornasse ela. Como se a tivesse por perto. É uma sensação boa ser outra pessoa por algum tempo.

Charlotte tinha energia. Charlotte tinha histórias. Charlotte era sarcástica e engraçada e animada e excêntrica, e tinha aquele jeito de passar por cima das merdas da vida. Charlotte usava sem medo seu dedo médio. Charlotte colocava molho apimentado, quanto mais apimentado melhor, em tudo o que comia. Charlotte iluminava um ambiente.

E agora eu faço isso também.

Não é tão assustador quanto parece, isso não é uma coisa de Mulher Branca Solteira de além-túmulo. Não estou realmente tentando ser ela. Só estou pegando suas melhores partes e... tomando emprestadas.

Então Charlotte faz xixi com animação, um jato de ouro alegre e tilintante. Charlotte estende o braço com entusiasmo, sem nunca fazer cara feia quando a agulha penetra. Charlotte deita na maca em repouso pacífico. Seu sacro é sagrado. Seus ventrículos são veneráveis. Seu bulbo raquidiano é um livro aberto.

Estou fora de meu corpo, fora de minha mente. Meus folículos e meu baço e meus ossos do metatarso e meus brônquios todos pagam tributo a minha amiga, e o dinheiro não para de entrar e entrar.

Sou Charlotte Cia. Ltda., empresária extraordinária. Minha pele está brilhando, estou com a virilha depilada. Tenho um novo apreço pela tecnologia a laser.

Preciso até de menos sono do que antes. Charlotte estava sempre reclamando de insônia, será contagioso em algum nível subconsciente? Ou talvez eu seja apenas extremamente sugestionável.

Em todo caso, eu sou ela, e ela sou eu. Juntas, Charlotte e eu somos lucrativas. Estamos no positivo. Nós fazemos tudo com grande eficiência, e o castelo no fim do mundo reluz brilhante no fundo de minha mente.

O presente de aniversário de Dylan *talvez* seja brilhante e reluzente. Um *quase* que cresce rapidamente.

Mas entre os compromissos, entre os procedimentos, entre as páginas de minha brochura muito folheada do Castillo Finisterre, algo supura quando dou uma brecha. Um amontoado sombrio e podre de perguntas que faço o possível para ignorar.

por que ela morreu o que aconteceu o que eles vão fazer com seu corpo

Mas basicamente, como Charlotte, eu me sinto bem. Há estimulantes e tranquilizantes, fios e isótopos, mas tudo parece extraordinariamente sobrevivível.

então por que ela morreu

É uma pergunta que faço muito. Sei que não posso apenas pegar as recompensas, recolher toda essa boa sorte, sem pagar de volta a Charlotte de algum modo. Por isso, quanto mais dinheiro eu ganho, e mais perto fico do custo da passagem de ida e volta para dois e seis – não, sete! – noites de paraíso ecoluxuoso, olho mais seriamente para rostos e procedimentos e ingredientes. *Qual de vocês a matou?*, pergunto em silêncio.

Até agora, não descobri nenhuma pista.

– Você está de bom humor – diz Dylan quando eu o visito entre as consultas. Vou vê-lo o máximo que posso, apesar de nós dois preferirmos visitas quando não há mais ninguém por perto. Não que já tenhamos discutido isso abertamente, mas não precisamos. É óbvio que nenhum de nós dois gosta de dividir nosso tempo juntos com mais alguém. Se eu apareço e há outra pessoa em seu quarto, saio de fininho e volto depois.

– Claro que estou. Você vai ter alta amanhã. – Enquanto meu plano se concretiza, está ficando mais difícil de guardar o segredo. Vou contar a ele em breve. É quase o momento certo.

– Isso. Amanhã. – Dylan está sorrindo, ele tem seu próprio plano secreto. – Pelo menos, é o que minha mãe acha. Hummm... erro meu. Na verdade, é hoje. – Ele confere o relógio de pulso. – Na verdade, em questão de horas.

– Seu safado dissimulado maravilhoso – digo, e me jogo ao lado dele na cama.

– *Uff*, calma aí, animadinha. Nem tudo está funcionando com 100% da capacidade ainda.

– Desculpe – digo. – Isso significa que você vai para a minha casa? Para passar a noite?

Ele balança a cabeça afirmativamente.

– Minha mãe sempre passa aqui depois do trabalho. Eles vão me dar alta assim que ela for embora, e aí sou todo seu.

Sinto palpitações e a agitação de antiácidos de dupla ação no estômago quando me inclino para beijá-lo.

– Será que eu quero mesmo saber como você conseguiu isso?

– Favores sexuais para as enfermeiras. – Ele me beija de volta, mas está se mexendo com rigidez e protegendo o abdômen. – Eu me sinto vulgar e usado. E esfolado. Você não acreditaria no bando de depravadas que elas são.

Nós começamos a rir quando uma das enfermeiras, que parece ter uns oitenta e cinco anos e um rosto que lembra um balão de ar vazio, entra em seu quarto e nos dá um olhar de reprovação.

– Sério, Audie. – Ele pega minha mão. – Isso foi maravilhoso. *Você* foi maravilhosa. Suas visitas foram as únicas coisas que me fizeram seguir em frente.

Finjo dar um soco de leve em seu ombro, já que sei que ele ainda está sentindo dor, para tentar aliviar o clima.

– Você fez o mesmo por mim – digo.

Ele sacode a cabeça.

– Não, não fiz. Nem de perto.

Eu o beijo para calar sua boca. O bobão nem percebe o quanto ele faz por mim, o quanto estar perto dele faz todas as outras porcarias no universo sumirem.

Tento não me preocupar por ele estar usando mais um braço que o outro. Não pode ser bom sinal que a dor pareça estar se espalhando para novas partes de seu corpo toda semana.

Seu beijo, por outro lado, fica melhor e melhor a cada dia. Não importa a droga de coisa que tenha acontecido naquela manhã, ou como eu possa estar me sentindo mal. Assim que seus lábios tocam os meus, tudo se apaga completamente.

Só ontem, por exemplo, eu consegui ter uma conversa educada com Scratch. Foi apenas uma coisa tipo *oi, tudo bem?* quando nos esbarramos no corredor, mas mesmo assim. Sem Dylan, eu ainda estaria ressentida, guardando todo tipo de raiva desnecessária.

Hoje tenho mais um estudo, mas, dessa vez, quando saio, sei que é por apenas algumas horas, por isso não sinto aquelas coceiras de preocupação que se espalham pelo corpo que normalmente tenho quando deixo Dylan.

– Vejo você à noite – digo a ele. Gosto de dizer isso. Gosto de não ter um ponto de interrogação no fim de nossa despedida.

– Prometa que você vai ser delicada – grita ele para mim quando estou no corredor, alto o suficiente para a enfermeira ouvir e olhar de cara feia outra vez. – Lembre que estou esfolado!

A agenda de Charlotte diz: "Memórias, 2:30, Sl. 1321", com uma carinha sorridente com estrelas no lugar dos olhos desenhada ao lado. Ela faz isso, *fazia* isso, muito. Usava desenhinhos estranhos como taquigrafia. Não tinha visto aquela versão especial da carinha sorridente, mas só podia significar coisas boas.

A sala 1321 fica no andar da psiquiatria. Esse é território de Jameson. *Terra da fartura. Superpensadores Anônimos. Central Psiquiátrica. Hospício. País das Maravilhas.* Há vários apelidos para aquele corredor em especial, é um lugar do tipo ame-o ou odeie-o. Jameson não faz mais nenhum outro tipo de estudo. Ele goza com coisas mentais pervertidas, gosta de se sentir mais inteligente que os testes. Eu estava com a impressão de que Charlotte evitava estudos psiquiátricos, sempre dizia que eles fodiam com sua cabeça, mas esse é só mais um exemplo de como eu a conhecia pouco.

Eu tinha estado ali algumas vezes. As experiências foram tranquilas, acho. Tenho quase certeza de que recebi um placebo da última vez, porque os remédios não tiveram efeito algum, mas depois tive de passar horas respondendo perguntas inúteis sobre a porra de minhas "experiências emocionais", e o pagamento não foi grande coisa, por isso não voltei mais. Simplesmente não compensa o sacrifício.

Mas agora não é hora de escolher, por isso entro na área da recepção, digo o número de identificação de Charlotte no estudo e entrego sua carteira de motorista. A recepcionista tira uma cópia dela sem nem olhar para a foto, depois me entrega os formulários de autorização.

Rio quando leio a descrição do estudo: os efeitos da psilocibina nas recordações de memória de longo prazo. Só mesmo Charlotte para descobrir um modo de ser paga para viajar no Expresso dos Cogumelos Mágicos. A carinha sorridente com estrelas nos olhos faz todo o sentido agora. *Sua vaca doidona maluca*, sussurro com carinho.

Outras duas pessoas já estão sentadas na sala de espera. Uma delas, um cara mais velho de rosto curtido com um dente de baixo faltando, olha para mim e pisca, como se estivéssemos compartilhando uma piada. O que, acho, meio que estamos.

– Você já fez isso antes? – pergunta ele.

Sacudo a cabeça, e ele ri.

– Uau, garota. Você vai se divertir. Só relaxe e aproveite, menina. Solte as rédeas do seu cérebro, entende o que eu digo? – Ele ri de novo, um som molhado, lúbrico, e fico satisfeita quando uma enfermeira enfia a cabeça para dentro da sala e o chama.

Pego uma revista para me ajudar a evitar que meu olhar cruze com o da outra pessoa na sala, mas, após um minuto, é óbvio que não preciso mais me dar ao trabalho. A mulher é de meia-idade, com cabelos crespos e olhos baços, sorrindo para um ponto na parede. Há algo estranhamente assustador em sua imobilidade, sobre a falta de reconhecimento completa de que estou sentada a pouco mais de um metro dela, quase como se *uma* de nós não existisse.

Quando a enfermeira volta à sala e chama o nome de Charlotte, estou quase assustada o suficiente para sair correndo. Algo ali simplesmente parece errado. *Tome as drogas, depois pegue a grana*, digo a mim mesma. *Acalme-se, porra.*

Eu me levanto e sigo a mulher.

CAPÍTULO 28

Sei exatamente onde estou, nada no quarto mudou desde que a enfermeira me conduziu até ali e me fez abrir bem a boca para provar que não tinha escondido a pílula junto da bochecha. (Tolinha, eu, esperando um cogumelo de verdade.) Mas as coisas mudaram, e estou ao mesmo tempo *aqui* e *não aqui*. Não, é pior que isso. É mais como uma sensação de estar simultaneamente morta e viva, como uma versão sem pelos do gato de Schrödinger.

Eu obviamente não tirei a pílula do placebo.

À distância do não aqui que vejo quando fecho os olhos, uma barraca de parque de diversões se abre. É um borrão solitário de cor sobre o que, do contrário, seria uma extensão infinita de cinza nublado.

Do interior da tenda, uma voz em tom baixo e arrastada começa a crescer em tempo e volume. Parece a voz do Professor, com o acréscimo curioso de um toque circense. Ele parece um mestre de cerimônias bêbado, e, enquanto fala, a névoa começa a se dissipar, e, quando abro os olhos, imagens do não aqui se sobrepõem nas paredes anteriormente brancas do quarto. Lentamente, as páginas familiares de uma revista ganham vida a minha volta, e, em algum lugar, uma cortina se ergue.

Ahem.

Bem-vindos.

Bem-vindos, e não fiquem com vergonha! Aproximem-se, senhoras e senhores, mesdames et messieurs. Vejam com seus próprios olhos um grupo muito diversificado de pessoas – indivíduos admiráveis e destemidos transformados, transfigurados, além dos limites da carne e da física. Banqueteiem o olhar com línguas divididas em dois... espere, melhor ainda, em três! Observem os tentáculos rosa ágeis se movendo com agilidade entre lábios impressionantes com piercings – a língua é surpreendentemente ágil quando liberada de sua forma triste, sem bifurcações, não acham? E vejam os dentes, caprichosamente afiados em pontas. É bom o dentista de alguém se comportar direitinho. Hah, hah, hah!

Siga para a esquerda para ver a exibição seguinte. Uma variedade surpreendente de escarificações decorativas, e orelhas élficas recém-desenformadas. Muito pontudas e divertidas! (Não vamos entrar na mecânica agora, senhor – há crianças presentes.) E não se preocupem com o número impressionante de dedos e outros apêndices faltando, prezado público. Todas as amputações são feitas voluntariamente.

Agora, olhem ali. Estão vendo aqueles chifres? Não, não, não se assustem. Esse cavalheiro distinto que os exibe não é o diabo nem um bode. Está apenas exibindo o melhor em implantes de titânio decorativos. Pois afinal, por que sua epiderme deve ficar com toda a diversão?

Vamos seguir em frente, não há um momento a perder. O mais espetacular está para começar.

Pssst. Silêncio agora. O cirurgião precisa se concentrar. Ah, não, senhora, ele não é um cirurgião de verdade, pelo menos não no sentido convencional. Mas observe a confiança com a qual ele enfia os ganchos através da carne de sua vítima – ga-

ranto que você nunca sentiu mãos mais vigorosas sobre seus ossos. Se não acredita em minhas palavras, basta olhar para o êxtase no rosto dessa moça enquanto é içada por – vamos contar juntos, são seis? – ganchos de metal atravessados em sua carne. Observem enquanto ela está pendurada, suspensa no ar como uma crisálida à espera. Vejam-na respirando fundo, e começar a balançar à medida que fica confortável com suas novas asas de carne esticada. Ela agora está dançando, estão vendo? Na verdade, voando. Contemplem e invejem sua liberdade! Invejem sua beleza! Ela está superando as atribulações cotidianas, transcendendo os limites da própria carne.

Alguma coisa está errada.

Isso não é minha memória.

As instruções eram claras: concentre-se em uma memória antiga. Felicidade. Sim. Minha lembrança feliz mais antiga.

Preciso pensar nisso. Preciso me concentrar enquanto eles tiram retratos do interior de meu cérebro. *Clique clique clique clique.* Preciso ignorar a escuridão molhada que está enchendo o quarto ao meu redor e pensar em passeios a cavalo ou sentar no colo de Papai Noel ou nos cookies especiais da vovó só-para-mim. Esses foram exemplos que eles deram. Não tive chance de dizer a eles antes de me amarrarem aqui que eu só tenho um vazio onde deviam estar essas lembranças.

Sou um ralo. Sou um rodamoinho. Sou sucção e vácuo.

Agora há alguma coisa errada, e surge um vazamento em minha mente.

Pensamentos liquefeitos escorrem de meus ouvidos, se empoçando a minha volta sobre a maca de metal, depois transbordando em um ralo no chão.

Em algum lugar, fora de vista, Charlotte começa a cantar:

Em cinzas ou na água, nós todos morremos.

Grito para abafar o som.

Uma vozinha sai do alto-falante.

– Charlotte, tente ficar calma. Lembre-se, precisamos que você fique imóvel enquanto completamos os exames. Tente se concentrar no tópico.

Estou presa a uma maca, enfiada em uma máquina que clica e faz ruídos surdos enquanto devora minhas lembranças.

Começo a gritar de novo, mas tudo o que preciso dizer derrete em uma poça cinza claro e emana de meus poros antes que qualquer som possa sair. As vibrações da máquina agitam e espalham o líquido.

O tópico. Concentre-se no tópico.

Qual é o tópico?

Memórias. Sim, elas devem existir aqui, em algum lugar.

Os ruídos mecânicos desaparecem, e eu fico inerte. Uma brisa fresca sopra na sala, e eu me solto. *Libere as rédeas de seu cérebro.*

Mas o líquido volta logo, primeiro em respingos e gotas, e depois em grandes esguichos arteriais. Registro vagamente que agora ele está vermelho.

Através da névoa, a voz eletrônica cantarola.

– Espere mais um pouco, Charlotte. Não falta muito, estamos conseguindo algumas imagens ótimas do córtex pré-frontal.

Fico rígida porque sei que algo terrível vai acontecer, e antes que consiga gritar por socorro, o turbilhão vermelho enche minha boca e meus ouvidos e meus olhos, e as imagens que vejo, todas aquelas lembranças que nem mesmo pertencem a mim, são tingidas pela cor raivosa de sangue derramado.

A máquina volta à vida com um ronco, dessa vez na direção oposta, e agora posso ouvir o som de suas garras mecânicas misturando passado e presente em uma bola grudenta de tempo confuso, depois a esticando e achatando. A máquina amassa e trança a massa do sonho, e não sei dizer de onde vem todo o vermelho nem por que minha pele parece estar em chamas enquanto estou me afogando.

Fico aliviada quando a escuridão finalmente volta. Eu a respiro em haustos grandes e agradecidos.

– Charlotte? Charlotte, você está bem? Você pode me ouvir? – A vozinha irrompe através de meus pensamentos. – Estamos acabando agora. Vou tirar você daqui em um minutinho.

– Estou bem. – Minha voz é um grasnido.

Estou bem. De algum modo, sei que o pior terminou, que passei por ele intacta. Mas parte de mim ainda está ansiosa. Será que eles acertaram a direção no fim? O tempo está andando para frente outra vez? Tenho uma sensação horrível de que alguma coisa deu errado, e que o tempo está andando para frente e para trás simultaneamente, se entrelaçando e dando voltas em torno de si mesmo fazendo uma forma de oito infinita.

Quero perguntar, fazer com que eles verifiquem as máquinas, mas o alto-falante fica em silêncio, e antes que alguém entre na sala, mergulho suavemente de volta para o cinza e o lugar vazio onde deviam estar as lembranças e, depois, é tarde demais. O que está feito, está feito.

CAPÍTULO 29

Por todo o caminho para casa, as luzes pregam peças em minha mente.

Estou bem o suficiente para caminhar, mas estou um pouco desequilibrada, e não paro de desviar para a direita mesmo quando quero ir em frente. Eu espanto com as mãos os insetos que zumbem nas lâmpadas fluorescentes no teto do corredor, depois cuspo nos refletores penetrantes, lancinantes, que se alinham na calçada no exterior. Vou caminhando sinuosamente pelo estacionamento e dou um soco no capô de um carro cuja seta está me zoando com seus sons inúteis de liga-desliga (*FODA-seFODA-seFODA-se*). O motorista de cabelo branco olha para mim com olhos redondos assustados e, quando eu passo, abaixa o trinco da porta com um tapa.

Uma quadra, duas quadras, uma quadra. A distância se contrai e expande enquanto caminho para casa, e as luzes da rua me seguem, estendendo os pescoços para me entregar, estilo revezamento, para o guarda iluminado seguinte. Não vai haver sombras onde me esconder, não, senhor. O refletor brilha em minhas costas, fazendo a pele em meu pescoço formigar e repuxar quando paro e me apoio na parede para vomitar.

É uma sorte para mim agora, como foi antes, que cobaias não dirijam para o trabalho. Noites turvas de efeitos colaterais demais, como aquela, para sobreviver à viagem.

A meio caminho de casa, meu cérebro clareia o suficiente para que eu consiga diferenciar fato de sintoma. Posso reconhecer, posso articular para mim mesma, que *essa* coisa ou sensação ou aparição é só a droga se apossando de minha mente, e, mais provavelmente, *aquilo* também. Essas coisas, esses bichos-papões assustadores e sussurrantes que me espreitam não são reais, mas criações de minha mente alterada pelo teste. Saber isso não me impede de vê-los, mas faz com que eu pare de *acreditar* neles. Alguém que nunca teve essa experiência, nunca fez essa descoberta, talvez não reconheça o significado, mas é profundo.

Porra. Anote mais uma droga recreativa que minha genética de viciada não me deixa aproveitar. Sinto que reviraram minha mente, que brincaram com ela de um jeito extremamente desagradável.

Aparentemente, prefiro manter as rédeas de minha mente bem curtas.

Quando finalmente chego a meu prédio, cambaleante e me esforçando para ver direito, levo vários minutos de pânico – dois? cinco? O tempo está suspenso demais para saber – até encontrar as chaves, já que o ato de enfiar as mãos nos bolsos agride minhas terminações nervosas superexcitadas com sensações desagradáveis. Fios afiados como vidro; e migalhas, como navalhas se enfiam sob minhas unhas quando procuro em meu casaco, e até o pano parece arame farpado tecido contra minha pele.

Acho que encontro a chave no meio de um intervalo de tempo que meu cérebro absorveu e descartou, porque então, de repente, estou no apartamento, onde uma sensação diferente me ataca. A sala está uma bagunça, mais bagunçada do que jamais esteve, e por sob a confusão, flutuando em ramos cor de pântano pelo ar, há o fedor inconfundível de carne em decomposição. Parte de mim percebe a lata de lixo transbordando na cozinha, deduz que é o fedor da galinha jogada dois dias atrás e implorando para ser levada para fora, mas isso não impede o outro setor de meu cérebro que ainda está dançando em círculos de sussurrar coisas terríveis em meu ouvido. *É Charlotte. Ela está aqui. É assim que ela cheira agora. Morta e podre, igual a você.*

Dou um tapa no ouvido para afastar o pensamento e entro no fedor.

Jameson está sentado à mesa, encarando o espaço.

– Oi, Audie – murmura, mas de modo indistinto. Está usando a mesma roupa de ontem, e posso sentir o fedor avinagrado de seus pés com meias mesmo com todo o cheiro de decomposição.

Abro a boca para perguntar a ele se está bem, talvez fazer uma piada sobre a bagunça do apartamento, mas alguém bate na porta às minhas costas antes que eu possa dizer qualquer coisa.

Abro a porta, e a névoa em minha mente se dissipa um pouco assim que vejo Dylan ali parado. Eu me aperto contra ele e o beijo, quero dizer, beijo *de verdade*, e Jameson faz uma expressão de escárnio e nojo atrás de mim.

– Venha. – Eu pego Dylan pela mão e o puxo, e passo com ele por Jameson, que só fica ali sentado e sacode a cabeça para mim como se fosse a porra de um diretor de escola refletindo se devia ou não me colocar de castigo.

Quase levo Dylan para o quarto de Charlotte por engano, já que dormi as últimas noites lá, mas me toco bem a tempo e vamos para o meu, onde fecho a porta contra os cheiros do apartamento.

– Esse sujeito me odeia – diz Dylan enquanto puxo sua camisa por cima de sua cabeça.

– Ele está tendo uma semana difícil.

Finjo não perceber o quanto Dylan perdeu peso, como ele parece estar encolhendo diante de meus olhos. Suas costelas protuberantes parecem guelras, e os novos relevos de seu rosto captam a luz de maneiras que nunca fizeram antes. *Ele está bem*, lembro a mim mesma. *Ninguém come a comida do hospital.*

Apago a luz para poder preenchê-lo. Reconstruí-lo. Felizmente, ele é familiar no escuro. Abraçados juntos, pele comprimida contra pele, sua aparência mudada não importa mais.

Depois, ele dorme. Quando está apagado pelo que parece tempo suficiente, saio da cama com cuidado e pego sua carteira do bolso de seu jeans jogado no chão.

Agora tenho dinheiro economizado suficiente para comprar nossas passagens de avião, e decidi finalmente como vou surpreender Dylan com a notícia de que vamos para a Patagônia. Quero que a grande revelação seja divertida – vou preencher um formulário de requisição de passaporte com toda sua informação, depois dar a ele para assinar. Quero ver quanto tempo leva para ele descobrir. Já tenho a maioria dos campos preenchidos, mas preciso completar o resto logo para haver alguma chance de conseguir receber o passaporte a tempo da viagem. Mesmo com o serviço expresso, estamos ficando sem tempo.

Congelo quando ele se mexe e rola na cama. Espero até que ele volte à respiração lenta de sono antes de tirar sua identidade da carteira para preencher uma das lacunas que restam no formulário: seu nome completo.

Também tem um Alexander. Como eu não sabia disso? Isso faz com que eu me sinta mal, como a pior namorada do mundo, por não saber nem mesmo o nome completo do namorado.

Mas pelo menos agora eu sei: Também tem Alexander.

Combina com ele. Imagino seus pais discutindo sobre nomes, querendo, precisando, escolher exatamente o certo. Aposto que é um nome de família. Um presente de uma geração anterior.

O tipo de nome que você ganha de pais que se importam, de uma família com raízes que se aferram à terra e não soltam. Um nome compartilhado e conferido a você.

Não como meu nome, que parece o tipo de uma pessoa bêbada. Audrea já é bem ruim. Junte com meu segundo nome, Makayna, havaiano, uma ideia aleatória de pais que nunca chegaram mais perto de um lugar tropical que uma ressaca de rum Malibu. Tenho um nome de produto de mercado popular. Eles podiam muito bem ter me chamado de Superpromoção. Garotinha Dentro do Orçamento.

Qualquer coisa.

Estou sorrindo, sentindo-me vitoriosa enquanto devolvo a identidade à carteira, quando os seus números começam a se remexer e se espalhar. O nascimento de Dylan se rearruma diante de meus olhos, e quando vejo, o mês seguinte se transforma em três meses atrás.

Não. Não.

Não está certo. São as drogas. Elas ainda estão em meu organismo.

Lembro disso a mim mesma várias vezes até que meu coração desacelera e meu estômago relaxa. Não é real. Claro que não deixei passar seu aniversário. É uma ilusão de ótica. Meus olhos ainda estão me pregando peças.

Jogo a carteira no chão, não faz sentido em deixar a identidade fazer aquela sacanagem comigo outra vez, e me enrosco em Dylan, com a testa apertada contra suas costas, meus olhos bem fechados.

Quando acordo, o quarto está banhado em luz do sol, e tudo está nítido outra vez, os números e letras e fatos, tudo voltou a seus lugares certos. *Mantenha o controle de seu cérebro, Audie,* digo a mim mesma. *Você vai superar isso.*

SÓATÉ

Ele espera até o fim da hora para me dizer que quer aumentar minha dose e também começar a me aplicar outra medicação.

– Estou muito satisfeito com seu progresso, Audie. Você está se tornando um de meus casos de sucesso.

– Progresso segundo o quê? – pergunta a garota usando minha boca. Ela senta em meus dedos para impedir que eu me coce.

Os olhos do médico se apertam um pouco diante do desafio.

– Bem, nós fizemos progressos significativos em relação a suas funções cognitivas e alucinações. Mas tenho de admitir que, em algumas frentes, parece que não estamos avançando muito. Não vejo você sorrir há semanas, por exemplo, e várias enfermeiras comentaram sua falta de afeto. Você parece ter perdido um pouco de seu espírito belicoso, o que acho ser ao mesmo tempo bom e ruim. Enfim, eu gostaria de começar a dar a você um antidepressivo, ver se conseguimos evitar outra queda em uma grande depressão.

Consigo manter o controle de minha boca por tempo suficiente para dizer alguma coisa, apesar de saber que isso vai me custar algo.

– Nunca fiquei deprimida na vida.

Ele ergue uma sobrancelha desconfiada, depois baixa os olhos para folhear as páginas de meu prontuário. Ele leva um bom tempo para examinar a sopa de letrinhas de meus diagnósticos.

Por fim, ele franze o cenho, confirmando que estou certa.

– Bem, Audie, ainda assim vejo alguns sinais inconfundíveis de depressão. Insônia. Letargia. Redução do apetite. Você discorda mesmo?

– Não estou deprimida. Estou infeliz. É diferente. – A coceira está quase insuportável. É culpa dela, quer que eu pare de falar.

O médico encosta-se em sua cadeira e junta os dedos das mãos sobre a mesa apontando para o alto, como sempre faz quando temos pouco tempo de sobra. Ele acha que a pose disfarça quando sua atenção está se desviando.

– Como assim? – Seus olhos estão grudados no relógio na parede atrás de mim.

Uso o que resta de minha energia, mas digo mesmo assim.

– Depressão é irracional. Estou infeliz porque minha vida é uma merda. Isso é racional.

Sei que o relógio finalmente chegou à hora porque as pequenas rugas de tensão em torno de seus olhos relaxam.

– Sabe, Audie, às vezes eu esqueço que você ainda é uma adolescente. – Ele sorri. Dá o pequeno ronco superficial que deveria ser sua risada. Ele é a única pessoa que conheci que realmente gargalha. – Está bem. Podemos segurar isso por enquanto se você está tão segura, mas eu gostaria de retomar o assunto na semana que vem.

Eu estou muito segura sobre isso, mas não consigo dizer, porque perdi outra vez o controle de minha boca. Como pagamento, a garota que não sou eu me deixa soltar a mão para uma coçada rápida, na parte baixa da coxa. Eu enfio as unhas, para obter o maior efeito possível.

– Não, tudo bem – diz ela em minha voz. – Se o senhor acha que mudar meus remédios vai ajudar. – Ela inclina minha cabeça para um lado, depois para o outro. Pisca para se livrar das bordas indistintas. – O senhor é o médico.

CAPÍTULO 30

Depois de um dia longo na mina das pílulas, vou ao cinema com Dylan. É um filme de ação e futurista, mas não consigo me concentrar na trama porque estou focada demais na peruca do ator e como ela muda de posição de cena para cena. Nosso herói musculoso um tanto envelhecido encontrou amor em um planeta distante, mas tudo em que consigo pensar é no fato de que ele tinha nitidamente mais cabelo quando estava na Terra. Será que a Nasa alguma vez estudou os efeitos gravitacionais sobe os folículos capilares?

São as drogas, claro. A própria Charlotte deve ter relatado um caso severo quando preencheu a papelada de inscrição para o estudo de síndrome de déficit de atenção, por isso estou com a maior dosagem possível. Por três dias, estou hiperconcentrada em uma coisa de cada vez.

Uma.

Coisa.

De.

Cada.

Vez.

Por isso, sabe como você normalmente tem algumas coisas flutuando por seu cérebro ao mesmo tempo? Tipo, sim, esse filme é muito legal, e ah, merda, eu me esqueci de carregar o celular, e nossa, como meu namorado é gostoso? Eu, não. Pelo menos, não mais, o padrão habitual de pensamentos conflituosos se reduziu a um único ponto de concentração de raio laser. Processo o mundo em staccato, em explosões de tarefas únicas.

Isso, na verdade, destruindo completamente o ato de namorar, que devia ser fundamentalmente uma experiência holística. Dylan tentou me beijar assim que as luzes apagaram no cinema, mas foi meio patético, já que eu não consegui evitar me fixar em detalhes idiotas. Eu nunca percebi como ele faz esse som estalado estranho com a língua logo antes de nossos lábios se tocarem, ou o modo como ele traça pequenos círculos em minha coxa enquanto estamos nos beijando. De repente, eu só conseguia pensar nisso, e foi uma coisa que me irritou pra cacete. O que praticamente acabou com todo o objetivo de namorar.

Sinto falta de meu balé cerebral estilo livre. Há coisas boas no aleatório. Há algo saudável na distração.

Se você olhar por muito tempo, ninguém é perfeito.

Agora me dê licença enquanto eu me concentro.

O ator está parado na superfície desolada do planeta, maravilhado com sua recém-descoberta habilidade de respirar ar alienígena, mas seu cabelo mal se agita na brisa marciana. E: sua peruca está um centímetro mais perto da orelha esquerda do que quando saiu pela primeira vez da cápsula de transporte. Ele sai do quadro e prendo a respiração até que reaparece. U-hu, corta a cena, e seu cabelo falso mudou de lado outra vez.

Viro para examinar a linha do cabelo de Dylan. Agora que ele desistiu de tentar alguma ação no escuro do cinema – aparentemente, não disfarcei muito bem minha falta de correspondência – ele está aproveitando o filme e não me percebe olhando-o fixamente. Espere. A linha de seu cabelo mudou também? Eu podia jurar que ele usava o cabelo repartido do outro lado. Repasso várias cenas em minha cabeça, concentrada em seu cabelo. *Clique clique clique*, eu repasso as lembranças, franzindo o cenho ao perceber discrepâncias na linha do cabelo. Finalmente, surge um padrão.

Oh.

O escrutínio é o inimigo da perfeição.

Estico o braço sobre seu ombro, fingindo naturalidade, e passo os dedos por seu cabelo para confirmar o que já sei. Ele vira a cabeça e me dá um beijo rápido e distraído, depois volta os olhos para a tela. Puxo as mãos de volta para meu colo, com vergonha de mim mesma por só perceber agora o quanto o tratamento reduziu seu cabelo, que antes era cheio e farto.

Pelo menos ele recuperou um pouco do peso que perdeu.

Meu cérebro excessivamente atento se apropria de qualquer boa notícia ultimamente, já que minha vida como Charlotte não andou muito tranquila esta semana. Dois estudos me flagraram e me puseram porta afora em desgraça. Um, ao perceber as discrepâncias em meu tipo sanguíneo. Charlotte: A positivo. Eu: O negativo.

Ou melhor, O de oops. Sem dúvida um negativo enorme, por parte do laboratório.

O outro estudo fez o impensável: eles realmente olharam com atenção para a identidade que eu apresentei.

– Essa não é você – disse a coordenadora do estudo depois de franzir a testa para a carteira de motorista por um longo minuto.

Eu não ia discutir com ela. Peguei a carteira e me preparei para sair sem fazer cena, mas ela a tomou de mim e a tirou de meu alcance.

– Isso não é um jogo, sabia? – repreendeu-me ela. – Vocês acham que isso é só um jeito fácil de ganhar uma grana. Vocês não entendem que estamos tentando fazer alguma coisa importante aqui? Vocês sequer se importam que, ao fazer coisas como essas, mentir nos formulários e trocar participantes podem invalidar completamente nossos resultados? Vocês estão brincando com vidas de verdade.

Como se minha vida não fosse real. A de Charlotte não tivesse sido real.

Ficamos nos encarando fixamente até que me lancei sobre a mesa para pegar a carteira de motorista de Charlotte, em seguida saí do escritório.

– Vou avisar aos outros escritórios sobre você – gritou ela para mim. – Vou mandar um e-mail para todo o departamento. Boa sorte quando for fazer seu pequeno truque no futuro.

Ela é muito mentirosa. Os estudos são feitos por grupos rotativos de estudantes de pós-graduação, professores visitantes, residentes e técnicos que estão com os narizes tão enterrados na informação que não podem se incomodar com detalhes sobre cada voluntário de teste.

Mesmo assim, é uma preocupação.

É bom que não consiga me preocupar com isso por muito tempo. Tenho linhas de cabelo para examinar.

O filme chega ao clímax. Finalmente, o cabelo do herói fica sob controle. Ele mantém sua postura de grama sintética e a integridade de suas laterais durante duas batalhas galácticas, vários truques de alienígenas sensuais e uma cerimônia de condecoração interplanetária. Com dois terços de filme, uma pessoa no set de produção finalmente começou a prestar atenção aos detalhes. Talvez os bons produtores do AttentiQuil DX (patente em análise!) devessem começar seu trabalho de marketing em Hollywood.

Dylan quer comer alguma coisa, mas os remédios acabaram com meu apetite.

– Divido alguma coisa com você – digo, e ele faz uma careta.

Eu tento de outro jeito.

– Que tal um mexicano? – digo, tentando parecer com fome e entusiasmada.

Eu realmente odeio desapontá-lo.

CAPÍTULO 31

PAPO DO DIA: REFLEXÕES SOBRE A (PORRA DA) NOBREZA DA CIÊNCIA

Caríssimos e nobres leitores,

Chamou nossa atenção que alguns de nós são acusados de tirar vantagem do que já foi um processo acima de qualquer censura. Nosso crime: obter lucro com a ciência.

Exploradores vis!, gritam nossos críticos. *Corruptores do conhecimento! Destruidores da sabedoria!*

E o que dizem vocês, sábios irmãos cobaias?

O que é isso? O que é esse leve ronco que ouço se infiltrar profundamente em nossas entranhas coletivas? Uma pontada de consciência? Um espasmo de dúvida? Talvez um respingar viscoso de culpa?

Será que vocês realmente concordam com as pessoas que procuram banir esses corpos generosos e cheios de prática dos corredores esperançosos que trazem curas não testadas?

Ah. Parece que eu estava errada, e muito. Aqueles não eram ruídos gorgolejantes de aprovação. Por favor, o banheiro é logo ali no corredor, se você precisar.

Mas e o método científico?, lamentam nossos críticos de olhos esbugalhados. *E as dissertações? A pesquisa? As verbas do governo?*

– Integridade dos dados – ecoam em uníssono salutar e educado.

Os protestos deles preocupam vocês? Não fiquem assim, meus amigos coelhos cobaias de rabo felpudo. Não é preciso franzir suas sobrancelhas peludas. Pois os cientistas não vão sofrer. Não enquanto nós, voluntários leais, continuarmos a respirar, e não enquanto a ciência continuar a ir fielmente para a cama com o comércio.

Vejam, só precisamos visualizar o pesquisador intrépido, despertado no meio da noite por um raio de inspiração sem dúvida igual ao do próprio Arquimedes. *Eureca!*, exclama esse sábio. *Deve haver um meio melhor de encolher uma espinha*, pensa essa alma ávida e abnegada. *Não vou descansar, não vou parar, até que os sonhos de meus nove anos de estudos médicos, sem contar dois anos de bolsas de estudos gratuitas, sejam totalmente completos. Vou descobrir um modo melhor! Vou reduzir as espinhas do mundo mais rápido do que qualquer outro já fez antes! Não vou descansar até ter realizado minha missão, meu verdadeiro objetivo na vida.*

São vocês, e só vocês, queridos pacientes voluntários, que podem fazer com que esses sonhos se tornem realidade. Vocês oferecem espinhas para os grandes deuses da ciência. Vocês dedicam suas peles manchadas para a melhoria da humanidade. E tudo o que vocês pedem em retorno é uma compensação pequena e justa por sua contribuição vital (no sentido mais literal).

Pois o *nosso* é o chamado realmente nobre. Ou, no mínimo, o nosso chamado é o realmente necessário. Porque teorias, como vocês sabem, são baratas e muitas.

Prova, por outro lado, é algo precioso.

E essa prova, caras cobaias, é o que há nas profundezas de *nossas* veias e tecidos. Por isso, sigam em frente, ratos de laboratório, confiantes em seu papel, e seguros de seu valor.

Continuem.

CAPÍTULO 32

No quinto e último dia de minha participação no teste do AttentiQuil DX, minha fixação *du jour* se tornou (rufem os tambores, por favor): as tatuagens de Charlotte. Fiquei rapidamente obcecada com as serpentes circulares que vi desenhadas em suas costas no dia em que ela morreu.

Em primeiro lugar, única razão pela qual penso nelas é por causa de todos os desenhinhos engraçados em sua agenda. Para certas coisas – consultas, aniversários, lembretes, quem diabos sabe? – ela não usava nem palavras. Só um desenho ao lado de uma data e hora, como aquela carinha sorridente com estrela no lugar dos olhos. Alguns consegui decifrar. É meio como um jogo de adivinhação tortuoso.

Quer jogar? Então adivinhe o significado dessas bolinhas vermelhas.

tique-taque tique-taque tique-taque

Empacou? Aqui vai uma pista: eles costumam aparecer com intervalos de cerca de 28 dias, normalmente por cinco dias seguidos.

Sim, garotos e garotas, vocês adivinharam. Bolinha vermelha = Charlotte estava menstruada. Ela era muitas coisas, mas com certeza Charlotte *não* era sutil.

Fico, então, um pouco embaraçada por quanto tempo eu levei para descobrir o sentido de um símbolo em especial que aparece toda noite de quinta-feira pelos últimos três meses: um semicírculo, com o lado reto para baixo, com círculos menores saindo dele.

Um pote de ouro, pensei. Algum tipo de dia de pagamento. Isso, naturalmente, despertou meu interesse. Não vou dizer a você por quanto tempo revistei seu quarto – esvaziei suas gavetas e até revirei os bolsos de suas roupas sujas no cesto de roupa – até finalmente entender que o pote de ouro era a representação de Charlotte de um sanduíche de falafel. Seu modo de lembrar-se do especial dois por um nas noites de quinta-feira na deli da rua.

Ela era muitas coisas, mas com certeza Charlotte *não* tinha inclinações artísticas.

Decifrei quase todos os outros símbolos bem rápido. Você só precisa tirar um minuto e raciocinar como Charlotte – ela tinha um modo de pensar inebriado, literal, com uma dose saudável de anarquia bem-humorada e compromisso firme com humor grosseiro. Depois que você consegue penetrar em seus padrões de pensamento, é fácil entender o que significam os desenhos.

Com exceção das cobras.

As de sua agenda são exatamente iguais às de suas costas – cobras enroscadas em círculos. Os desenhos aparecem três vezes ao longo dos últimos seis meses, e há mais um na próxima semana. Quarta-feira à tarde, às 14h. Não há outra informação, nenhum nome, local, nenhum texto.

Normalmente, eu deixaria isso pra lá, mas o AttentiQuil não deixa. Ele acorrenta meu cérebro ao símbolo, e não deixa que meus pensamentos divaguem por mais que eles queiram.

Para ser honesta, é irritante demais.

Dou retorno ao pessoal do AttentiQuill listando escrupulosamente os efeitos colaterais quando preencho minha papelada. Marco praticamente todas as casas possíveis: ansiedade, insônia, irritabilidade, tremores, dores abdominais. É só dizer o nome, que eu relato. Me divirto um pouco com a seção aberta no fim. "Liste qualquer efeito colateral não mencionado anteriormente", diz, então eu faço isso.

Escrevo: urina azul, ranger de dentes noturno, preocupação com os folículos capilares de outras pessoas, uso compulsivo de protetor labial, pensamentos degenerados, piromania, preguiça incurável e sofrimento geral.

E depois, só em maiúsculas, escrevo e sublinho:

GANHO ENORME DE PESO. VINTE QUILOS POR SEMANA.

Alguém me disse uma vez que esse é o pior retorno que uma empresa farmacêutica pode ter. As pessoas toleram todo tipo de efeito colateral horrível dos remédios que lhes receitam – aceitam palpitações cardíacas e danos ao fígado e dores de cabeça insuportáveis todos os dias da semana, mas ganho de peso é o beijo da morte para uma droga nova. Isso e disfunção erétil, mas eu provavelmente destruiria minha credibilidade se tentasse acrescentar essa.

A coordenadora do estudo folheia minha papelada para se assegurar de que eu completei tudo, e eu a vejo fazer uma careta quando olha o que eu escrevi. Ela parece puta, mas não tem escolha, então me entrega o envelope com o dinheiro. Ela o joga em cima de mim, mas aqui ainda sou Charlotte, por isso simplesmente não me importo.

Vou direto do estudo para a área dos laboratórios onde o Professor costuma ficar, na esperança de encontrá-lo. Sei que são os remédios, mas o desenho da cobra está realmente começando a me incomodar. Na verdade, estou começando a me sentir um pouco obcecada.

Felizmente, ele está lá. Está espreitando por ali com o caderno na mão, como sempre. Também, como sempre, todo mundo o está ignorando.

Ele fica com essa expressão ridiculamente feliz demais no rosto quando percebe que eu *quero* falar com ele. Isso quase faz você sentir pena do cara.

– Audie! – diz ele. – A que devo o prazer?

Pego seu caderno e sua caneta, o que faz com que ele gagueje e entre um pouco em pânico, mas faço toda a questão de ir direto para uma página em branco, sem ler nada do que ele escreveu, e ele se acalma um pouco.

– O que é isso? – pergunto a ele, e lhe devolvo o caderno para que possa ver o que desenhei. – O que isso significa?

Se alguém sabe, é o Professor. É exatamente o tipo de informação que enche as mentes de pessoas como ele.

Ele sabe.

– Seu desenho é um pouco tosco, mas se não estou enganado, isso é o uróboro. Uma serpente devorando a própria cauda.

Sua resposta me deixa ainda mais impaciente.

– Está bem, uróboro. Entendi. Mas o que isso *significa*?

Ele afunda em uma poltrona estofada e alisa a barba em satisfação algumas vezes antes de gesticular para que eu ocupe um assento próximo.

– Eu gostaria de confirmar em minhas fontes, claro, mas pelo que me lembro o símbolo é de origem egípcia. Ou seria grego?

Ele se explica devagar. Tão devagar que desconfio de que ele esteja prolongando nossa conversa de propósito. Não que seja uma grande conversa, apenas ele falando, falando e falando. Tenho de me forçar para calar a boca e ouvir. É importante que eu saiba.

O símbolo do uróboro aparece ao longo da história, diz o Professor. *Curiosamente universal* são as palavras que ele usa. Quetzalcóatl, o deus serpente asteca, às vezes assumia sua forma circular. Ele aparece na mitologia norueguesa. Alquimistas escreveram sobre ele. Jung também fez isso.

Ele representa o infinito. Renovação contínua. A união dos opostos, criação a partir da destruição. Blá-blá-blá. Nesse assunto, pelo menos, o Professor sabe das coisas.

Talvez ele saiba um pouquinho demais, começo a pensar.

– Também dá uma tatuagem e tanto, não acha? – pergunto, só para ver sua reação.

Mas pelo modo como ele pisca e inclina a cabeça como se estivesse confuso sobre por que eu interromperia seu pequeno monólogo com essa observação não especialmente profunda, percebo que ele não sabe do que eu estou falando. Ele não sabe das tatuagens de Charlotte.

Deixo que ele fale um pouco mais, mas já sei o suficiente. A casa da obsessão com o uróboro foi riscada de minha lista mental de efeitos colaterais, e finalmente me sinto livre de seu domínio.

– Obrigada pela informação – digo, olhando para trás.

O Professor, parecendo um pouco triste por causa de minha partida rápida, franze o cenho e acena para se despedir.

CAPÍTULO 33

Vou para casa entre compromissos para esconder meu dinheiro embaixo do colchão.

É, meu colchão. Cale a boca.

É um esconderijo embaraçosamente óbvio, mas minhas opções são limitadas. Todos os móveis de verdade no apartamento pertencem a outras pessoas. Tudo já estava aqui quando eu me mudei, e nem mesmo sei quem é dono de quê. Os sofás, por exemplo. Quem os comprou – Jameson? Charlotte? Ou outro morador que partiu há muito tempo?

E eu tenho algum direito sobre qualquer coisa que era de Charlotte? Não que eu dê a mínima para de quem seja aquela cafeteira horrível, ou quem deveria ser considerado o verdadeiro dono das toalhas de rosto. Mas pelo menos uma vez podia ser legal ter uma sensação de posse, de permanência, em vez de viver como a droga de uma nômade pelo resto de minha vida.

Tudo o que possuo pode caber e já coube na traseira de um táxi e ainda sobrou espaço. Um futon, um conjunto de caixas organizadoras de plástico em vez de uma cômoda, e uma sacola grande cheia de quinquilharias que eu não tive energia para jogar fora. Há deprimentemente poucos cantos ocultos e esconderijos entre minhas parcas posses, por isso é embaixo do colchão. Melhor que nas mãos de um ladrão. Enfim.

Infelizmente, meu tesouro escondido não está crescendo tão rápido quanto eu esperava. Estou muito, muito perto do número mágico que pode fazer com que a viagem de aniversário de Dylan aconteça, mas dois outros estudos me recusaram como Charlotte esta semana, e em todo lugar que vou posso sentir as pessoas olhando para mim de todos os jeitos errados. Os corredores estão cheios de cabeças que se inclinam e viram, com olhos apertados cheios de desprezo.

Qual é a citação famosa? Às vezes paranoia é só conhecer todos os fatos? Bem, ainda estou tentando compreender os fatos, mas está começando a ficar óbvio.

Entrei na lista negra.

Não que exista uma lista de verdade. Meu rosto não é exibido em cartazes de PROCURADA (ou, mais precisamente, NÃO PROCURADA) em escritórios administrativos no fundo de corredores. Na *lista nebulosa* talvez fosse uma descrição mais precisa de minha situação atual. Como se houvesse uma nuvem nociva movendo-se lentamente e espalhando dúvidas sobre mim, contando de modo abafado e apático histórias desfavoráveis.

O dinheiro se reduziu a um pingado.

Às vezes paranoia é só ter olhos e ouvidos.

Jameson está em casa no meio do dia, fedendo mais que nunca. Ele costumava ser tão limpo.

– Você não está trabalhando hoje? – pergunto a ele.

– O que quer dizer? Claro que estou. – Ele está nervoso, o que eu normalmente suporia ser um efeito colateral, mas não o vi sair do apartamento por toda a semana. O que quer que o esteja deixando ansioso não é de natureza química.

– Então me ajude. – E quando ele faz uma careta, digo: – Vamos lá, Jameson. Você sempre tem alguma parada rolando. Você não pode me arrumar alguma coisa? Preciso ganhar alguma grana rápido.

– Não. – Ele me dá um olhar estranho, respira fundo. – Mas, ei, podemos conversar? – Ele espera até que eu chegue mais perto, até poder ter certeza de que estou prestando atenção. Parei de tomar o AttentiQuil, por isso, eu reconheço, há espaço para dúvida.

– Audie – diz ele por fim. – Eu gosto de você.

Merda. De onde está saindo isso? Nunca senti essa onda dele, tipo, *jamais*, e é a última coisa com a qual preciso lidar nesse momento. Estou prestes a fazer para ele aquele discurso *Eu também gosto de você* quando ele sacode a cabeça.

– Não. Jesus, não. Não desse jeito. Você é a porra de uma criança. Além disso... – Ele para, então sacode outra vez a cabeça como se estivesse tentando se livrar de uma imagem perturbadora. – Só quero dizer que gosto de você como pessoa e me preocupo com você. Talvez você não devesse mais fazer essas coisas consigo mesma. Você é inteligente demais para esse lugar, para essa merda. Você precisa sair daqui, arranjar uma vida de verdade. – Ele afasta o olhar, com o rosto ficando rosa. – Caia fora daqui antes que você acabe como Charlotte.

Ele continua a falar, mas estou fixada em suas unhas, compridas na mão esquerda, roídas até o talo na direita, e estou concentrada demais em suas cutículas carcomidas para escutar qualquer coisa que ele esteja dizendo. Posso ter parado de tomar os remédios para déficit de atenção há dois dias, mas ainda estou sentindo pequenas irrupções de efeitos.

Pequenas explosões solares de mau humor também. Como agora.

– Está bem, entendi – digo, sarcástica pra cacete. – Você se sente culpado. Adivinhe? Eu também. Na verdade, ninguém deu apoio para Charlotte quando ela precisou de nós. Mas até onde sei, ninguém aceita culpa no lugar de grana, por isso muito obrigada por sua ajuda. Desculpe por perguntar, porra, já que você obviamente não quer mexer um dedo. Só não me culpe se o aluguel do mês que vem atrasar. – Estou prestes a sair dali quando ele ergue as duas mãos no ar, derrotado.

– Está bem, está bem – diz, e sacode a cabeça como se eu fosse um caso perdido. – Esqueça que eu disse qualquer coisa. – Ele dá um suspiro, e posso sentir o cheiro de seu mau hálito a um metro de distância. – Me dê um ou dois dias. Talvez consiga ajudar. Mas, em troca, só peço para que você pense em uma coisa. – Ele faz uma pausa até que eu balance a cabeça bruscamente, concordando com raiva. – Só quero que você pense que eu conhecia Charlotte havia cinco anos. Eu a vi sobreviver por *cinco anos* dessa merda. Na verdade, se você pensar bem, não é surpreendente o que aconteceu com ela. Não dá para esperar sair dali tranquila, como se nada tivesse acontecido, depois de fazer isso por tanto tempo.

Cinco anos atrás, eu tinha doze anos de idade, passava os dias mentindo para dormir na casa de amigas e inventando desculpa para a frequência irregular na escola. Cinco anos *parecem* uma eternidade. E eu não tinha ideia de que Charlotte estava trabalhando nos laboratórios por tanto tempo. Ela devia ter começado fazendo coisas pediátricas. Você às vezes vê isso, pais assustados que chegam arrastando crianças assustadas para testes, na esperança de uma chance de conseguir uma cura milagrosa.

– Você está aqui há mais de cinco anos – digo. – E ainda está respirando.

Ele dá um meio sorriso.

– O que posso dizer? Sou funcionário de carreira. Se de algum modo conseguir aguentar por mais vinte anos, vou ganhar um relógio de ouro e uma pensão.

Eu escarneço, e minha raiva diminui um pouco.

– É, está bem. Isso seria bom. Um plano de aposentadoria para cobaias.

Ele olha para os pés. Não ri.

Agora me sinto mal. Não é piada. Isso para ele é mesmo uma carreira, e aqui estou eu, lembrando-o disso. O que ele vai fazer depois de todos esses anos esgotando seus neurônios? Dobrar camisas na Gap por pouco mais que o salário mínimo? Bater ponto para entrar e sair, pedir a seu chefe de vinte anos permissão toda vez que precisar parar para mijar? Ele não duraria uma semana. Nenhum de nós. Depois que você tem a chance de controlar o próprio destino, determinar o próprio horário, é difícil demais abrir mão disso.

Olho para ele ali sentado, carrancudo e com cabelo seboso, e eu amoleço. Jameson não é o inimigo aqui. Eu sei disso.

– Sei que você tem boas intenções e agradeço. Não tenho intenção de fazer isso para sempre, prometo. Está bem? Mas, na verdade, preciso ganhar uma grana rápida. Você pode, *por favor*, me ajudar?

Ele balança distraidamente a cabeça, murmura algo sobre dar alguns telefonemas, mas não olha para mim. Em vez disso, se afunda ainda mais em sua cadeira e baixa os olhos para as mãos, e já posso dizer que as unhas da esquerda vão ser roídas até o talo antes do anoitecer.

– Obrigada, Jameson – digo. E: – Eu também sinto falta dela. – Prendo a respiração enquanto lhe dou um beijinho no alto da cabeça, depois vou embora antes que seu fedor horrível e seu humor ainda pior se desprendam em mim.

CAPÍTULO 34

Volto para os laboratórios e checo os quadros de avisos. Preciso de dinheiro. Não posso me dar ao luxo de ser exigente.

Enquanto estou ali parada, Dougie se aproxima.

– Procurando ação? – Ele agita as sobrancelhas para me informar que posso entender essa pergunta de várias maneiras. – Jesus, ânimo, Audie – diz ele quando eu não respondo.

Não consigo lidar com sua energia desagradável, por isso começo a ir embora.

– Que pena – diz ele às minhas costas em uma voz provocadora. – Eu ia contar a você um segredinho, contar a você como ganhar quinhentos dólares.

Cerro os dentes e viro para trás lentamente. Tento não parecer tão cheia de ódio quanto me sinto. Não posso me dar ao luxo de ser exigente, lembro a mim mesma.

– Boa garota – diz ele com um sorriso forçado no rosto. – Por que, afinal, você me odeia tanto? Eu sempre fui legal com você.

– Tenho bons instintos – digo. E em seguida: – Tenho quase certeza de que você me sacaneou em uma vida passada.

Ele ri.

– Bem, você não vai me odiar tanto depois disso.

Não está anunciado no quadro de avisos, diz ele. Só no boca a boca.

– Eu mesmo levo você lá – diz estendendo o braço, que eu não tomo. – Como quiser. – Ele dá de ombros. – Venha comigo.

– Mas insiste em andar perto demais, com nossos ombros se tocando, enquanto seguimos para um prédio diferente. Seu caminho passa pelo beco onde acordei com um olho roxo, e não consigo evitar olhar ao redor à procura de corpos. Nenhum hoje.

É tudo sobre histórico familiar, conta-me Dougie enquanto caminhamos. Ele segura meu cotovelo e me conduz por um conjunto de portas duplas. Coisas de câncer, coisas de sangue, toda a porcaria de sempre. Marque sim nisso, não naquilo. Ele enfileira sintomas e condições. Eles vão acabar me pegando na hora dos exames de sangue, mas alguém fez uma besteira quando escreveram os formulários, e eles têm de pagar quinhentos dólares mesmo que você seja eliminado.

Ele está orgulhoso de si mesmo por saber disso.

– Todos estamos nos inscrevendo antes que descubram e acabem com isso. Hoje pode ser sua última chance.

Ele me deixa na porta do laboratório examinando meu corpo de forma lenta e gosseira, e com um aperto forte na parte alta de meu braço.

– Obrigada – digo automaticamente, depois mordo a língua com força como castigo. Não quero encorajá-lo.

Eu me inscrevo na recepção e sento para preencher os formulários, cheia da porra da disposição, já sentindo o peso daquele dinheiro em minha mão. Começo a ficar excitada. Com quinhentos dólares, vou ter o suficiente para cobrir a viagem inteira. Vou contar a Dylan. Finalmente.

Divago assim por alguns minutos, pensando sobre como ele vai reagir, e tenho certeza de que tenho um sorriso idiota gigante no rosto. Mas depois de alguns minutos, desperto dele, olho ao redor e percebo que certas coisas parecem... estranhas. Diferentes dos outros estudos.

São as outras pessoas. *Elas* são diferentes.

Por toda a minha volta, sentados naquelas cadeiras feias de sala de espera, todos parecem pálidos e sem ossos, como se fosse trabalho demais sentar reto, por isso se encolhem e parecem escorrer pelas bordas de seus assentos.

Eles caminham de modo diferente também. Andam arrastando os pés como velhos. Apoiam-se em coisas. Eles se curvam quando ficam de pé. Cobaias quase sempre parecem estar com fome, tem tanto a ver com personalidade quanto com má nutrição. Essas pessoas, porém, parecem *famintas*.

Levo um minuto para compreender. É isso o que há de diferente sobre as pessoas nessa sala de espera: essas pessoas estão Doentes.

Há várias maneiras diferentes de estar doente. Eu agora sei disso.

Há doente como passando um pouco mal. *Ah, cara. Aquele bolo de carne da cafeteria me deixou doente do estômago.*

Há doente como nojento ou perturbado. *Você viu Dougie chutar aquele cachorro? Ele é a porra de um filho da mãe doente.*

Há até doente como elogio. *Gavin estuda muito, é o maior doente.* Pessoas doentes de verdade, desconfio, não usam a palavra dessa forma.

Eis o que percebo agora, sentada aqui, cercada por essas pessoas derretendo e se arrastando: cobaias são, na verdade, doentes.

doentes da cabeça doentes pra caralho doentes de esperar doentes da cabeça com humor doentio doentes de raiva doentes do coração doentes de ficar doente com essa merda

O que não somos, entretanto, é Doentes. Como quem precisa de tratamento. Como quem necessita de cuidados. Como quem está desesperado e perdidamente doente, do jeito que as pessoas nas cadeiras a minha volta nitidamente estão.

Baixo minha papelada e só olho para as outras pessoas na sala. Obrigo-me a olhar para a Doença, olhar *mesmo*, pela primeira vez e compará-La com outras coisas que sei. Com outras coisas que vi.

Dylan em sua cama no hospital. Ver até as enfermeiras evitarem contato visual com ele.

O quarto vazio de Charlotte.

E eis o que descubro: a *Verdadeira* Doença não ostenta sua presença.

A Doença Verdadeira se lamenta e dá as costas para a porta. A Doença Verdadeira é mais silenciosa que os ruídos na sala. A Doença Verdadeira sussurra mais baixo que o som dos monitores e bombas e das vozes otimistas dos visitantes bem-intencionados.

A Doença Verdadeira aguarda pacientemente na sala de espera pelo tempo que for necessário. A Doença Verdadeira não pergunta à recepcionista pela segunda vez quanto tempo o médico vai se atrasar. A Doença Verdadeira sabe o valor do tempo.

A Doença Verdadeira saborcia o gosto, a *essência* dos minutos.

Sento na sala de espera com minha papelada repleta de mentiras no colo e entendo o que está acontecendo. Estou competindo com aquelas pessoas que se movem lentamente, aquelas pessoas Doentes, por um bilhete premiado, uma vaga em um tratamento experimental para pessoas com histórico familiar de morrer de maneira muito horrível. Estou mentindo em todos os formulários para poder tirar a chance de alguém que realmente precisa dela.

Você provavelmente quer que eu lhe diga que levanto imediatamente e vou embora, não é? Que tomo uma posição. Faço a coisa certa.

Desculpe por ferrar com seu especial de depois da escola. Não é isso o que eu faço.

São quinhentos dólares.

sou doente também

Não vou embora.

Termino de preencher a papelada, escrevendo página após página de ficção. Respondo as perguntas exatamente como Dougie me disse para fazer.

doente da cabeça doente do coração

O que você acha de mim agora?

Mas tem essa senhora sentada no canto. Igual a todo mundo na sala – meia-idade e antiga, tudo ao mesmo tempo. Uma esponja usada. Diferentemente de todo mundo, porém, essa mulher tem uma criança com ela. Um menino. De uns nove anos, talvez? Aquela idade quando a maioria das crianças fica meio feia, com dentes grandes demais para a cabeça e cortes de cabelo esquisitos. Ele é feio assim. E esse garoto comum com dentões não para de olhar para a mãe com essa expressão no rosto que praticamente me dá um soco no estômago. É difícil descrever, mas é como um escoadouro de esperança e medo e resignação e horror, tudo misturado junto nos olhos da porra de uma criança de nove anos. É como se ele não pudesse nem olhar para a mãe sem imaginá-la morrendo, bem ali na frente dele. Ele só parece tão indefeso demais e esperançoso e triste pra caralho.

Fico ali de pé com a papelada preenchida na mão, observando aquela criança observar a mãe. E só consigo pensar em uma coisa: *E se eu entrar no estudo e a mãe desse menino, não?* Até onde sei, é por ordem de chegada, e a mão da mulher está tremendo tanto que ela leva uma eternidade para preencher os papéis. Estou ali parada no centro da sala como uma idiota, desejando que ela apresse aquela porra, entregue sua papelada antes de mim. Chego a começar a ficar com raiva dela por demorar tanto. *Dona, a senhora precisa querer isso mais.* Quero gritar com ela. *Você precisa agir como se estivesse menos faminta e com mais fome.*

Nenhuma criança devia ter aquele tipo de expressão no rosto. Nenhuma criança devia ter de se sentir assim.

Então, por fim, eu saio.

Com relutância.

Devagar.

Subtraindo dinheiro de meu bolso a cada passo até chegar à porta com nada.

O que você acha de mim agora?

PERPETUNUNCA

O médico franze o cenho para uma folha de papel enquanto prendo a respiração. Ele encosta na cadeira e junta os dedos das mãos sobre a mesa em silêncio, fazendo-me esperar o que já posso dizer que vai ser um não.

– Só estou pedindo uma licença de um dia – digo. Mantenho a voz baixa. Dócil, sem bordas afiadas. – Só para sair e dar uma volta. Visitar uns amigos.

controlar minha mente controlar meus pés controlar minha voz

– Mas o que você espera conseguir com isso, Audie? Especialmente considerando o que aconteceu da última vez. Já vimos várias vezes, agora, que influências externas muito cedo em seu processo de recuperação costumam causar um retrocesso. Estou inclinado a aconselhar contra isso por enquanto, mas podemos rever a questão durante sua próxima consulta se você realmente sentir que está pronta.

– Está bem.

Ele faz uma pausa. Espera por raiva e discussão e punhos e gritos. Quando nada disso surge, ele sorri, faz uma pequena anotação em seu arquivo.

– Não fique desanimada, Audie. Acho que estamos perto. Muito perto.

Balanço a cabeça afirmativamente e fixo meu olhar na borda de sua mesa.

– A nova medicação parece estar funcionando bem. E os apagões? Você teve algum, recentemente?

– Não.

Sinto sua decepção com minha resposta monossilábica. Ele quer que eu dê cambalhotas e demonstre gratidão por seu trabalho. Quer que eu cultue o mesmo altar das pílulas que ele cultua. Tento gerar uma resposta mais positiva, mas minha voz é lenta em cooperar, e não sai nada.

– Nenhum apagão desde nossa última consulta? – Ele parece cético.

– Não, nenhum – digo. Tecnicamente é verdade. De certa forma. Eu não tenho mais pedaços cinza do tamanho de túmulos removidos do meio de minhas semanas. Horas e dias não vão mais embora e desaparecem completamente.

Mas.

Claro que há um mas.

Mas a ordem das coisas está... errada. Coisas que não têm possibilidade de ter acontecido surgem em minha mente como memórias. História antiga ressurge em uma terça-feira qualquer.

Ultimamente, a sequência de minha vida está toda errada. Pessoas mortas aparecem em festas de aniversário. Acordo em casas que se incendiaram anos atrás. Eu me encontro no meio de tarefas com as quais jamais concordaria.

Não é mais tanto uma questão de apagar, *porém, quanto é um problema de* bloquear. *Quero dizer, não sou mais capaz de bloquear aquelas partes da vida que eu preferia não experimentar.*

Nem tento explicar isso para o médico. Devem ser os comprimidos que ele está me dando, seu plano de tratamento oh-tão-cuidadosamente-elaborado, mas não quero que ele saiba disso. Odeio decepcionar as pessoas. Começando hoje, vou reduzir a quantidade. Talvez cuspir uma dose ou outra quando a enfermeira não estiver olhando. Não há nenhuma razão para mais ninguém saber.

Viu? Já me sinto melhor só em pensar nisso.

CAPÍTULO 35

Perdi minhas chaves, e Jameson não está em casa para abrir a porta para mim.

É isso o que ganho por tentar fazer a coisa certa: bolsos vazios.

Fecho os olhos, faço aquele truque em que você tenta visualizar o último lugar em que viu uma coisa, mas tudo o que consigo é uma dor de cabeça. Reviro meus bolsos, mas não consigo me lembrar de jeito nenhum onde as chaves *deveriam* estar, muito menos onde estão. Não consigo nem conjurar a memória muscular de como devia ser a sensação se eu as tivesse – pelo peso do chaveiro em minha mão, não consigo nem lembrar quantas chaves devia haver. *Elas estavam em um chaveiro? Se deviam estar, então por que não consigo visualizá-lo?*

Quando tinha 8 anos, a chave extra da casa ficava em uma lata enferrujada de balas de menta Altoids, atrás de um vaso de plantas coberto de teias de aranhas e cheio de samambaias mortas havia muito tempo. Eu sempre prendia a respiração quando enfiava a mão no lugar escuro e com as teias para pegá-la.

Quando eu tinha treze, meu padrasto *du jour* fez a maior cena para me dar uma chave em um chaveiro com um ursinho de prata nele.

– Dar a você a chave de minha casa prova que confio em você, Audie. Você confia em mim?

Ainda posso sentir seu sussurro úmido em meu ouvido, extremamente silencioso para ninguém mais ouvir.

Consigo me lembrar de meia dúzia de outras configurações de chaveiros, outros esconderijos secretos – caixas com ímãs, pedras falsas com buracos inteligentes do tamanho de chaves no meio. Então por que não consigo visualizar as chaves de que preciso para abrir meu apartamento agora?

Os buracos negros em minha mente estão voltando a crescer. As dores de cabeça estão piorando.

Estou muito apavorada para tentar mais qualquer dos estudos que Charlotte tem em sua agenda hoje, por isso sento no chão e pego meu celular. Minhas mãos estão tremendo, por isso levo um minuto para olhar em minha lista de contatos e encontrar o número mais novo de Dylan. Quantas vezes um cara pode perder o celular, afinal? Eu tenho todas as versões salvas: Dylan (a), Dylan (b), Dylan (c). Ligo para Dylan (d), na esperança de que seja o certo. O mais novo.

Quando ele atende, isso faz com que os buracos negros retrocedam um pouco.

– Oi! – diz. Ele parece bem, melhor do que em muito tempo. Posso sentir sua saúde, sua energia fluir através da linha telefônica. Sinto-me melhor imediatamente.

– Oi para você também. O que está fazendo agora?

– Nada demais. Pensando em você, é claro. – Ele diz isso do jeito provocante e sugestivo que sempre me faz rir. É impressionante o que só ouvir sua voz faz por mim. É infinitamente melhor do que a porra de qualquer comprimido.

– Estou em casa agora, mas trancada do lado de fora. Você está em algum lugar perto do hospital? Posso estar aí em cinco minutos, encontrar você para um café ou alguma coisa assim.

– Um encontro na cafeteria do hospital, hein? Sempre soube que você era uma romântica incurável. Estou a caminho, mal posso esperar.

Encolho-me um pouco quando ele diz *incurável*. Não consigo evitar. Odeio que tantas palavras estejam fora dos limites, marcadas por associação. Isso me faz desejar que pudesse encomendar o equivalente mental de uma lavagem de cólon para purgar os maus pensamentos – deixar que eles jorrassem por meus ouvidos em torrentes imundas, como o resultado repulsivo de um enema à moda antiga. Um laxante emocional. Prozaxante.

Haveria um grande mercado para uma droga como essa. Fico surpresa por mais ninguém ter pensado nisso.

Eu me apoio no chão e me levanto, e me equilibro contra a porta por um minuto até que as ondas trêmulas somem de minha visão. Uma das pílulas que estou tomando está mexendo com meu equilíbrio ultimamente.

Eu cambaleio a distância curta até o hospital, desejando ter óculos escuros, já que a luz forte do sol está emanando um laser ainda mais doloroso para o interior de meu crânio. Tenho certeza de que sou uma figura e tanto, com meu andar de marinheiro bêbado e meu rosto contorcido contra a luz do dia. Sem mencionar meu jeans, pendurado em meu corpo como se pertencesse a alguém duas vezes o meu tamanho. Quando eu tinha começado a encolher outra vez?

Estou tão concentrada em xingar a luz do sol do meio-dia que não penso no fato de que, *duh, Audie*, está tão claro porque é a porra do meio do dia, e o meio do dia é quando Dylan deve estar na aula.

Esqueço muito de coisas normais como essa. Não tenho muito de normal em minha vida, por isso é uma sensação estranha quando conheço alguém que tem. Como no outro dia, Dylan estava falando sobre ir ao shopping com a mãe para comprar sapatos novos, e pensar nisso me tirou do sério. Quero dizer, foi a mesma coisa se ele tivesse dito que estavam prestes a embarcar em um foguete para férias familiares em Marte – coisas da vida normal parecem loucas assim para mim.

Por isso estou pensando em o quanto esquisitamente normal Dylan é, percebendo tarde demais que ele não devia estar encontrando comigo aqui no meio do dia, quando empurro as portas de vidro da cafeteria e entro. Ele não está em nenhum lugar à vista.

Claro que não. É o meio do dia.

Eu só fico ali parada, e os buracos negros em minha memória começam a juntar forças com a dor de cabeça que está afetando minha visão, e começo a me sentir cada vez mais cansada. *Espere, foi agora mesmo que liguei para Dylan?*, começo a me perguntar. *Ou estou lembrando da ligação de um dia diferente?*

Estou ali parada, meio surtando e meio rindo de mim mesma por ser tão desligada, quando Dougie se aproxima de mim por trás e segura meu cotovelo e me gira para ficar de frente para ele.

Odeio isso.

– Oi – diz ele com um tom repulsivo, com um sorriso repulsivo para combinar. – Que bom que você ligou. *Estava* pensando em você.

Ele parece igual a Dylan quando Dylan está brincando, usando sua voz falsa de escroto, só que Dougie é totalmente sério quando fala desse jeito. Tipo, ele *realmente* fala assim.

Eu me afasto dele para poder continuar a procurar Dylan. Fico na ponta dos pés, estico o pescoço enquanto examino o ambiente, de canto a canto. Tudo está ficando confuso em minha mente, e minha dor de cabeça está latejando tanto que mal consigo pensar direito.

– Audie. – Dougie torna a me segurar pelo cotovelo. Sempre o mesmo lugar. Sempre aquele tipo de pegada possessiva tão-forte-que-eu-posso-sentir-todos-os-cinco-dedos-afundando. Eu odeio pra caralho *mesmo* quando as pessoas fazem isso.

Eu me viro, arranco o braço de sua pegada repulsiva, e sem ter a intenção, eu lhe dou um tapa com as costas da mão no queixo. Na verdade, com bastante força.

Acho que estava me sentindo bem tensa.

Sua mão vai até a boca e volta de lá com sangue. Só um pouco de sangue, nenhuma razão para surtar, mas ele ainda parece puto. E feio. E mau.

Nunca gostei de Dougie. Todo o resto está meio turvo e confuso agora, mas não isso. Não estou nada confusa sobre Dougie não prestar, ou sobre não querer ouvir nada que saísse de sua boca feia e retorcida.

– Você é uma porra de uma vadia psicótica – ele rosna isso tão baixo que ninguém se vira de sua mesa, ninguém nem olha para nós.

Quase como se não estivesse acontecendo.

– É assim que você me agradece? Eu não precisava colocar você naquele estudo, sua puta maluca. Havia jeitos mais fáceis de comer você.

Eu quero que ele pare de falar. Quero que ele desapareça.

Desejos são como cu, costumava dizer Charlotte. *Todo mundo tem*. Ou, quando ela estava deprimida: *Desejos são como cu. Os dois deixam você sempre na mesma merda.*

– Qual o problema, Audie? Sou saudável demais para você? Você está aqui para escolher outro cara que está morrendo para trepar? Olhe em volta. Tem muitos para escolher. – Dougie se aproxima, exibindo os dentes bem ao lado de meu ouvido, um animal que precisava ser sacrificado. – Tem um cara em uma cadeira de rodas, ali. Um duplo amputado, bem seu tipo. Alguém que não pode sair correndo quando descobrir a psicopata completa que você é.

Não vou deixar que ele fale de Dylan desse jeito. Minhas mãos fazem garras e ataco seu rosto, mas Dougie só ri e me afasta com um tapa.

– Você é famosa por aqui, sabia disso? Todo mundo sabe como levar você para a cama. Todo mundo sabe o segredo.

Olho ao redor e vejo que ele está dizendo a verdade. As pessoas agora estão olhando fixamente para nós. Todos têm aquela expressão no rosto de que sabem alguma coisa sobre mim. Algo feio e sombrio.

Minha visão está se turvando de tanta raiva, todo o ambiente está pulsando e brilhando, e eu me lanço outra vez para cima dele, tentando machucá-lo de qualquer jeito que conseguir, mas Dougie já está indo embora. Rindo de mim.

– Qual o nome que você gosta mesmo? Dylan? Garota, você pode me chamar de qualquer coisa que quiser se me tratar bem, do jeito que fez na última vez. Ah, sim. – Ele segura a virilha, faz alguns movimentos pélvicos detestáveis, e mais pessoas se viram para olhar.

O que significa que ele é real.

O que significa que o que ele está dizendo é real.

A dor por trás de meus olhos explode em uma névoa vermelha, e então tudo fica preto.

PARASEMPRL

– Um dos fardos de ser excepcionalmente inteligente, Audie, é que suas alucinações são ao mesmo tempo fabricadas com detalhes e altamente eficazes. – Pela primeira vez o médico não está olhando para o relógio. Mesmo enquanto toma notas com aquele entusiasmo maníaco que ultimamente tinha praticamente desaparecido, ele olha rapidamente para mim entre as palavras, como se estivesse com medo de perder alguma coisa. Ele quer ver cada quadro daquela desgraça se desenrolar em meu rosto.

É um avanço, diz ele.

avanço, avaria. batata, batahta.

Seu avanço é meu apocalipse.

Ele está fascinado, encantado, enquanto documenta minha destruição total. Está orgulhoso de seu papel na aniquilação de Mim.

– É um constructo inteligente, na verdade. Suas alucinações servem a um propósito muito real para você. Elas são todas criadas para maximizar sua sensação de controle, algo que sempre foi escasso em sua vida.

Viro a cabeça para outro lado e me concentro nos diplomas emoldurados pendurados na parede. Tantas letras. MD, PhD, Membro da Sociedade Disso, Doutorado Daquilo, Professor de Tudo Quanto é Merda, esses certificados com enfeites dourados podiam muito bem dizer. Tanto tempo estudando. Tão pouco tempo vivendo.

O que ele poderia saber?

– Parecia real. – Minha voz sai como um choramingo. O som de minha fraqueza me dá vontade de me encolher e acabar de morrer. – Ele parecia real.

O médico finalmente para de tomar notas e larga a caneta. Ele alisa a barba ridícula por um minuto – ela é tão bem cuidada, pontuda e branca que parece falsa. Ele é a cara da droga de um anão de jardim.

Eu já disse isso? Eu tenho me repetido muito ultimamente. É como ouvir ecos em todo lugar em que vou.

Ele dá um suspiro e parece realmente triste.

– Você está falando de Dylan. Ou melhor, do constructo de Dylan. – Ele se encolhe um pouco quando diz o nome, fica tenso como se temesse minha reação. Ele parece pronto para se abaixar.

O passado prevê o futuro.

Mas estou fraca demais para me defender, muito menos atacar. Minhas mãos permanecem em meu colo, enroscadas em uma aproximação débil de punhos.

– Sei que isso é difícil para você. Mas é um bom ponto de partida. É necessário para nós abordarmos sua promiscuidade, em nome tanto de seu bem-estar físico quanto emocional.

– Minha promiscuidade? Eu não sou a porra de uma puta.

O médico sacode a cabeça.

– Claro que não. Nunca foi sobre o sexo, Audie. Como eu disse, suas alucinações são extremamente funcionais. Por exemplo, no caso de Dylan, ou mais precisamente, do conceito de Dylan, você conseguiu experimentar um relacionamento perfeito. Você criou uma noção idealizada de como devia ser um namorado, e cada pessoa com quem você passou uma noite tinha algum elemento desse *ideal. Em essência, você buscava as melhores qualidades em todo jovem que você levou para sua vida.*

– Para minha cama – corrijo-o. Não há a necessidade de pisar leve, agora que tudo está exposto, justo agora que estamos aqui sentados conversando tão abertamente sobre Como Audie é Realmente Muito Louca.

Perfeito.

Dylan.

Sei que há outras palavras saindo da boca do médico além dessas duas. Sei que ele está cercando Dylan Perfeito com palavras que negam tudo o que sei e amo, mas tento não ouvi-las.

– Ele estava longe de ser perfeito – digo. – Ele tinha câncer.

O médico ergue um dedo triunfante no ar, depois se segura, tenta encobrir o gesto alisando outra vez a barba.

– Em uma estrutura menos complexa, a ideia de uma doença terminal seria mesmo considerada um defeito. Mas outra vez, Audie, tanto sua inteligência quanto a complexidade de seu mundo de fantasia entram em ação. Nesse caso, ao procurar parceiros com sérios problemas médicos, você na verdade estava reforçando seu constructo psicológico.

De repente, fico inexplicavelmente exausta. Mal consigo manter a cabeça erguida, e as palavras do médico parecem estar chegando a mim da outra extremidade de um túnel de cem quilômetros de comprimento. Estou cansada demais para continuar ouvindo, mas também estou cansada demais para escapar de suas palavras.

O médico, porém, não para.

– Pense nisso dessa forma, Audie. – Ele não parece perceber que está me torturando. É como uma vivissecção verbal, ficar ali sentada escutando-o. – É considerado feio falar mal dos mortos, certo? Quando as pessoas morrem, nós as colocamos em pedestais.

Nós, eu inclusive, perdoamos, e às vezes bem literalmente esquecemos os pontos negativos. É um mecanismo de superação. Há algo sobre a perda que nos faz limpar nossos HDs, digamos assim. Então nós apagamos as lembranças ruins, o que nos permite lembrar dos mortos com um carinho artificial. É um ato de autopreservação em que nos envolvemos quando perdemos alguém próximo – nós ficamos com todas as memórias boas e reconfortantes, e nos livramos das ruins.

Ele finalmente faz uma pausa de um segundo, e inclina a cabeça em minha direção. Ele quer que eu diga algo. Que concorde com ele.

Estou ocupada demais tentando me encolher em volta de mim mesma e desaparecer.

– Em outras palavras, Audie, você escolhia os rapazes que seriam os mais fáceis de perdoar, mesmo se desapontassem ou machucassem você. Em consequência, isso lhe permitia preservar sua noção idealizada de Dylan como o namorado perfeito.

Dylan. Namorado perfeito. *Tento meus truques velhos – para pelo menos bloquear o que não consigo apagar –, mas eles não estão funcionando.*

Ele recosta em sua cadeira e sorri.

– Como eu disse, Audie, é irônico que parte do problema aqui seja sua inteligência. Suas alucinações são tão complexas que às vezes são difíceis de compreender até para mim.

Seus olhos brilham de orgulho. Ele está impressionado com minha loucura. Para ele, sou fascinante em minha doença. Inteligente em minhas alucinações. Sou o bem precioso desse Professor de Tudo Quanto É Merda. Um artigo esperando para ser escrito. Um estudo de caso servido suculento e malpassado.

– A boa notícia é que estamos fazendo progressos – diz ele. – Só o fato de estarmos tendo esta conversa é uma prova. E quero que você esteja preparada para o trabalho duro à frente, para entender que preciso que você faça sua parte. Você vai continuar a ter dias bons e dias ruins. – Nesse ponto, ele para e ri. – Ou horas *boas e horas ruins, como pode ser o caso, e sei que isso talvez seja confuso.*

Não rio com ele. E não estou nem um pouco confusa. Eu sei que sua cura é minha destruição, e que de algum modo, de algum modo, *tenho de encontrar forças para reagir. Para lutar pelo que é meu.*

Felizmente, já dei o primeiro passo: chega de remédios. Estou quimicamente celibatária já há dois dias: estou cortando as amarras que me prendem, pulando uma dose por vez. Em breve, vou renascer. Serei eu *outra vez, como era antes.*

Só que melhor.

CAPÍTULO 36

TESTEMUNHO DE UM ESPECIALISTA

Ei.

Vocês aí.

É, você, universitário profissional. Você também, que não terminou o ensino médio. Chega junto, senhorita D em química, sr. Incompleto. E traga aquele cara bêbado para cá enquanto fazem isso. Estou falando com vocês, massas fervilhantes. As pessoas comuns e os madrugadores.

Gentalha.

Escória.

Seres desprezíveis.

Perdedores.

Querem saber uma coisa interessante? É um segredinho sujo, guardado por pessoas com diplomas e roupas e carros melhores do que vocês jamais terão.

Vocês conhecem esses médicos, esses filhos da puta sabe-tudo que vestem jalecos brancos, supostos guardiões da ciência e da química e de recebimentos infinitos de seguro saúde?

Bem, eles não sabem de nada.

Você os procura para ter ajuda, desnudando humildemente sua bunda e sua alma e sua carteira. Você suplica em salas de espera cheias de germes, onde você é mantida quarenta e cinco minutos além da hora de sua consulta em um bom dia, só para você virar a cabeça e tossir. *Diga-me por que dói*, você implora. *Salve-me. Cure-me.*

E mesmo assim, com todos os seus manuais de diagnóstico, códigos de seguro e blocos de receituário, adivinha quem faz o trabalho de verdade na hora em que realmente importa?

Isso mesmo: você.

Bem-vindo ao mundo da autoavaliação.

Digam comigo, irmãos perdedores. Todos juntos agora: *autoavaliação.*

Vocês ficariam impressionados com quantas doenças são diagnosticadas e drogas ministradas simplesmente porque vocês dizem. VOCÊS.

Dói muito? Onde dói? Sua tosse tem catarro? O que as vozes em sua cabeça lhe dizem para fazer? Você está experimentando dificuldades para respirar/dormir/gozar/fazer a digestão? Está ansiosa? Deprimida? Cheia até a tampa de tendências sociopatas? Quando foi ao banheiro pela última vez, e você é uma ameaça para si mesma ou para outros?

Eles perguntam. Vocês respondem.

Então digam-me, colegas Diplomados das Ruas, quem está fazendo o trabalho duro de verdade aqui?

A verdade é essa: a menos que exista um exame de sangue específico para algo ou que você tenha um buraco aberto e sangrando em necessidade óbvia de sutura, há uma quantidade grande pra cacete de suposições envolvida nesse pequeno campo da pseudociência que chamamos medicina.

E psiquiatria? Nem me peçam para começar a falar disso.

Bem, talvez um pouco. Já que vocês perguntaram.

Doenças reais listadas no Manual de Diagnóstico e Estatística dos Transtornos Mentais 5ª edição, a bíblia dos profissionais de saúde mental em toda parte:

– Vício por jogos eletrônicos (afaste-se do *Candy Crush*!)

– Abstinência de cafeína (quando um Starbucks em cada esquina simplesmente não é mais suficiente)

– Tabagismo (porque cigarros provocam câncer *e* loucura?)

– Transtorno Frotteurista (uma medicalização ridícula daqueles caras tarados que se esfregam em você no ônibus).

Acham que há um exame de sangue para pedofilia? Sinto muito. *Transtorno pedofílico*. Acho que não.

Eles só sabem o que vocês dizem a eles, meus amigos.

É, mas algumas coisas são óbvias. É isso o que vocês estão pensando, certo? É fácil identificar um pervertido só de ver. Vocês podem identificar um maluco a um quilômetro de distância. Com certeza os médicos também podem.

Mas vocês tiveram um tipo diferente de educação. Seus certificados trazem tipos bem diferentes de distinções. *Ordem judicial de internação para tratamento mental. Violação de condicional. Sob tutela do Estado.*

Quantos psiquiatras vocês acham que foram realmente sarrados até o cara gozar enquanto estavam atulhados na traseira de um ônibus urbano só com lugares em pé?

Quantos médicos sabiam, aos 6 anos de idade, como fazer um caminho cheio de desvios de volta para casa da escola para evitar *esta* casa e *aquele* cara, e *essa* esquina, já que o caminho direto os teria matado antes da puberdade?

Não muitos.

Agora, eles se isolam em sedãs de luxo e escolhem um caminho mais longo para desviar de *nossos* bairros. Eles não sabem o que é loucura como nós sabemos o que é loucura.

Eles também têm definições diferentes de sanidade.

Então a questão passa a ser essa: Que rótulo *você* gostaria de ver estampado em sua ficha? Que novos remédios *você* gostaria de experimentar?

E o que é ainda mais importante: qual, meus amigos, *vocês* acreditam ser a verdade? O que vocês gostariam que o mundo soubesse sobre vocês?

Porque se vocês mesmos dizem isso na autoavaliação, então deve ser verdade. Nove entre dez médicos concordam.

Então digam seus sintomas.

Escrevam sua própria doença.

Receitem sua própria cura.

Porque a verdade é o que *vocês* disserem que é.

CAPÍTULO 37

Perco muito tempo presa naquela névoa escura, mas quando ela finalmente se desfaz, vejo que se passaram apenas algumas horas, e ainda me resta tempo suficiente para ir ao último compromisso do dia de Charlotte se eu me apressar.

Corro, na esperança de que um pouco de grana possa me ajudar a resgatar o que até agora foi um dia completamente arruinado. Estou só dois minutos atrasada, mas a gerente do escritório está me olhando de cara feia. Ela me entrega um formulário para assinar, depois pega o telefone e diz a alguém em uma voz entrecortada:

– Ela chegou. – A gerente me segue, encarando-me com seu rosto ossudo, e não me perde de vista até que um homem de jaleco vem me buscar.

O Jaleco me leva até a sala do tanque, e quando estou despida, ele começa a prender os eletrodos ao meu corpo. Eu quase espero que ele aperte meus peitos, já que eles estão próximos a seu rosto, mas ele não faz isso. É como se eu não fosse humana, como se não merecesse as degradações habituais.

– Como da última vez, eles são perfeitamente seguros. São projetados especialmente para esse tipo de estudo, e prometo que você não vai ser eletrocutada nem quando você estiver na água. – Ele confere algo em uma prancheta. – Todo mundo sempre se preocupa com isso.

Ele liga um monitor e depois me ajuda a entrar na água salgada morna que enche o tanque de metal. Ele permanece em silêncio enquanto mexe nos terminais dos cabos, testando os sinais e depois fazendo ajustes até ficar satisfeito com o funcionamento de tudo.

– Está bem – diz ele por fim. – Você conhece o procedimento. Faça um sinal se precisar de alguma atenção de emergência, mas faça um esforço para aguentar até eu vir buscar você. Se interrompermos o processo, temos de começar tudo outra vez. – Ele começa a fechar o tanque, a me isolar na escuridão, mas depois muda de ideia e torna a erguer a portinhola redonda. Dessa vez seu rosto está carregado de pena, e quando ele abre a boca para voltar a falar, ouço seu embaraço. Ele está embaraçado *por mim*, uma compreensão que me cobre de vergonha antes mesmo que eu compreenda suas palavras.

– Eu preciso lhe dizer que você não pode mais voltar depois de hoje. A essa altura, nós provavelmente nem devíamos estar usando você, mas estamos quase terminando essa fase de coleta de dados, e não podemos nos dar ao luxo de perder mais pacientes assim tão perto do fim. Mas disseram a todo mundo para ficar de olho em você, para não deixar que você entrasse em mais nenhum estudo. Então hoje é sua última vez aqui. Está bem?

Fecho os olhos. Balanço a cabeça afirmativamente. *Todo mundo sabe*, diz Dougie. *Contaram a todo mundo*, diz o Jaleco. Suas vozes ecoam e colidem com centenas de outras em minha cabeça. *Louca, louca, louca*, dizem todas elas.

– Está bem. Então lá vamos nós. Boa sorte, e eu venho buscar você quando terminarmos. – A porta de metal fecha, e ouço a tranca do compartimento travar.

Entra música sinistra: estou sozinha comigo mesma. Só eu euzinha e eu. Um grupo bem variado, na verdade.

Espero, um minuto, dois minutos, depois pisco os olhos. Abro, fecho, não faz diferença. Há apenas escuridão, tão completa que tem quase um efeito táctil, aveludada e densa como pudim, e os únicos ruídos são aqueles provocados por mim – gorgolejos do estômago e respirações entrecortadas que agora parecem quase ensurdecedoras. Posso literalmente me ouvir piscar – meus cílios fazem pequenos cliques molhados quando batem uns nos outros – e minha mão esfregando uma lágrima parece um corpo inerte sendo arrastado pelo chão.

É minha segunda vez aqui, e, aparentemente, a última, já que sou oficialmente indesejada e estou oficialmente acabada. Sem a identidade de Charlotte por trás da qual me esconder, não tenho escolha além de enfrentar a reação do mundo à verdadeira eu, e a julgar por minhas últimas poucas conversas, isso não vai ser agradável.

É bom estar aqui agora. É calmo aqui dentro.

Além disso, não posso machucar ninguém.

Estava certa ao vir. Já me sinto melhor, talvez aquilo de que eu precisasse durante todo tempo fosse de uma escapada rápida.

Relaxo as mãos, que insistem em voltar a se cerrar em punhos, e dou início a minha longa flutuação às cegas. Digo a mim mesma para aceitar o nada, a escuridão, como um presente. O presente do isolamento total. Eu forço meus pensamentos a uma submissão silenciosa e tento apenas... existir. Extinguir minhas necessidades. Dissolver as memórias do dia.

Desacelero minha respiração e tento esvaziar a mente.

Tudo é muito zen por cerca da droga de meio minuto, mas quem estou querendo enganar? É de mim que estamos falando, por isso noventa segundos depois, estou fazendo pequenos rodamoinhos com as mãos e tentando pensar no maior número possível de palavras que rimam com *tanque.*

sangue, manque, arranque, espanque, tranque, estanque.

Eu daria uma monja de merda.

– Ohm – canto em voz alta. Ninguém pode me ouvir, por isso grito, mando ver alto e demoradamente. *Ohhhhmmmmmmm.* Dali, as coisas só pioram. Faço piruetas mentais para evitar os pensamentos indesejados. Canções de musicais estão envolvidas, um sinal seguro de que perdi completamente a razão. Dito uma carta de reclamação para os fabricantes das suturas absorvíveis que ainda não foram absorvidas por minha coxa. Extremidades pontudas se projetam da pele no alto de minha perna, como pentelhos alienígenas fora de controle.

Eu grito em espasmos brutais e insatisfatórios.

Sem ponto de referência, é impossível dizer quanto tempo se passou. Provavelmente mais do que penso. Ou talvez menos. A única certeza de ficar realmente sozinha com seus pensamentos é que qualquer coisa que você esteja pensando provavelmente está errada.

Bêbada com o isolamento, canto a plenos pulmões uma das canções reescritas por Charlotte:

Oh, oh no campo
Onde brincam a cerveja e os remédios,
Quando raramente se ouve,
Uma palavra sem efeito de drogas
E seus pensamentos ficam turvos o dia inteiro

Só quando realmente não consigo evitá-los, quando completa, total, arduamente esvaziei minha mente de todos os outros conteúdos, um processo que inclui a recitação de todos os números de telefone que já decorei, só então eu me permito pensar pensamentos proibidos. Canalhas sorrateiros e diabólicos.

Eles saem de fininho da escuridão, trazendo provas. Instantâneos mentais, um show de slides de momentos íntimos capturados por uma lente oculta. À primeira vista, as imagens agradam. São minhas com Dylan – sorrisos congelados e carícias. Felicidade em cores.

Privação prolongada dos sentidos pode resultar em alucinações visuais, alertavam os formulários de autorização para esse estudo. Alucinação: a percepção de algo que parece real, mas na verdade não existe.

Como seria chamado o contrário? A percepção de algo que na verdade existe, mas parece irreal?

No início, as imagens são vagas.

Clique.

Nessa, uma virada da câmera no último minuto borra o rosto. É Dylan, é claro, mas você precisaria *saber* disso para saber.

Clique.

Aqui uma sombra passageira obscurece seus olhos. É como se a melhor parte dele estivesse escondida por um truque da luz.

Clique.

Agora nós dois sentados em um banco, as pernas entrelaçadas, mas um flash agressivo apaga as feições de Dylan. Em cada uma das fotos, em cada um dos momentos, o rosto de meu amante se esconde em ângulos oblíquos e borrões sombrios.

Mas enquanto flutuo em minha escuridão silenciosa, as imagens acabam por ficar claras, e em pouco tempo torna-se impossível negar a verdade.

Privada de distrações, não posso mais me esconder disso. Aqui, agora, estou nua e sozinha com a verdade. Ela escorre por mim, estou banhada nela. Assombrada por ela.

Encurralada.

Aqui na escuridão, a verdade assume sua forma verdadeira: com garras e babando. De olhos vermelhos. Com presas. É um predador rápido e perverso, coberto de pelo malhado e fedorento.

Oh, Dylan.

No início, tento lutar por ele. Pois por que isso devia importar? Eu o amo em todas as suas formas. Em todas as imagens. Com cabelo comprido ou curto. Pele escura ou clara. Alto, baixo, em algum lugar no meio, sólido ou frágil, eu o amo em todas as configurações. Amo cada versão dele. Amo cada versão de nós.

Clique.

Aqui: uma tatuagem em seu ombro esquerdo, uma cicatriz em seu abdômen.

Clique.

Ali: pele perfeita, lisa e imaculada. Aqueles mesmos locais agora sem desenhos nem cicatrizes.

Clique.

Ele sempre estava ali quando eu mais precisava dele. Ele sempre foi exatamente de *quem* eu mais precisava.

Então qual a importância de algumas discrepâncias?

Mas a verdade é uma fera faminta, e em pouco tempo cansa de brincar comigo e ataca minha garganta. Eu grito e me debato na água enquanto me esvaio em sangue.

À medida que enfraqueço, os fatos assumem som e forma. A voz de Dylan fica alta, depois baixa. Suas mãos são macias na segunda-feira, ásperas na quarta. Em uma lembrança, seu toque é firme e seguro. Na seguinte, é nervoso. Hesitante. Seus olhos são escuros. Seus olhos ficam claros. Âmbar, azuis, castanhos, depois verdes. O efeito arco-íris do olhar apaixonado de meu Dylan.

Aos poucos, seu rosto de caleidoscópio fica nítido. Seus *rostos* ficam nítidos.

Nenhum deles é Dylan.

Todos eles são Dylan.

uma sacanagem na porra do tanque.

Grito até engasgar, e choro até minhas lágrimas e a água salgada em que estou imersa se misturarem, e eu sinto começar a me dissolver.

CAPÍTULO 38

Quando o Jaleco abre o tanque, tenho de proteger meus olhos da luz. Ele ergue a tampa lentamente e me dá alguns minutos para me ajustar ao brilho do mundo real antes de dizer qualquer coisa. Ele parece se dar conta de que é uma transição difícil de fazer.

Ou talvez tenha ouvido meus uivos agonizantes no tanque e agora esteja com medo de mim.

De qualquer modo, eu gosto. Quando finalmente saio de meu casulo escuro de aço, sinto-me encolhida e desidratada, e minha garganta está irritada de tanto chorar. Sei que pareço um animal sendo tirado de uma jaula, por isso fico satisfeita por ele não perguntar se estou bem, já que é bem óbvio que não estou.

É impressionante o que você percebe quando acabam com o barulho.

O cara do Jaleco, por exemplo. Vejo coisas sobre ele que não tinha visto antes. Agora vejo por que ele vira o rosto respeitosamente quando me entrega uma toalha, depois um roupão. Quando meus olhos finalmente se adaptam à luz, percebo que ele tem belos dentes. Posso dizer que ele provavelmente é uma pessoa decente pelo modo como me dá uma toalha com álcool para remover os resíduos do adesivo dos eletrodos antes mesmo que eu tenha de pedir, depois me anima com delicadeza. Quando ele vira um pouco a cabeça, seu perfil me lembra, só um pouco, alguém que conheço e amo.

Não vamos dizer seu nome neste momento. Tudo já é muito confuso do jeito que está.

Agora que tudo o que aconteceu foi removido, posso ver que é assim que acontece. É assim que tantos rostos e corpos e nomes se transformam em Dylan para mim.

É mesmo uma coisa muito ruim conseguir reconhecer as melhores partes das pessoas? Encontrar algo que eu ame em todo mundo que conheço?

Porque agora que tenho consciência de mim mesma, consciência dos truques que minha mente aplica em mim, também percebo quando as coisas começam a ficar turvas. Eu me obrigo a ler o nome bordado no bolso do peito do Jaleco com linha azul-marinho. *Jacob*. Eu me obrigo a dizer em voz alta.

– Jacob. – *Não* Dylan.

Porque é assim que acontece. É assim que eu me apaixono.

Se você apertar os olhos o suficiente e erguer um pouco as mãos, pode bloquear tudo o que não quer ver, o passado, o presente, o futuro ou a cor variante dos olhos de seu namorado.

Não me julgue. Só porque Dylan não existe, isso não torna nosso rompimento mais fácil.

Na verdade, é pior. Porque ele é perfeito. *Era* perfeito. Enfim. Você sabe o quanto dói perder a perfeição? As pessoas falam tanto a expressão almas gêmeas que ela se tornou um clichê. Mas Dylan era de verdade. Porque ele vinha de dentro de mim.

Ele *era* minha alma.

Tente só arrancar sua alma de seu corpo. É isso o quanto dói.

Ou, se isso for melodramático demais, então pelo menos aceite essa minha explicação mais pragmática: meu rompimento com Dylan é na verdade um rompimento com AidenEricEvan-

LukeConnorDougieJonathanOrionPaul. É uma dúzia de rompimentos reunidos em um. É um rompimento estilhaçado em múltiplos.

É dor multiplicada por cada rosto novo.

O médico lhe dá um comprimido de açúcar, e sua dor de cabeça passa antes do jantar. O remédio podia ser um embuste, mas a cura ainda conta, não é? O alívio é tão real para você como era a dor.

Então não me diga que não dói. Foi real de todos os jeitos que contam: Dylan, meu namorado placebo perfeito.

Jaleco – será que o nome dele realmente importa? – me acompanha até a porta, onde Rosto Ossudo me entrega meu dinheiro. Eles param lado a lado, como dois leões de chácara segurando uma multidão até que vou embora. Machucada e muda, cambaleio para casa. Devo ter dado uma apagada, com os pés no piloto automático, porque parece não passar tempo nenhum até chegar a minha porta.

Lembro tarde demais que perdi as chaves, mas Jameson aparece da névoa às minhas costas quase imediatamente, carregando a própria chave.

– Oi, Audie. Você está com uma cara péssima. – Ele destranca a porta e a segura aberta para mim, mas não entra.

– Você não vai entrar? – pergunto da porta, e ele me dá um olhar engraçado, depois começa a ir embora.

Suas roupas estão limpas outra vez, tão engomadas e passadas que ele parece estar usando um uniforme.

Ele para abruptamente, olha para a esquerda e a direita como se estivesse se assegurando de que ninguém estava observando, então retorna.

– Ei – diz ele em voz baixa. – Você estava falando sério sobre precisar tanto assim de dinheiro extra? Tem um estudo rolando amanhã. Vou ser honesto, é dos sinistros. É a raspa do tacho. Mas paga bem.

Ele está agindo de forma agitada, falando pelo canto da boca e mantendo o corpo inclinado na direção contrária de onde estou parada na porta.

– Mas você tem de jurar que não vai me entregar para o dr. O'Brien. Ele já está fungando no meu pescoço, e não quero perder meu emprego por causa disso.

Uma punhalada de dor e confusão se retorce em minha cabeça, e tenho de me segurar para me manter de pé.

– Quem é você? – É tudo o que consigo dizer.

Jameson inclina a cabeça e me estuda.

– Audie? Você está esquecendo de mim outra vez, garota? Porque você sabe que sou a última pessoa no mundo que quer envolver O'Brien, mas se for preciso, eu faço isso. Não vou continuar aqui se você seguir por esse caminho outra vez.

– Não, estou bem, só brincando com você.

Ele franze a testa para mim. Examina-me outra vez com olhos apertados. *Julgando, julgando.*

– Está bem, se você está falando – diz ele por fim. – Amanhã estou de folga, por isso me encontre no estacionamento dos fundos às 10:30. Acha que consegue se comportar bem por tempo suficiente para não perder sua autorização para sair durante o dia até lá?

Dou para ele meu melhor olhar de adolescente irritada, o que parece convencê-lo de que estou normal o suficiente para ficar sozinha.

– Está bem. Só não deixe ninguém ver você entrar no meu carro. Com certeza vou me ferrar se alguém me vir com uma paciente em um dia em que não devia nem estar trabalhando.

Suas palavras são como pequenas correntes elétricas cauterizando partes de meu cérebro, apagando o que quer que costumasse fazer sentido. Apenas balanço a cabeça afirmativamente, insegura demais do que está acontecendo para falar.

CAPÍTULO 39

Posso lhe contar uma história?

Não vai demorar muito. Prometo. Principalmente porque os detalhes não param de mudar. Pequenos terremotos insistem em agitar meus pensamentos e embaralhar palavras.

Sente-se. Isso, bem aqui. Bem ao meu lado nesta cama de casal. A com lençóis institucionais e bordas arredondadas e ausência total de parafusos expostos. É uma cama extremamente segura, não acha?

Sabia que há empresas especializadas em fazer móveis especificamente para gente louca? Quero dizer, pense só nisso: eles não podem simplesmente construir uma boa e velha cadeira simples que parece e funciona como uma cadeira, depois ir para casa. Não, eles têm de considerar coisas que pouco têm a ver com cadeiras quando projetam seus móveis.

Coisas como o efeito de fluidos corporais, ataques psicóticos e tendências suicidas criativas. Coisas que costumam ser ruins para a mobília. Além disso, usos letais potenciais de parafusos, dobradiças e puxadores. É impressionante quantas coisas podem ser perigosas nas mãos das pessoas erradas.

É, isso é muito interessante. Também é uma boa transição para a história. Posso começar?

Está bem.

Era uma vez uma garotinha que era completamente doida. Ela era burra também. Muito burra.

Ela talvez fosse bonita, se não fossem as cicatrizes.

Ela talvez fosse inteligente, se não fossem os remédios.

Enfim, nossa garota burra e feia estava muito solitária, como costumam ser pessoas feias e burras, por isso um dia ela saiu em busca de companhia. Com pouco a perder, ela resolveu que faria qualquer coisa, qualquer coisa mesmo, para encontrar seu único e verdadeiro amor.

Ela iria até o fim do mundo se fosse necessário.

Ela não teve sucesso, é claro, isso nem é preciso dizer. Quantas pessoas loucas, burras e feias você conhece em relacionamentos felizes?

Mas ela queria aquilo tanto, tanto, que a parte louca de sua mente tomou conta, e ela conseguiu se convencer a acreditar que *tinha* obtido o sucesso em encontrar a felicidade e o amor. Ela incluiu alguns amigos e muito dinheiro, também, porque... por que não? Se é tudo imaginário, você pode exagerar à vontade.

Pense nisso apenas como uma forma de alquimia mental: onde você ou eu poderíamos ver merda, ela via ouro.

Por um bom tempo ela foi uma garota doida bem feliz, já que, pelo menos em sua cabeça, ela tinha tudo o que sempre quisera. Ela começou até a parecer mais bonita, ou ao menos não tão feia, graças àquele brilho especial que traz o amor.

Talvez ela não fosse tão louca, afinal de contas.

Mas, infelizmente, louca ou não, ela não estava destinada a ser feliz.

Um dia, um mago do mal surgiu e decidiu testar o poder de sua magia contra o poder da loucura da garota. Ele passou muito tempo estudando suas mentiras loucas e seus truques mentais idiotas, e passou muitas noites alisando sua barba branca pontuda, pensando, pensando e alisando. Alisando e pensando. Finalmente, depois de todo esse tempo estudando, alisando a barba e pensando, ele desenvolveu uma poção que certamente iria derrotar os demônios na mente dela, e usou seus poderes de encantamento para fazer com que ela a bebesse.

– Espere, aonde você acha que vai?

Não ligo se você não gosta de contos de fadas. Sente o rabo aí, cale a porra da boca e escute.

Além disso, a porta está trancada por fora.

Por acaso você percebeu aquelas fendas discretas na lateral da armação da cama? Elas são projetadas para afixar correias. Não é inteligente? Às vezes uma cama não é apenas uma cama. Agora, onde estava eu?

Ah, sim.

A poção era muito poderosa, e o feiticeiro observou orgulhoso enquanto ela fazia seu trabalho – enquanto tudo o que era louco e feliz naquela pobre garota desaparecia em uma nuvem de fumaça.

Rapidamente, nossa garota recém-lúcida ficou outra vez solitária e infeliz, mais uma vez cercada de merda em vez de ouro. Pior ainda: ela agora estava totalmente consciente de que o amor verdadeiro na verdade não existia. O mago declarou que ela estava curada; seu experimento, concluiu, foi um enorme sucesso.

Mas.

Claro que há um mas. Que tipo de história seria essa sem um?

Mas, sem que o mago soubesse, ainda havia um pequeno lampejo de loucura nas profundezas de nossa garota. Na verdade, isso se devia a sua burrice. Ela era tão burra que, quando estava tomando a poção, se distraiu e deixou cair algumas gotas. Embaraçada por sua falta de jeito, ela enxugou o líquido derramado com um lenço e escondeu a prova embaixo do colchão para que ninguém descobrisse. E como o mago lhe dera apenas o suficiente para fazer o trabalho, ele não queria matá-la por engano, a brasa final de loucura oculta permaneceu acesa.

E como ela agora *realmente* não tinha nada a perder, a garota resolveu usar essa última pequena centelha para fazer algo *verdadeiramente* maluco. Então, em seu momento mais depressivo, nas profundezas dos lamentos por uma vida que nunca existiu, ela começou a se transformar em algo completamente diferente. Em um grito final de insanidade, ela se transformou em uma serpente gigante.

Se ela não podia ser feliz, então talvez pudesse ser apavorante.

Se tivesse de ficar sozinha, então ao menos podia ser forte.

O mago, é claro, ficou terrivelmente decepcionado. Em um ataque de fúria, ele a trancou em seus aposentos e bloqueou as portas e janelas com tijolos para que seu fracasso jamais ficasse conhecido no mundo exterior.

Trancada longe de qualquer fonte de conforto, a garota, que agora era uma cobra, rapidamente começou a passar fome. E como ela era louca, e como estava com fome, nossa garota burra, que agora era uma serpente, resolveu comer a própria cauda, só para ver se isso poderia satisfazê-la, mesmo que por um momento.

Surpreendentemente, satisfez.

Então, como era louca, burra e estava com fome, ela voltou a se morder – mais uma vez, mal percebendo que estava se destruindo ao fazer isso. Esse era o tamanho de sua fome. Esse era o tamanho do vazio que sentia.

Seu corpo de cobra se enroscou em um círculo gigante e infinito, sua cabeça consumindo a cauda, e sua cauda nutrindo a cabeça, até que, finalmente, ela ficou feliz de novo. E talvez nem tão burra, afinal de contas, porque ela não se sentia mais sozinha, apesar de, tecnicamente, é claro, ela estar.

Ela tinha encontrado a solução, você não vê? Ela tinha de se consumir para poder sobreviver. Estava tudo dentro dela mesma; estava tudo sob seu controle: amor, poder, alimento, *força de vontade*.

Porque ela era ao mesmo tempo a fonte e o resultado.

A causa e a cura.

Não se importe com esse botão na parede. Ele não funciona há séculos. Um círculo vicioso? Sério? É assim que você interpreta o fim da história?

Não eu. Não, com certeza, não. Quero dizer, você consegue sequer pensar em um gesto de autossuficiência mais literal que esse? Acho que ela era sua própria heroína. Ela se salvou, não entende? Ela assumiu o controle de sua vida e de sua morte.

E toda história precisa de um herói.

CAPÍTULO 40

Todas essas histórias de *eu acordei no corpo de outra pessoa* que já ouvi ou às quais assisti ao longo dos anos, nenhuma delas adianta de porra nenhuma para me ajudar agora.

Não me importa que seja Kafka ou a porra de uma refilmagem de *Sexta-feira muito louca* – todos eles usam basicamente a mesma fórmula, não estou certa? A pessoa acorda, vai se olhar no espelho, e fica *ah meu deus, que merda, que porra é essa?* por algum tempo. Depois, com o tempo, eles se acostumam com o corpo novo e saem aprontando e se divertem com ele por um tempo, tipo, *Olhem para mim, sou uma grande barata peluda subindo pelas paredes, êee!* Garotinhas conferem os seios de adulta, garotos se divertem aprendendo a barbear seus rostos transformados em adultos da noite para o dia, o que seja.

Você pode ouvir os roteiristas inexperientes vendendo para seus agentes sua adaptação mais recente, sua versão da versão de uma história que já foi feita cem vezes. *Quem de vez em quando não teve vontade de acordar como outra pessoa?*

Eu com certeza quis acordar como outra pessoa. É claro que sim. Mas a grande *questão* dessa fantasia é acordar no corpo de outra pessoa com a vida de outra pessoa. Em vez disso, acordo com a mesma vida de merda, o mesmo corpo cheio de cicatrizes, um depósito de lixo tóxico, e as memórias de outra pessoa encobrindo as minhas. Eu sou eu, mas não sou eu. Tudo está em dobro, todos os meus problemas, inibições e deficiências multiplicadas por Fato e por Ficção. Sou a versão piada doentia de "curada"; sou eu funcionando toda fodida.

Não vejo o potencial para humor vulgar aqui.

Acho que os direitos cinematográficos disso vão ficar seguramente comigo.

A luz do sol que entra filtrada pelo vidro de segurança e o som de um lunático gorgolejando em algum lugar no corredor me arrancam do estupor que substituiu o sono, mas ainda não acordo. Há teias e fissuras demais cruzando meus pensamentos por todos os lados para conseguir encarar o dia. Por isso fico em minha cama, que na verdade não é minha cama, e desfaço a trança embaraçada que pareço ter tecido com os detalhes de minha vida.

Fato: meu nome. Várias pessoas o confirmaram ontem à noite, incluindo uma das muitas enfermeiras que entram e saem de meu campo de visão como fantasmas e que me empurram comprimidos, e Jameson, cuja roupa agora percebo combinar com os uniformes usados por vários dos outros homens que carregam chaveiros que eu já vi circulando por aqui, homens que estão abaixo das enfermeiras na escala social, mas acima da equipe de limpeza. Auxiliares de enfermagem, talvez, mas será que eles ainda usam essa palavra? Parece antiquada demais, por isso tenho certeza de que foi substituída por alguma coisa rígida, moderna e ridícula: Engenheiro de Limpeza Psiquiátrica ou Técnico Craniano Diplomado.

As enfermeiras também são familiares; eu já vi todas elas antes. Mas do outro lado desse colapso, desse meu curto-circuito mental completo, elas eram administradoras de laboratório e assistentes de pesquisa.

Aqui deste lado eles não pedem minha autorização. Aqui, devo entregar minhas veias e engolir seus comprimidos de graça. Aqui, *eles* acham que estão no controle.

Apesar disso, há outro fato: *tem* dinheiro embaixo de meu colchão. Uma quantia (nada) grandiosa: duzentos e trinta e um dólares. Muito longe do suficiente para a viagem de uma vida. Será mesmo que o Castillo Finisterre existe? Junte essa à montanha de perguntas já empilhada sobre mim.

Embaixo do colchão também há centenas de outros pedaços de papel, todos dobrados com precisão maníaca em retângulos do tamanho de notas de dólar. Falsificações tristes e loucas que fazem meu rosto-de-hoje queimar de vergonha. A moeda patética de minha mente delirante. Mas essa descoberta é quase cômica considerando o que *também* tem embaixo do colchão: um monte de comprimidos. Estão desbotados e quebradiços, como se tivessem sido mantidos na boca de alguém por tempo suficiente apenas para começar a se dissolver.

A boca de *outra pessoa*. Que coisa deliciosamente passiva minha, não? Só de pensar nisso, posso sentir a sensação de uma cápsula com revestimento liso rolando embaixo de minha língua. Sinto o sabor da lembrança daquela primeira liberação amarga do que há em seu interior, e em reflexo começo a tentar afastar seu gosto de minha boca. *Minha* boca.

Se alguma vez houve um momento de não ser passiva, é agora. Por isso... Fato: aqueles são nitidamente *meus* comprimidos, que eu evidentemente cuspi fora de *minha* boca. Não tenho memória consciente de fazer isso, só a memória muscular de hábitos arraigados. Não sei por que recusei aquele monte escondido de remédios, mas deve ter havido uma boa razão. O que levanta ainda mais uma questão, esta com certa urgência: Em quem posso confiar? Em médicos e enfermeiras oferecendo curas questionáveis, ou no meu eu (menos que confiável)?

Nenhuma das opções parece boa.

Enfio a mão embaixo do cobertor, puxo um punhado das folhas dobradas e livro-me com petelecos de duas cápsulas quebradiças que grudam em minha manga como carrapichos. Meu Dinheiro de Monopólio de Maluca consiste principalmente de lenços de papel, folhetos diversos e reportagens rasgadas de revistas. Minha sorte é uma piada prática, aplicada *em* mim, *por* mim. Talvez ainda haja algum valor cômico em minha história.

Não. *Não é engraçado, Audie. Não é nada engraçado.*

Felizmente, em meio ao lixo inútil, há dezenas de brochuras idênticas com respostas padronizadas em papel-cuchê.

Como está escrito, deve ser verdade. (E se você acredita nisso, então eu tenho umas drogas ótimas para vender a você!)

Desdobro um dos panfletos com mãos trêmulas e leio.

Fatos, como descritos em jargão eufemístico cheio de tato: "O Centro Cedar Hill de Residência Transitória fornece cuidado psiquiátrico permanente para adultos e adolescentes com doenças mentais persistentes. Vários níveis de intensidade são oferecidos em nossa comunidade estilo apartamentos, que fica convenientemente localizada na área de um sistema hospitalar com base em uma universidade de alto nível, portanto, assegurando que os moradores tenham acesso aos mais modernos tratamentos e instalações."

Quem quer que tenha feito o design da brochura escolheu o motivo de uma árvore verde-clara para a capa, o que não faz absolutamente nenhum sentido, pois que diabos têm árvores a ver com gente louca? Pessoalmente, eu optaria pelo design de um furador de gelo. "Hospital Psiquiátrico Cedar Hill: Não mais apenas só para lobotomias."

Fato: Eu sou louca. Louca louca louca louca louca. Completamente doida. Pirada. Maluca das ideias. Demente. Zureta. Alienada. Com a cabeça fodida.

Doente.

Pelo menos é isso o que eles dizem.

Demora um bom tempo até que me convenço a sair da cama.

Quando finalmente faço isso, fico aliviada por descobrir que minha casa hoje parece muito com como ela era ontem. Ontem, quando eu estava ainda... no canal a-realidade-é-opcional, digamos assim? Não que eu não esteja mais, só que, sei lá. Algo se rompeu. Algo que tomei, algo que parei de tomar, algo que Dougie disse, algo que eu fiz, não sei o quê, só que *alguma coisa* mudou, e agora vejo certas coisas que eu não via antes, e não vejo outras que costumava ver.

Trá-lá-lá-lá-lá-lá, a cabeça de Audie pega muito devagar.

A verdade agora alcançou massa crítica em minha mente, e está expulsando todas as histórias bonitas e felizes. Meu mundo de fantasia é uma desolação calcinante.

Ficção: Dylan sussurrando *(mentiras)* em meu ouvido. Braços ao meu redor, me segurando, me mantendo centrada, sua carne *(de estranho)* em minha carne, mantendo-me louca. Suas promessas *(mentiras)* sussurradas, *vamos sair dessa juntos, garota.*

Mentira, mentira, a cabeça está pegando fogo.

Não consigo lidar com essa fissura em meu cérebro neste momento, por isso eu a tampo e fecho. É no máximo um conserto temporário, mas me permite levantar e cambalear por meu mundo semifamiliar.

O apartamento é quase o mesmo de ontem, mesmas cortinas, mesma torradeira, mesmo sofá. É só menor que antes; uma miniaturização fofa de um apartamento. Quitinete. Frigobar. Uma casa falsa – uma casa de boneca para os internados.

Lembro-me do dia em que acordei no beco, o modo como tudo pareceu grande por algumas horas. Efeito liliputiano, eles chamaram. Hoje, estou experimentando o oposto. Hoje, meu mundo encolheu.

Realidade: um efeito colateral extremamente desagradável.

Versões diferentes de acontecimentos continuam a se desdobrar como origami. O Professor me acompanhou até em casa naquele dia.

Zzzzzzap.

Não, o dr. O'Brian me acompanhou até em casa naquele dia.

louca burra louca burra louca burra

segunda estrofe, igual à primeira, um pouco mais alta, um pouco pior

Encaro a porta do quarto de Charlotte. Ela era real, tenho quase certeza. De algum modo, meus pensamentos sobre ela têm mais peso. Mas... será possível que eu tenha imaginado sua morte? Talvez seja apenas parte dessa porra de alucinação fodida que está rolando em minha cabeça. Uma briga entre amigas que meu cérebro enganador transformou em tragédia? Por um instante, meu coração se acelera de esperança que essa coisa, só essa única coisa, possa se revelar a meu favor, e que Charlotte possa estar viva. Mas então abro a porta. É um quarto vazio, imagem espelhada do meu – totalmente anônimo com seus móveis institucionais chumbados ao chão e paredes cor pastel. Qualquer um poderia ter vivido aqui. Ninguém poderia ter vivido aqui.

Fecho a porta do quarto vazio e procuro consolo no fato de que pelo menos agora eu sei o que não sei.

Não consigo encontrar consolo nesse fato.

Na verdade, a ignorância não é, de fato, felicidade. Ignorância é um buraco na cabeça e uma faca no coração. Ignorância é um vazio aterrorizante que se enche rápido demais de fatos de isopor e esperanças de *junk food*.

Diante do meu apartamento, que não é meu apartamento, a mesma tendência *igual mas diferente* continua. Exploro o universo alternativo de meu mundo encolhido, caminhando por corredores que apenas ontem tinham quarteirões-de-uma-cidade de comprimento, desço uma escada que costumava ser um beco e atravesso um pequeno quadrado gramado que costumava ser o parque do bairro. Mantenho a cabeça baixa para evitar conversas com qualquer dos rostos quase familiares e passo direto.

Não estou pronta para mais nenhuma realidade no momento. Já estou em um nível tóxico de saturação. Estou *muito* perto de uma overdose de verdade.

Mas mudo de ideia quando vejo Scratch sentado em um banco. Ele está tão repulsivo como sempre, mas também é alguém que conheço e de quem me lembro – por alguma razão, ele parece unir a distância entre minhas alucinações e minha realidade. Além disso, ele talvez seja capaz de me ajudar a compreender toda essa história de Charlotte, que está tão confusa como sempre.

Scratch. O bom e velho Scratch.

Só que, na verdade, a versão de hoje de Scratch não é exatamente a mesma versão de minhas memórias recentes.

Como eu não vi isso antes? Eu estava tão concentrada em suas erupções e pústulas e nunca nem percebi seus olhos, o modo como se concentravam tão atentamente em algo logo além do alcance da visão de todas as outras pessoas. Como não percebo os tiques e tremores?

– Ei, Audie – diz ele quando eu me sento ao seu lado. – Como está Dylan? – A voz dele é dura e irônica.

Salto do banco e o encaro. O merdinha sarnento está sorrindo para mim. Um sorriso provocador, irônico. Então é assim? Eu sou uma piada ali, motivo de riso até de tipos como aquele idiota cheio de bolhas purulentas? Eu me pergunto se estou na base de alguma escala social psiquiátrica não oficial: uma pessoa louca que não sabe que é louca.

Zzzzzzzap.

Ou melhor: uma pessoa louca que não *sabia*. Afasto-me de Scratch o mais rápido possível sem chamar atenção para mim mesma, sem me sentir nem um pouco especial por minha nova descoberta.

CAPÍTULO 41

Aparentemente, encaixo-me em um dos "níveis de intensidade" mais lenientes descritos na brochura do Centro Cedar Hill, porque ninguém tenta me impedir enquanto exploro mais o local. Portas se abrem livremente, alarmes não disparam.

Começo a me sentir como uma personagem de um livro infantil: Audie entra. Audie sai. Vê Audie subir a escada? Desça a escada, Audie, desça!

Testo meus limites *aqui*. Testo meus limites *ali*. Tenho permissão (aparentemente) de ir à droga de *qualquer lugar*.

Isso parece um erro muito grave de avaliação da parte deles.

O quanto você precisa ficar doido antes de eles realmente trancarem você?

Só uma vez minha liberdade é desafiada. Vários passos após sair dc um conjunto de portas que abria para uma pequena área de mundo exterior – um mundo exterior sem cercas e sem correntes, surpreendentemente – uma enfermeira com cabelo crespo e vestindo uniforme hospitalar de cores diferentes vem correndo atrás de mim. Tenho certeza de que fui pega e estou prestes a ser levada de volta para dentro, mas ela só quer que eu assine se estiver planejando deixar as dependências em algum momento. Ela faz uma leve expressão de reprovação e me devolve a prancheta quando vê que assinei como Charlotte.

Surpreende-me, também, ter feito isso. Hábito, acho.

Mesmo com a liberdade garantida, não vou longe, e ainda não tento deixar o local. Um relógio na parede me diz que só tenho mais uma hora para matar antes de me encontrar com Jameson.

Enquanto exploro, observo a desmedicalização calculada de certas áreas das instalações. Há uma fartura de tranquilidade pré-fabricada, do estúdio de arte com curadoria cuidadosa (nada de decapitações nem falos animados retratados em nenhuma das obras penduradas nas paredes) ao jardim comunitário obsessivamente sem ervas daninhas, e até o cheiro pacífico do aromatizador de ar de eucalipto/lavanda que permeia o prédio como Haldol olfativo.

O faz de conta, entretanto, desfaz-se gradualmente para o oeste, oeste sendo a direção do hospital principal. O hospital *de verdade*, quero dizer. O que não finge ser nada além de um hospital. O hospital que não sofre de alucinações, pode-se dizer. (Senso de humor: intacto, mas pendurado por um fio.)

Sinto-me mais confortável nesses corredores a oeste sem alucinações, com seu peso arrogante de ar com cheiro de lavado a álcool e o chacoalhar percussivo de bandejas de metal estridentes contra armações de camas de metal barulhentas. Espio no interior de um quarto e vejo um jovem médico irrigando um ferimento – um corte aberto e feio no bíceps de um homem de barba grisalha que não reclamava, e a visão na verdade me acalma.

Acho que prefiro o tipo de tratamento em que a dor vem primeiro.

Só quando sigo uma trilha margeada por uma cerca viva e entro no saguão de outro prédio separado, reluzente de novo e nitidamente mais moderno que os outros, encontro algum obstáculo real, dessa vez na forma de uma recepcionista que me intercepta constrangida. Ela é tão gorda quanto três de mim paradas lado a lado, mas é ágil ao me bloquear, e quando fala é naquela voz aguda adocicada com sacarina que as pessoas usam com bebês, velhos e imbecis.

– Agora, Audie – diz ela com delicadeza. – Não acho que você tenha consulta com o dr. O'Brien hoje. Mas se precisa falar com ele, provavelmente vai encontrá-lo fazendo ronda pelos corredores. Ele deve ser o médico mais dedicado com quem eu já trabalhei. Nós simplesmente o adoramos por aqui. Tenho certeza de que você deve saber a sorte que tem por ele ter gostado de você.

Quase espero que ela estenda o braço e me dê um beliscão na bochecha, pelo modo como está sorrindo fixamente para mim.

Eu a ignoro e olho por cima de seus ombros. O sorriso diminui um pouco, substituído por um pequeno riso nervoso que faz seu rosto carnudo se agitar de leve.

É um prédio impressionante. O saguão é um átrio amplo com grandes painéis de vidro dispostos em ângulos que fazem quase com que você sinta estar parada no meio de um diamante bem lapidado. Poltronas fundas, muito acolchoadas, engolem pacientes de rosto inexpressivo naquela joia de sala de espera, muitos dos quais estão acompanhados por acompanhantes cuidadosos, e o som amplificado de uma cachoeira artificial caindo no centro do ambiente abafa qualquer possibilidade de uma conversa significativa. O saguão está cercado de salas com portas de madeira fechadas, cada uma com o nome do médico que está atendendo lá dentro. Não posso ter certeza, já que estou parada longe demais, mas, se aperto os olhos, acho que posso identificar o nome do dr. O'Brien na terceira porta à esquerda.

O primeiro pensamento que me vem à mente é um velho ditado sobre pessoas que vivem em casas de vidro. "Não se deve jogar pedras", sussurro, fazendo com que a recepcionista nervosa se agite e ria ainda mais.

Então, enquanto estou ali parada, apertando os olhos contra o brilho quase intolerável do átrio ensolarado, outra citação me vem à mente, uma que se encaixa ainda melhor. Uma que o professor, o dr. O'Brien, sublinhou no exemplar de *1984* que deixou para mim. *Nós devemos nos encontrar no lugar onde não há escuridão.*

Algo relacionado a essa conexão me faz estremecer violentamente, e me abraço para domar meu tremor.

Meu movimento repentino extrapola o limite da recepcionista nervosa, e ela salta surpreendentemente depressa de volta a sua cadeira e pega o telefone.

– Audie, querida, eu só vou chamar uma pessoa para vir buscar você. Está tudo bem? Hein, querida? – A voz dela ainda está com aquele tom açucarado, mas suas unhas pintadas de rosa tamborilam um ritmo staccato no balcão enquanto ela espera que alguém atenda do outro lado.

Faço como instruída. Agora que ela saiu de meu caminho, posso ver mais uma porta, essa diferente do resto. Essa é de metal e segura, vejo tanto uma fechadura quanto um leitor de cartão controlando o acesso, e em vez de uma placa chamativa com nome, esta tem apenas uma pequena placa institucional. Letras brancas sobre um fundo verde-escuro: ALA DE SEGURANÇA.

Não há razão para aquilo disparar qualquer gatilho em minha mente. Quero dizer, a presença de uma ala de segurança em uma instituição de saúde mental não chega a ser surpreendente, mas ela dispara outro gatilho. Uma última citação, essa ainda mais clichê, menos literária, e direto da boca de Jameson.

– Ela está em um lugar melhor – dissera ele de Charlotte.

Ao mesmo tempo, ocorreu-me que o que Jameson nunca disse, nem uma vez: *Morta.*

A recepcionista ainda está ao telefone. Ela está irritada por deixarem-na esperando, pelo que posso dizer, e minha presença a deixa arisca como um cavalo. Mas não estou interessada em ficar mais ali. Já vi o suficiente.

Escolho uma expressão facial mais saudável - olhos bem abertos e sorridentes, a cabeça inclinada em um ângulo diferente - e a tranquilizo em uma voz quase tão melosa quanto a dela.

- Ah, eu estou bem. Sério. Só confundo as datas de minhas consultas. Eu sou mesmo muito desligada!

Ela me olha por um instante, em seguida repõe o fone no gancho.

- Está tudo bem, querida. Não tem problema nenhum - diz ela, mas sua mão permanece perto do telefone, e seus olhos me seguem enquanto saio pela porta.

CAPÍTULO 42

fato: algo inquestionavelmente verdadeiro
inquestionável: impossível de ser questionado
ou posto em dúvida

É uma definição problemática, se você parar para pensar. Quantas coisas na vida são realmente impossíveis de serem questionadas ou colocadas em dúvida?

Sua saúde? Sua riqueza? Seus relacionamentos? Sua segurança?

A linha de seu cabelo, as medidas de sua cintura, seu salário, seus planos? Não vou mais falar sobre isso agora, você entendeu o quadro. A lista é interminável.

Eu, por exemplo, sou capaz de questionar absolutamente tudo.

Veja como sei que ainda não estou "bem" de jeito nenhum: todo o tempo em que circulo pelo hospital, estou à procura de Dylan. Não consigo evitar, é como um reflexo. Um hábito. Sou uma droga de viciada em placebo, viciada na cura falsa de meu mundo delirante e fictício.

Só feche os olhos e bata os calcanhares três vezes...

E agora, além disso tudo, também estou questionando tudo o que achava saber sobre Charlotte. Será que ela está mesmo morta, minha luz brilhante, minha amiga apimentada armadora-pirada-cantora, ou está apenas trancada em algum lugar equivalente a um sótão no hospital?

Eu me faço essas perguntas sem qualquer sensação de esperança. Se ela está trancada, há uma grande probabilidade de que esteja funcionalmente, se não de fato, morta. Charlotte jamais aceitaria viver em uma gaiola.

Mas, afinal, nada é realmente inquestionável.

Minha cabeça dói só de pensar nisso. Ou talvez minha cabeça já estivesse doendo. As coisas ainda estão um pouco confusas na desolação ao norte de meus ombros.

Sigo até o estacionamento dos fundos, ainda surpresa por não ser detida nem questionada. Jameson já está ali, esperando em seu carro – uma coisa vagabunda e toda amassada e vermelha. Eu o uso como teste. *Eu já andei neste carro com Jameson?*, pergunto à parte recém-desperta de meu cérebro. *Não*, diz a parte menos louca. Ela parece razoavelmente confiante.

– Eu já fui de carro a algum lugar com você? – pergunto a Jameson quando entro no banco do carona.

– Não – diz ele. – Não posso dizer que tive esse prazer.

Um ponto pela resposta certa. Preciso saber em que setores de minha memória posso confiar, especialmente antes de começar a fazer as perguntas importantes a Jameson. Preciso ser capaz de avaliar se ele está ou não mentindo para mim.

Ele me olha dos pés à cabeça antes de começar a dirigir e balança a cabeça, satisfeito, como se soubesse exatamente para quem está olhando.

– Uh-hum, eu achava que sim. Você está saindo dessa de novo. Bom para você.

– Como você pode saber? – pergunto a ele.

Ele sorri.

– Audie, conheço você melhor que praticamente qualquer um. Com certeza melhor que a porra do dr. O'Brien, aquele charlatão, conhece. Quem acha que cuida de você quando você está até o fundo nisso?

– Fundo em *quê*, exatamente? – Espero que ele tenha uma palavra para isso, algo para chamar isso pelo que estou passando. Algo para chamar o que eu *sou*. Preciso de uma âncora.

Ele sacode a cabeça.

– Não, não. Você não vai me pegar com essa. Cada médico novo que passa por esse lugar tem um diagnóstico diferente para você. É bem conveniente que ele normalmente coincida com qualquer droga que seu patrocinador farmacêutico da vez esteja querendo vender. Mas você não é um caso fácil. Não há uma coisa óbvia, como há com a maioria das pessoas aqui. Mas, ei, isso é o que a torna interessante, certo? – Ele pisca para mim.

– Qual o problema com Scratch?

Jameson buzina para alguém que lhe dá uma fechada, xingando baixo.

– Ah, ele é uma figura, não é? Síndrome de Morgellons. Parasitose delirante. Ele acha que está infestado com fibras estranhas. Tipo, está totalmente convencido disso. Você não ia acreditar no que aquele pobre coitado fez para tentar tirar as criaturas imaginárias de sua pele, o cara vai usar qualquer coisa em que possa colocar as mãos para furar, ou arranhar ou pior. Você já viu as cicatrizes em suas costas? Ele tentou queimar as fibras com ácido. Esse feito em especial foi o que finalmente fez com que fosse internado aqui.

– Ele fez isso tudo com ele mesmo? – Meu estômago se embrulha só de pensar na pele escamando, nas feridas purulentas, nas marcas de pústulas. O fato de que seja automutilação torna tudo ainda bem pior.

Mas minha mente corre de volta para a revista que encontrei na pasta do dr. O'Brien – os piercings e suturas e perfurações que vi nas fotos internas, e o quanto me perturbou ser comparada a pessoas que escolhem fazer aquelas coisas a seus corpos, e, de repente, eu vejo tudo diferente.

Agora vejo pobres almas alteradas à procura apenas do ajuste certo. Uma receita, uma doutrina, um piercing no nariz, um diploma, uma passagem de avião. *Todos* estamos sempre a um ou dois passos de ser um produto acabado.

– Com certeza. Mas remédios novos estão funcionando muito bem, por isso talvez ele saia logo. Ei... – Jameson vira e me olha seriamente. – Agora que está lúcida outra vez, ou seja lá como você quer chamar isso, você sabe que não pode dizer a ninguém que falo a você sobre os outros pacientes, certo? Na atual situação, basta mais uma advertência para que me suspendam.

– Não vou contar a ninguém – digo. Quem iria mesmo acreditar em mim? Eu com certeza não iria. – Por falar nisso, aonde estamos indo?

– Temos algumas paradas a fazer antes de chegar ao centro de testes.

É uma não resposta, mas não insisto. Na verdade, não me importo aonde estamos indo, nem quanto tempo leva para chegar lá. Eu não tenho mesmo nenhum lugar melhor para estar. Eu me encosto no assento e olho fixamente para uma trinca em forma de estrela no para-brisa. Volto a sentar ereta outra vez, só para ser praticamente enforcada pelo cinto de segurança. Meus músculos se retorcem, lutando involuntariamente contra a sensação familiar da imobilização.

– Espere um minuto... você falou em centro de testes. Você está me dizendo que os testes são reais? É mesmo assim que eu ganho dinheiro? Quero dizer, isso rola mesmo, ser paga para tomar remédios? – Eu tinha me convencido de que isso era outro

Dylan. Uma distorção da realidade criada para deixar minha vida evasiva mais palatável.

Jameson dá um suspiro.

– Vou ter que anotar isso para você um dia desses. Vai me poupar o trabalho de precisar explicar toda vez.

– Me conte outra vez, por favor.

Então ele explica. De novo.

A coisa das cobaias, grana por remédios, é real. Mais ou menos. É outra dessas coisas de fatos entrelaçados com mentiras. Às vezes, eu sou paga para tomar remédios. Às vezes, só penso que sou.

Ele ri quando descreve isso.

– Garota, você sabe que eu adoro você, mas você pode ser muito chata às vezes quando não quer tomar seus remédios. E tentar arrastar seu rabo para algum laboratório ou consultório quando você não quer ir? Você já me deixou de olho roxo mais de uma vez. – Ele vira e pisca para mim. – Então, você não pode me culpar se às vezes eu deixo você acreditar que está sendo paga por isso. Quero dizer, eu não vou lá e *minto* descaradamente para você. Você faz isso tudo sozinha. Mas talvez eu a estimule um pouco mais do que devia. Como essa coisa de seu blog falso. Mas eu gosto de lê-lo. E você é uma boa escritora.

Sinto-me encolher no assento.

– Mas às vezes eu sou paga. Certo? Pelo menos alguma coisa?

– Claro. Vocês todos recebem, acho que todo o sistema implodiria se não recebessem, já que a universidade teria problemas demais para conseguir cobaias humanas para suas pesquisas. E pesquisas sem resultados significaria não haver mais nenhum financiamento privado. E nenhum financiamento privado significa nenhuma nova ala elegante no hospital. Por isso, não importa se O'Brien não gosta disso – diz Jameson. – O hospital faz as regras, não ele, e eles com toda a certeza não querem perder esse suprimento permanente de voluntários da casa. Além disso, ele não pode impedi-la, a menos que a interne na ala restrita.

Ele buzina quando outro carro o fecha, em seguida sua voz fica maldosa.

– E se ele interná-la nessa ala, seu prontuário automaticamente vai para a junta trimestral de análises. Ele com certeza não quer *isso*. Você quer falar sobre alguns métodos experimentais muito obscuros... – Ele torna a piscar para mim, como se eu fizesse parte da piada. Coisa que, é claro, não faço. – Enfim, como você já está bem ali nas dependências do hospital, é bem fácil se inscrever nos estudos. E Deus sabe que eles não são exigentes com quem aceitam. Veja um exemplo... – Ele coloca o carro em ponto morto e aponta para uma fila de pessoas que sai de um prédio.

Era uma fila irregular e indisciplinada, o tipo de fila formada por pessoas que *têm de* esperar, não por pessoas que querem esperar. Há quatro homens para cada mulher, a maioria deles escondida sob capuzes ou chapéus puxados para baixo. Não me surpreendo nem um pouco quando finalmente vejo o letreiro e vejo que estamos estacionados em frente a uma clínica de metadona.

– Aqui, você me ajuda, por favor? Você começa no fim da fila, eu começo no início, e vamos nos encontrar no meio. – Ele me dá um punhado de folhetos. – Só garanta que eles entendam que têm de entregar esse papel quando chegarem ao centro de testes. Olhe, tem um código, está vendo? Do contrário, nós não recebemos nossa taxa de indicação. – Ele aponta para uma série pequenina de números impressa no pé de cada página.

No folheto há palavras curtas e simples, uma mensagem fácil de ler para os semianalfabetos. Há mais espaço dedicado ao endereço e às instruções que ao verdadeiro objetivo dos folhetos: Estudo de Droga Nova Procura Voluntários. "Compensação Financeira" está anunciado em letras grossas e coloridas, uma vez no alto da folha, depois novamente ao pé.

São necessárias várias paradas mais até que eu compreenda todo o escopo de nossa tarefa: estamos distribuindo convites para a festa menos exclusiva do mundo.

A rota de Jameson nos leva a todos os lugares errados da cidade. Abrigos de sem-teto. A rodoviária. Uma clínica médica vagabunda. É um tour pelos excluídos; acrescente uma instituição psiquiátrica e você faz um *royal flush*.

Ah, espere...

Vamos dividir a taxa de indicação 75%/25%, diz Jameson. Quanto mais pessoas consigamos que se inscrevam, mais dinheiro recebemos.

É um bom negócio para eles, diz Jameson. Eles recebem os remédios de que precisam, além de mais grana do que viam em muito tempo.

Estamos fazendo uma coisa boa, diz ele.

Todos os médicos fazem isso, ele continua, até os que não gostam de falar no assunto.

– Olhe só para o dr. O'Brien. Aquele sacana presunçoso age como se estivesse acima disso tudo, mas está recebendo o dinheiro do financiamento a torto e a direito. De onde você acha que vem isso? Quem você acha que coloca o dinheiro nesses grandes projetos de pesquisa? Acha que o salário normal dele comprou aquele Lexus novo brilhando?

As empresas farmacêuticas precisam testar seus novos medicamentos em *alguém*, diz ele. E este é um dos grandes. Um estudo grande. Pode beneficiar bastante gente algum dia. Só existe um jeito de saber.

Isso faz minhas veias formigarem, só de ouvi-lo. Um zumbido baixo em meu ouvido vibra junto com suas palavras.

Nossa última parada, uma passagem subterrânea perto do centro da cidade, é a pior de todas. É o fim de uma favela de barracos que se estende pelo lado errado dos trilhos, um local de encontro pós-apocalíptico para pessoas que mal conseguem se aguentar. Estacionamos ao lado de um arbusto raquítico que tinha sido decorado em estilo árvore de Natal com sacos plásticos vazios e camisinhas usadas.

Quando saímos do carro, uma mulher grisalha desgrenhada se aproxima de nós com um andar arrastado e um sorriso torto. O lado esquerdo de seu rosto pende inútil quando ela cumprimenta Jameson.

– Mary! – exclama Jameson, como se estivesse realmente satisfeito de vê-la. – Como você vai? Pronta para outra rodada? O mesmo pagamento, desde que você tenha esperado trinta dias. – Ele pisca para ela quando diz isso, *será que ele sempre piscou tanto assim?*, e tenho a impressão de que quaisquer que sejam as regras que governem aquele sistema, elas são frouxas.

Ela pega um dos folhetos com a mão retorcida e se afasta.

– Oh, meu Deus. Jameson, olhe. – Levo a mão involuntariamente à boca. Ela está vestindo apenas um roupão de banho, e o está usando ao contrário. Ele está aberto às suas costas, revelando uma pele nua imunda e provas de que defecou em si mesma, provavelmente mais de uma vez. Dormiu nele, também, parece. – Oh, meu Deus – repito.

– Tenho alguns cobertores na mala – diz para mim Jameson, entregando-me as chaves de seu carro. – Dei a ela roupas da última vez, mas o que se pode fazer? Não podemos obrigá-la a deixar as ruas. Ela entra e sai do sistema há anos, é uma veterana resistente. Uma verdadeira sobrevivente.

Corro até o carro dele, pego uma pilha de cobertores, depois corro atrás de Mary. É fácil alcançá-la, ela não parece se mover muito depressa. Além disso, está usando apenas um sapato, uma bota masculina. Seu outro pé é protegido por uma camada grossa de meias sujas.

– Só um, querida. O clima está esquentando. Logo vai estar quente como fogo, você vai ver – diz ela para mim com seu sorriso enviesado enquanto pega um único cobertor da pilha que eu lhe ofereço. – Guarde o resto para você. Pelo menos eu tenho estofamento, você é só pele e osso. O calor está chegando, mas isso nem sempre acaba com o frio. Sei que você sabe o que quero dizer.

Ela dá uma risada baixa, depois cospe, e quando vira e vai embora andando, vejo as tatuagens que sobem por suas costas. Círculos feitos de cobras, quatro deles, subindo acima da merda seca que emporcalha sua pele. Quatro serpentes se destruindo em cima de sua espinha nodosa e machucada.

São as mesmas tatuagens que vi nas costas de Charlotte pouco antes de ela morrer.

Se, na verdade, ela morreu. Nenhum dos dois lados de meu cérebro ainda se sente seguro sobre isso.

– Mary? – Quero perguntar a ela sobre as cobras, mas ela me dispensa com um aceno sem sequer se virar. Está murmurando consigo mesma sobre o clima, e não pode ser incomodada por gente como eu.

– Quente como fogo – está dizendo ela outra vez enquanto se afasta. – Eu sei que você sabe.

CAPÍTULO 43

DISCURSO DE DESPEDIDA

Bem, olá leitores fiéis.

Ou devo me dirigir a vocês apenas como as vozes em minha cabeça?

Não, não, vocês têm razão. Não vamos acabar com a charada ainda. De qualquer modo, é uma conversa produtiva, independentemente de como vocês classificam nosso relacionamento aqui.

Se um blogger caga na internet e ninguém clica...?

Enfim. Como tema de hoje, vamos sair de nós mesmos por um instante. É muito fácil nos concentrarmos em nossos próprios lucros, no *eu, eu, eu* de tudo isso, que às vezes esquecemos de examinar os motivos das pessoas a nossa volta. Pessoas cujo comportamento e decisões podem estar controlando *nossos* pensamentos e decisões.

Pessoas que detêm chaves invisíveis.

Quando você nem sabe que está trancada em uma gaiola, você não percebe como suas opções são limitadas. Neste caso, você acaba só perseguindo o próprio rabo.

Hah, hah, viram o que fiz aqui? Ahm, desculpem, uma piada interna. Eu explico outra hora.

Vamos em frente.

Até agora, nós nos concentramos nos aspectos microeconômicos do mundo dos testes. *Quem* vai pagar *quanto* por *qual* estudo. Ah, e o quanto cada um desses comprimidos e procedimentos vai doer, claro. Nós nos distraímos com toda a conversa sobre *este* bisturi, e *aquele* efeito colateral. Como eu vou me sentir *hoje?* Ainda vou ter essa erupção *amanhã*? *Qual* dos meus amigos vai acabar no necrotério, e *qual* deles vai enfiar uma faca nas minhas costas?

Os detalhes práticos de merda.

Porque isso é tudo o que se pode ver quando se está trancada em uma gaiola.

Mas quando você sai dessa gaiola, escapa por um momento sequer, de repente, vê o quadro geral. Os aspectos macroeconômicos, pode-se dizer.

Lembram-se de alguma coisa de sua aula de economia? Se chegaram tão longe nos estudos, é claro. A sigla PIB lembra alguma coisa? Produto Interno Bruto? É o valor total de todas as porcarias que um país produz em um ano.

É, dá sono, eu sei. Mas vamos falar da versão das cobaias, que eu acho bem mais interessante, o DIB:

Dor Interna Bruta (DIB): Valor total de todas as coisas que você já tomou. Comprimidos e chutes e tapas. Insultos que você engoliu, babaquices que aturou. Eletrodos em seu crânio, a mão de um estranho em você, dentro de você, prendendo-a à cama, segurando-a. Um xarope para tosse experimental. Uma condenação à prisão. Uma agulha em sua espinha. O pesar infinito da vida diária.

Porque, na verdade, não é tudo a mesma coisa?

Dor Interna Bruta: o valor de tudo o que você já absorveu.

E daí?

Qual a porra da ideia?

Para ser honesta, garotas, não tenho certeza. Mas acho que se eu aprendi alguma coisa com essa vida de rato de laboratório, é a importância do controle. A importância de pegar toda a porcaria que a vida tenha jogado em cima de você em todos esses anos, e devolver para quem arremessou.

Então usem seus DIBs, meus amigos silenciosos e invisíveis. Juntem toda a dor que acumularam durante o curso de suas vidas. E quando tiverem certeza de que há o suficiente, ou seja, quando vocês estiverem certos de que já aguentaram demais, então caiam fora com sua grana e a gastem com inteligência.

E nunca olhem para trás.

CAPÍTULO 44

Quando nossa pilha de panfletos está no fim, vamos no carro de merda e amassado de Jameson até um shopping de merda e amassado em uma parte de merda e amassada da cidade, onde há um centro de testes entre duas lojas vazias. CLÍNICA diz o letreiro pintado com letras feitas com fita crepe na porta.

Tudo à vista diz que aquele não é um lugar de cura.

Jameson enfia a camisa para dentro da calça antes de entrarmos. Ajeita o cabelo. Ergue-se um pouco mais alto.

Entramos, e ele passa pela sala de espera cheia e vai até a porta de um escritório nos fundos. Ele bate uma vez, em seguida abre a porta sem esperar por resposta.

Sei, sem que precisem me dizer, que devo esperar aqui, por isso sento em uma cadeira vazia nos fundos da sala. Ainda consigo ouvi-lo daqui. Ele está falando com uma voz diferente da que usa comigo, um pouco mais grave e talvez um pouco mais alta, e está usando palavras como *avaliação clínica* e *população* e *critérios de inclusão*. Ele não faz aquela sua coisa de limpar a garganta, nem uma vez, e não parece mais um assistente de enfermagem.

Aqui, ele parece um cara com uma camisa-bem-arrumada-dentro-da-calça que leu muitas revistas médicas. Aqui, ele parece um homem que está no controle de sua vida.

Trambiqueiro sem vergonha.

Não consigo ver a pessoa com quem ele está falando no interior do escritório, mas posso ouvir uma voz feminina murmurar sons de concordância e aprovação. Faz com que eu me sinta melhor saber que não sou a única enganada a acreditar na versão fictícia de Jameson.

Ele olha para trás, depois fecha a porta para que eu não possa mais ouvir o que está sendo dito. Excluída, em vez disso eu me concentro nas pessoas sentadas a minha volta em estados diversos de agitação silenciosa. É deprimente demais a vista daqui, e desejo ter esperado no carro.

Aquele não é um tipo de gente que fica checando seus smartphones.

Aquele não é o tipo de sala de espera com revistas e água mineral.

Aquelas não são pessoas doentes à procura de uma cura. Por toda minha volta, vejo meu futuro. Aquilo é como um anúncio da Benetton virado do avesso, um recorte em escala de cinza dos indigentes e viciados. Homens sujos de trabalho, cujas posturas tensas e olhos em movimento rápido telegrafam a situação questionável de seu status de imigrante, sentam ao lado de adolescentes com piercings e cabelo verde carregando todos os bens que possuem no mundo em mochilas cobertas com símbolos do anarquismo desenhados a caneta. Uma mulher de mãos trêmulas senta ao lado de um homem com queixo trêmulo.

Os despossuídos. Os miseráveis. Aquele é um tipo de gente que não tem outra opção, cada uma das pessoas que está ali.

Porque, vamos ser honestos, eu sou uma delas, não sou?

Como seus ocupantes, a própria sala é imunda – um carpete, puído e seboso com uma década de sujeira, e paredes cobertas com arranhões e manchas e pichações. No canto, há uma lata de lixo transbordando caída de lado.

No hospital, há pelo menos o conforto dos procedimentos e a pretensão de uma cura. Há protocolo. Pelo menos, higiene básica. Mesmo quando estão torturando você, rasgando sua carne ou embaralhando seu cérebro, pelo menos eles praticam boa higiene ao fazer isso. Eles roubam seus pensamentos em condições estéreis. Eles documentam seus gritos em triplicata.

Não aqui. Esse é um lugar onde as esperanças acabam e as opções definham. Esta é a clínica no fim do mundo.

Eu já estive aqui antes?

Eu me dobro ao meio, apoio a cabeça nos joelhos, tentando deter o pânico que está palpitando e se expandindo no interior de meu peito como um pássaro preso em frenesi. Tento desacelerar a respiração, mas posso ouvir os sons animais de meus arquejos e sei que já perdi o controle.

Eu já estive aqui antes?

– Jameson! – Seu nome irrompe de minha garganta em um rosnado esganiçado. Cabeças baixas se erguem preocupadas, e, mesmo em meu pânico, não esqueço que sou o espetáculo naquela sala cheia de excluídos. Eu sou a mais miserável.

Eu sou a maluca. Jameson vem correndo e agora ele é outra vez um auxiliar de enfermagem, que me conduz rapidamente para fora pelo braço, segurando com tanta força que eu sei que vai deixar um hematoma. Pelas desculpas que ele pede olhando para trás enquanto me leva pela porta, fica claro que ele está mais envergonhado que preocupado.

– Audie, mas que porra é essa? – pergunta ele quando estamos outra vez em seu carro. – Eu estava no meio de uma conversa de negócios. – A voz dele está chorosa, como a de uma criança que quer o que não pode ter.

– Que diabos é aquele lugar?

Ele dá um suspiro.

– É chamado de OPC. Uma organização de pesquisa por contrato.

Ele tenta parar por aí, como se isso respondesse alguma coisa, mas me vê olhando fixamente para ele e solta outro grande suspiro, como se eu estivesse arrancando a resposta dele sob tortura.

– É capitalismo. É isso o que é. – Ele ergue uma das mãos. – Eu sei, eu sei, não olhe para mim assim. É nojento pra cacete. Eles fazem testes clínicos para quem estiver disposto a pagar por isso. Algumas das grandes empresas farmacêuticas e de biotecnologia gostam de terceirizar o trabalho braçal, por isso pagam a lugares como esse para fazer o que for preciso.

– Eles fazem pesquisa médica naquele lixo? Achei que fosse fazer um teste para a porra de um filme snuff lá dentro. Por falar nisso, podemos ir embora daqui? Esse lugar me assusta.

Jameson me diz que estou sendo melodramática, em seguida engrena a ré. Quando está quase saindo da vaga, ele pisa firme no freio.

– Droga! – pragueja ele e salta do carro. – Não bati em você, bati? – Eu o escuto perguntar à pessoa parada atrás de seu carro.

Eu desço também, bem a tempo de ver a expressão de reconhecimento triste passar pelo rosto de Jameson. O jovem de cabelo preto encarando fixamente o para-choque que parou a um centímetro de suas rótulas, por outro lado, não mostra sinal sequer de ter registrado nossa presença.

– Ah, oi – diz Jameson. – Uh, como estão as coisas? Bem, espero. Achei que a essa altura você já tivesse ido embora há muito tempo. – Ele está tentando usar sua voz formal de camisa para dentro da calça que estava usando lá dentro, mas posso ouvir seu gaguejar nervoso saltitando por baixo de suas palavras.

O homem ergue um ombro ossudo em resposta, uma vaga semelhança de um gesto de indiferença, mas não tira os olhos do para-choque do carro. Tenho que lutar contra a vontade de não estender a mão e arrancar a pulseira de hospital suja que vejo presa em volta de seu pulso. Ela parece estar ali há muito tempo.

Jameson solta um som falso de risada e gesticula na direção do cara, que não dá sinais de se mover.

– Esse é o sujeito mais trabalhador que eu já conheci – diz para mim em voz alta. Ele se volta para o homem com um sorriso brilhante demais. – Está juntando dinheiro para seu casamento ou alguma coisa assim em sua cidade natal, não é? Ou era a faculdade de direito? Lembro que era alguma coisa importante.

O jovem vira os olhos vidrados e desfocados para Jameson, mas ainda não responde.

Heh heh. O hábito nervoso de Jameson de limpar a garganta volta antes que ele consiga preencher o silêncio desconfortável.

– Viu, eu falei para você que esse era um lugar legal – diz ele para mim. – Caras como esse vêm aqui por um ou dois meses e ganham dez vezes o que fazem em um ano onde moram. Tratamento médico grátis também. Certo? – pergunta ele ao homem, que não parece estar nem remotamente perto de receber cuidados médicos adequados.

Por fim, o cara parece ouvir o que Jameson está dizendo, e um grande sorriso se abre em seu rosto.

– Ka-ching – acho que diz ele, apesar de ser difícil ter certeza com seu sotaque. – Estou com um. Um efeito colateral. Daqueles bem grandes e feios. Só vim checar o meu cheque, ver se ele já chegou, aí vou para casa. – Isso parece diverti-lo, e o sorriso em seu rosto fica ainda maior. – Checar o meu cheque o meu cheque – diz ele, depois ri com uma voz aguda.

– Ka-ching – cantarola ele outra vez, em seguida se vira para recomeçar sua caminhada sinuosa e arrastada através do estacionamento na direção da clínica.

– Puta merda, Jameson! – É tudo o que consigo pensar em dizer enquanto entramos outra vez em seu carro.

Ele sacode a cabeça para impedir que eu diga mais qualquer coisa.

– Eles não são todos assim. Esse cara... esse estudo é... – Ele parece abalado. – Esse estudo está mais interessado em maximizar lucros mais que a maioria dos outros com os quais trabalhei. Quanto mais baixo o custo por cabeça, mais dinheiro sobra para eles no fim do período de testes, por isso alguns lugares cortam custos em tudo o que podem. Os testes que você tem feito foram todos em um hospital universitário. É um modelo de negócio totalmente diferente.

Tento perguntar a ele, do jeito mais simpático possível, como um auxiliar de enfermagem de hospício se envolveu tanto com o que quer que ele esteja falando, mas não digo isso com o tato que eu esperava, e Jameson fecha a boca e fica silencioso e emburrado por quase toda a viagem de carro de volta para casa.

Quero dizer, de volta para o hospital.

Para a porra do Centro Cedar Hill Para Pessoas com Problemas com a Realidade.

Depois de algumas quadras, porém, ele finalmente responde.

– Eu ajudo com o recrutamento. Eles precisam de corpos entrando pela porta, o maior número possível. Eles têm prazos apertados, e recebem bônus se os cumprem. É muita grana, Audie. Para eles, para mim, e para *você*, se quiser me ajudar. – Ele me lança um olhar penetrante. – E para os voluntários também. A maioria dos quais, devo acrescentar, não estaria recebendo tratamento médico se não fosse por este estudo. Então não é tão ruim quanto parece, juro. – Ele aparenta estar tentando convencer a si mesmo.

Mentiroso sem-vergonha.

– Não posso ser pego recrutando ninguém do Cedar Hill. Eu falei a você que o O'Brien está em cima de mim. Mas *você* pode falar com pessoas lá. Espalhar a informação. Eu chego a uma divisão sessenta-quarenta para qualquer um que você recrutar.

– O que eles estão testando? – Não olho para ele quando pergunto. Não quero que ele saiba o que eu estou pensando. Que pontos eu estou ligando.

Isso chama sua atenção.

– Antipsicóticos de ação prolongada. Na verdade, é bem legal. Você pega um monte de pessoas como as que vimos hoje, e é óbvio que eles nunca vão fazer o tratamento regular, que basicamente consiste em engolir vidros de comprimidos que descem pela garganta com efeitos colaterais desagradáveis. Mandamos pessoas como essas para as ruas com receitas de remédios que elas nunca vão comprar, depois nos perguntamos por que tantas pessoas com doenças mentais estão sem teto ou na prisão.

Ele agora está animado, o mau humor já esquecido. Falar sobre essas coisas o deixa alegre. Penso em todas as vezes em que o vi bancar o médico amador, lendo revistas médicas que provavelmente pegou nos consultórios de médicos de verdade. É isso o que Jameson quer ser, um cientista ou um empresário, ou algum híbrido distorcido dos dois, em vez de um funcionário inferior em um hospício, meio degrau acima de um faxineiro.

Todos temos nossas vidas de fantasia, não temos? Eu me dou conta de que há uma linha tênue entre delirante e ambicioso. Todos estamos basicamente na esperança de uma realidade melhor.

Ele ainda está falando sobre os testes.

– Se essa parada funcionar, pode realmente fazer diferença. Entenda isso, em vez de comprimidos, é injetável, o que acaba com todo o problema de ter de cumprir o tratamento. Ele vai direto na espinha, e dura meses. Eles já sabem que a parada funciona, agora estão só se concentrando em questões de posologia, tentando descobrir se a localização e a frequência alteram o resultado.

Fico gelada quando ele diz isso.

– Injeções na espinha, hein? Deixe-me adivinhar: eles fazem uma tatuagem pequena no lugar da injeção?

Jameson balança a cabeça afirmativamente, ocupado demais acelerando para passar um sinal amarelo para perceber minha reação.

– É, eles alternam o lugar da injeção, então as tatuagens servem para garantir que eles não repitam o mesmo local por acidente.

Eu visualizo as costas de Charlotte.

Eu visualizo as costas de Mary.

Meus lábios ficam dormentes, e minha espinha formiga da maneira mais literal, como se alguém estivesse passando a ponta de uma agulha por ela. É engraçado como seu corpo às vezes se lembra de coisas que sua mente não.

Ou talvez eu tenha apenas uma imaginação superativa.

Sei, sem que ele precise dizer, que algum filho da mãe doente naquele buraco de clínica barata gosta de ser criativo com suas marcas. Por que marcar seus voluntários malucos de testes com um velho X sem graça para indicar o ponto quando você pode se divertir? Com pequenas serpentes devorando o próprio rabo, talvez?

– Jameson, você mandou Charlotte lá? Foi isso o que aconteceu, você a vendeu por grana, e alguma coisa deu errado?

Suas mãos no volante ficam tensas, e ele não responde.

Mas seu silêncio é uma resposta.

– É por isso que ela conseguiu aquela grana toda? Aquele tinha sido algum tipo de grande dia de pagamento para vocês dois?

Ele entra rápido demais no estacionamento do hospital, cantando pneu, e em seguida freia com tanta força que sou jogada para frente contra o cinto de segurança. Ele trava no lugar e me prende, como deveria fazer. Como ele deveria fazer.

É para meu próprio bem.

– Ela está em um lugar melhor. Não foi isso o que você disse? E onde exatamente fica esse lugar melhor, Jameson? Você matou Charlotte, porra? – Estou falando mais alto a cada palavra. Com voz mais aguda. Com mais raiva. – Ou você apenas a transformou em um vegetal com sua porra de cura não-tão-milagrosa? – Preciso ficar mais calma que isso. Preciso estar mais lúcida que isso quando fizer as perguntas a ele. Isso é importante demais para estar louca, eu sei que é, mas parece que não consigo mais controlar o que está saindo. – Quanto eles lhe pagaram por ela? Quanto Charlotte valeu? – grito. – Um par de sapatos novos, talvez? Um jogo de pneus para esse carro de merda? Espero que eles sejam mesmo pneus bons pra caralho, Jameson!

Ele estende o braço por cima de mim, abre e empurra minha porta. Sua boca está fechada, rígida, ele terminou de falar.

Ele olha ao redor. Para se assegurar de que mais ninguém me ouviu? Ou, quem sabe, à procura de ajuda?

Minha cabeça está zunindo de novo, e sei que acabei de estragar tudo. Minha raiva parece um enxame de abelhas no interior de meu crânio.

Com a agilidade de um auxiliar de enfermagem, Jameson desce e faz a volta até meu lado e me puxa para fora, me afastando de seu carro antes que eu sequer perceba o que ele está fazendo.

– Isso foi um erro – diz ele. – Você ainda está doida, porra. Volte para o hospital. Faça isso agora, e não vou contar nada para o O'Brien.

Ele entra no carro e me observa com as portas fechadas e os vidros levantados.

Ficamos assim, encarando um ao outro, por mais um minuto, em seguida ele sai acelerando do estacionamento, quase passando com os pneus por cima do meu pé.

– *Ainda* doida? – grito na direção de seu carro. O som alto e rouco de minha voz me surpreende. Não porque tenha nada de engraçado, mas porque meu cérebro está girando com a sensação de cócegas e caleidoscópica de *déjà-vu*. – Ah, não, meu amigo. Eu estou só começando! – Na verdade, isso nem faz sentido, mas não me importo. Dizer isso me dá uma sensação boa, como uma tirada gratificante pinçada direto do final de um filme de ação barato.

Parece algo que você diz antes de retomar o controle. Parece uma decisão.

Eu digo outra vez, mais alto, sorrindo pelo modo como isso faz com que um grupo de mulheres voltando para seu carro olhe fixamente para mim como se eu fosse louca. Porque essa é a questão toda, não é?

TRANSIGATÓRIO

O dr. O'Brien não gosta quando eu o desafio. Ah, não, senhor. Ele não gosta nem um pouco disso. Nem aprova minhas atividades extracurriculares.

– Audie, se pensarmos bem sobre o assunto, você é menor de idade, e foi colocada sob minha responsabilidade médica. Então, quando descubro que você não está seguindo o tratamento, tenho a obrigação de tomar certas medidas para seu próprio bem. Sinto muito termos chegado outra vez a esse ponto. Você estava indo tão bem!

Ele parece muito seguro de si quando fala desse jeito. Ele acha estar em segurança, escondido por trás de seu jargão médico-jurídico, e de sua mesa que parece uma cordilheira de montanhas, com todos aqueles picos nevados de papelada.

Mas eu sei seus segredos.

As cobras estão falando comigo outra vez, contando-me coisas que posso usar contra ele. Nesse exato momento, elas estão se retorcendo reluzentes em torno de sua caneta prateada elegante, só que ele é cego demais para ver essa porra. É uma cobra com duas cabeças? Ou são duas cobras unidas? Não importa. Uma é nitidamente mais forte que a outra. Sorrio quando ela começa a devorar sua gêmea, eu realmente admiro um instinto de sobrevivência forte.

Se você ficar faminta o suficiente, com o tempo vai estar disposta a fazer o que for preciso para se salvar.

Dou meu sorriso encantador de serpentes para o médico.

– E o senhor também tem a obrigação *de receber dinheiro por me encher à força com todos esses comprimidos? Também é* obrigado *a ficar com o bônus que recebe por me conectar às suas máquinas?*

Sua mão congela na barba enquanto a alisa.

Ele não toma mais tantas notas. Não faz isso há dias e dias. Em vez disso, apenas tamborila com a caneta sobre minha ficha inerte.

tap tap tap tap

O caduceu de prata no alto da caneta capta a luz. É um símbolo muito apropriado para médicos, não acha? Vem da mitologia grega, do cajado que Hermes levava. Hermes, o deus dos ladrões e do comércio.

Ah, sim, eu fiz meu dever de casa. Esse é um teste em que estou determinada a passar.

tap tap tap tap

– Eu sempre fui absolutamente claro que você faz parte de um protocolo experimental, Audie. Sim, meu estudo é financiado, em parte, por verbas da indústria farmacêutica, mas isso não influencia de modo algum as minhas decisões.

Eu me encolho quando sibilo para ele.

Eu fiquei bem mais forte ultimamente. Estou ficando mais forte a cada dia.

– Seu bronzeado está desaparecendo – digo a ele. – Lembre-me, onde foi o congresso deste ano? Havaí? Que bom que eles pagaram suas despesas. E um passarinho me contou que o senhor não era nem o palestrante principal. Quanto eles pagam para os palestrantes principais em congressos médicos em hotéis de luxo no Havaí hoje em dia?

Pisco para a serpente dominante no alto da caneta do dr. O'Brien. É quase possível esquecer que a gêmea mais fraca estava lá no início.

O dr. O'Brien dá um suspiro e fecha meu prontuário. Ele está reconhecendo a derrota: não tem mais nada o que escrever.

– Audie – diz após um longo silêncio. – Neste momento, sua mente está enganando você, oferecendo soluções falsas. Há alguma parte de você que consegue entender isso?

– Garanto ao senhor que minha solução é muitíssimo melhor que aquela que o senhor está oferecendo, doutor – digo com delicadeza, pois eu obviamente já venci a batalha. Não há a necessidade de perder a esportiva.

Ele apenas balança lentamente a cabeça e meio que se encolhe em sua cadeira. Até sua barba parece fraca e abatida.

É a sobrevivência do mais apto. Eu *sou a cobra dominante no consultório agora. Eu o estou consumindo, consumindo sua pesquisa, consumindo sua carreira.*

Eu *controlo o ciclo.*

Ele está tão intimidado que nem percebe quando meto sua caneta em meu bolso ao levantar para sair do consultório. Lá fora, no corredor, comemoro minha vitória com a mão em volta de meu prêmio, glorificando-me com o gume pesado da prata agora na palma de minha mão. Ela é bonita e perigosa, eu quero muito ficar com ela.

Eu a jogo em uma lata de lixo ao sair do prédio, só para provar para mim mesma que consigo.

CAPÍTULO 45

Estou colocando algumas leituras em dia quando Jameson chega algumas horas mais tarde cheio de desculpas esfarrapadas.

– Esqueci meu suéter da sorte – ouço-o dizer às enfermeiras na sala pequena onde elas se reúnem, isolando-se dos "moradores" (há!) sob seus cuidados [transtorno de personalidade esquiva, código de diagnóstico 301.82]. – É noite de jogo, então eu preciso dele. Vocês sabem como é.

Elas aceitam sua explicação ridícula [comportamento ritualizado indicativo de transtorno de personalidade obsessivo-compulsiva, código de diagnóstico 301.4] sem comentários. Ele é apenas um auxiliar de enfermagem (desculpe, um técnico de psiquiatria) aqui, quase tão invisível para elas quanto eu.

Estou sentada na área comum, uma sala pequena e deprimente onde pessoas loucas podem se misturar sobre estofado feio enquanto ignoram umas às outras. É o mesmo lugar onde me lembro de acontecer uma festa. A comemoração de cobaias onde vi Charlotte pela última vez.

O fedor forte de urina interliga as duas versões da sala.

Os antes e depois estão clicando e se encaixando, apesar de às vezes eles saltarem e trocarem de posição dentro de mim no meio de um pensamento. Frequentemente, os fatos e rostos são exatamente os mesmos. A única coisa que muda é minha interpretação.

Antes: Festa!

Agora: Purgatório. Um lugar onde os que já morreram aguardam pelo que quer que venha depois.

A realidade não é maravilhosa?

Jameson se aproxima de mim por trás e se abaixa sobre um joelho, fingindo naturalidade, agindo como se tivesse apenas parado para amarrar o sapato. Eu não me viro, nem mesmo quando ele faz aquela sua coisinha de limpar-a-garganta extra-alto [transtorno de tique vocal persistente, código de diagnóstico 307.22].

– Desculpe por ter brigado com você, Audie. Eu penso em você como amiga, e às vezes esqueço que você é...

Preencho algumas palavras possíveis para ele. Ergo o pesado manual de diagnóstico que estava lendo, mostro a ele que não é o único que consegue roubar coisas dos consultórios dos médicos.

Na verdade, é até divertido folhear as páginas e procurar rótulos para pessoas. Se você conhece alguém bem o suficiente, garanto que você consegue encontrar um diagnóstico para ele aqui. Todo mundo tem pelo menos um pouco de loucura rolando logo abaixo da superfície.

– Não. – Ele sacode a cabeça. – Eu só ia dizer que às vezes esqueço como você está doente. Eu não devia ter levado você comigo hoje. Não foi profissional.

Ele abaixa a cabeça, escolhe sua melhor expressão de rosto-envergonhado. Ele sabe como pareciam ser as coisas lá, diz. Mas na verdade não é muito diferente do que os médicos estão fazendo aqui.

– É só o jeito como o sistema funciona. – Ele dá de ombros e faz com que os olhos fiquem redondos e inocentes.

Ele não quer me deixar com a impressão errada, diz. Ele tem grandes planos. Vai abrir a própria OPC, fazer as coisas do jeito certo.

– Você não precisa ter diploma nem nada. Só o nome de um médico em algum lugar no papel timbrado, alguém disposto a atuar como sócio oculto. É só uma questão de administrar um bom negócio – ele diz. Ele vai fazer estudos do jeito certo, ele diz. Talvez eu possa trabalhar para ele (pausa desconfortável, pés se arrastam). Quando eu sair.

Agora vejam quem é delirante [código de diagnóstico 297.1].

Como se isso fosse apenas algum tipo de psicose temporária [código de diagnóstico 298.8].

Como era aquele ditado do qual estávamos falando mais cedo? Às vezes paranoia [código de diagnóstico 295.30; o manual atual não distingue mais um subtipo paranoico de esquizofrenia] é apenas conhecer todos os fatos.

– Coisa engraçada – digo a ele. – Não tem código de diagnóstico para um mentiroso compulsivo. Por que você acha que acontece isso, Jameson?

Ele não responde. Sensacional.

– Talvez todos vocês tivessem que diagnosticar uns aos outros. Toda pessoa que trabalha aqui e ganha a vida colocando veneno em minhas veias.

Sua pele enrubesce e fica rosa, e ele levanta e para de fingir amarrar o sapato.

– Você parou de tomar seus remédios outra vez, Audie. Não foi? – Ele sacode a cabeça, tenta algumas expressões diferentes e se decide por triste. – Odeio que tenha de ser assim – diz ele, então se vira e vai embora.

Começo a rir.

– Ah, não fique assim. Só estou brincando com você, Jameson. Volte.

Ele não volta.

CAPÍTULO 46

A enfermeira traz um copo de papel com comprimidos até meu quarto quando estou me preparando para deitar. Eu a agradeço automaticamente, como se ela tivesse acabado de entregar uma pizza com cogumelos e uma porção extra de pepperoni tarde da noite, em vez de um copo cheio de veneno.

Porque, o que Jameson estava *realmente* fazendo aqui?

Suéter da sorte é o cacete.

Não posso correr o risco de que sua visita fora de horário e sua passagem natural pela sala da enfermagem tenham sido coincidência. Posso fechar os olhos e visualizá-lo: passando pelas enfermeiras que ainda assim o ignoram, desviando-se para batizar minha dose noturna com alguma coisa mais forte. Talvez alguma coisa mortal.

Eu já o vi com os livros. Sei de seu interesse especial por certos produtos farmacêuticos controversos. Sei de seu estoque secreto.

Na verdade, sei algumas coisas sobre ele. Coisas que ele provavelmente desejaria que eu não soubesse.

Olho fixamente para os comprimidos, remexo neles com meu dedo indicador. Quantos *deveria* haver? De que tamanhos e cores? Minha memória não está clara o suficiente para responder essas perguntas.

Não tenho como saber se aquelas pílulas são a causa ou a cura.

Tomá-las seria um ato de fé.

Não as tomar seria um ato de fé completamente diferente.

Acreditar em quem? Quem escolher?

Quanto mais tempo encaro os comprimidos, mais as linhas entre tudo se borram e misturam. Tenho medo de piscar, com medo que tudo ao meu redor se misture em uma gosma nojenta, do jeito que fazem minhas memórias. Espanto o som de zumbido ao redor de meus pensamentos para me dar um segundo para entender a situação. Já passei por isso antes, já percorri esse caminho uma ou duas vezes. Com certeza eu aprendi com meus erros.

Durante tudo isso, com tudo se misturando e turvando, só uma coisa permanece clara: como estou absolutamente sozinha. Sem Dylan, sem as pessoas que eu achava serem minhas amigas, minha vida é um experimento permanente sobre os efeitos de longo prazo do isolamento completo. Eu podia muito bem ainda estar trancada no tanque de privação sensorial.

Ou talvez eu não seja tão solitária quanto penso, porque, quando fecho os olhos, posso ouvir a voz de Charlotte cantando *"Ah, o que veio primeiro, a loucura ou o remédio..."*

Eu me levanto. Tomei uma decisão.

Saio correndo de meu quarto. Essa não é hora de ser egoísta. Enquanto corro, meu avanço pelo corredor é marcado por unidades de cartazes motivacionais em molduras de acrílico trazendo conselhos em maiúsculas agressivas:

SIGA O CAMINHO QUE VOCÊ MESMO ESCOLHEU

TODA CONQUISTA COMEÇA COM A DECISÃO DE TENTAR

SEJA A MELHOR VERSÃO POSSÍVEL DE VOCÊ MESMO

NÃO NOS LEMBRAMOS DE DIAS; LEMBRAMOS DE MOMENTOS

A CORAGEM É UMA ESCOLHA

É um corredor longo pra cacete. São conselhos pra cacete.

Aqui vai meu conselho: pode colocar em maiúsculas do jeito que você quiser e não confunda autorização com rendição.

Abro portas fechadas e entro em outros quartos aleatoriamente, dando tapas para tirar copos de comprimidos de mãos, enfiando os dedos na boca de pessoas quando preciso, ignorando seus protestos enquanto removo as toxinas. Como Jameson poderia saber qual copo de remédios era o meu?

Se ele quisesse se garantir, teria batizado todos eles com seu veneno.

Estou em movimento. Corro pelo corredor, gritando meus alertas. Sinto-me poderosa e sem medo, porque agora eu finalmente compreendo: eu sou a heroína dessa história. Posso salvar a todos nós, a mim e a todos esses outros pobres coitados ingênuos trancados aqui com chaves invisíveis. Eu quebro e pego qualquer coisa perigosa. Ainda que Jameson não tenha feito nada com nossos remédios, os comprimidos estão nos matando mesmo assim, com suas promessas falhas e margens de lucro e esperanças artificiais. Eles são ídolos falsos em forma de cápsulas; são açúcar misturado com cianeto. Eles nos transformaram em viciados e zumbis, somos drogados alquebrados, esperando que algo fora de nós mude o que está errado por dentro.

Mas não mais.

Estou finalmente no controle.

Ignoro os passos e gritos a minhas costas; ignoro tudo até ouvir o som da voz do dr. O'Brien berrando ordens, e então sei que é tarde demais para me salvar, por isso vou ainda mais fundo. Eu *vou* ser a heroína desta história, nem que isso me mate. Jogo os comprimidos que recolhi na boca e engulo até engasgar. Meus comprimidos, os comprimidos de todas as outras pessoas, os comprimidos das enfermeiras enfiados discretamente em bolsas e tomados quando ninguém está vendo. Os comprimidos embaixo de minha cama, os comprimidos na pilha secreta nos fundos do armário de suprimentos. Engulo todos eles, e quando a primeira pessoa me alcança, antes que consigam me imobilizar, me conectar às suas máquinas, enfiar suas agulhas em minhas veias, é tarde demais para que eles mudem o que eu fiz.

Eu sou o uróboro, escolhendo o próprio destino. Isso pode parecer um gesto de autodestruição, mas não é. É um gesto de salvação. De autopreservação. Ninguém mais vai tornar a se nutrir de meu corpo.

Paro quando surge um borrão de jalecos brancos, um bando emplumado cerrando fileiras, batendo asas ao meu redor até que sou dominada. Sinto uma espetada, depois a ardência de óleo de serpente circular por minhas veias e, no alto, as palavras de um último cartaz motivacional começam a dançar e se turvar: NUNCA É TARDE DEMAIS PARA SER O QUE VOCÊ PODERIA TER SIDO.

Eu sou o rótulo de advertência. Sou a lista de efeitos colaterais. Sou a cobaia; sou a rede de segurança.

Sou o resultado provável. Sou a cura.

Eu estou no controle.

Fecho os olhos contra as luzes fortes e os rostos, e em pouco tempo o sibilar da cobra se torna um silêncio de ondas oceânicas congeladas enquanto mergulho no sono, sonhando com um castelo no fim do mundo.

CAPÍTULO 47

– Sério? Audie, você está falando sério? Está falando totalmente sério?

A expressão de Dylan não tem preço, tudo está acontecendo de forma ainda melhor do que eu tinha imaginado.

Ele está tão bonito, mas as últimas semanas foram difíceis para ele. Muito difíceis. Você quase não o reconheceria, o modo como as maçãs de seu rosto agora estão salientes e a forma como seus olhos parecem ter mudado de cor. Eles agora estão mais escuros, um tom tempestuoso, difícil de identificar. É por causa da dor, eu acho. Ela pode mudar uma pessoa, pode mesmo.

Confie em mim, eu sei.

Fico muito feliz de fazer isso por ele, depois de tudo pelo que passou. Depois de tudo o que fez por mim.

Eu conto a ele sobre a viagem.

– Estou cuidando de todos os detalhes – digo. – Não estou economizando nos luxos. – Conto a ele sobre o Castillo Finisterre, já que sua memória não é mais como costumava ser e ele não lembra direito de tê-lo visto naquela noite na TV, o SPA, os passeios de caiaque guiados pelos meandros entre as geleiras, as paisagens inacreditáveis. – Quero dizer, é a porra do fim do mundo. Isso não é maravilhoso?

Nada se compara com a expressão em seu rosto. O modo como ele está me olhando agora, quase pasmo de felicidade e surpresa. Nada supera se sentir *amada* desse jeito. Bem, completa e finalmente amada, porra.

Eu não trocaria isso por nada. Momentos assim fazem com que eu sinta pena desses pobres coitados que ficam tão presos na mentira do dia a dia que nunca tiram um tempo para desligar e apenas *escapar* de vez em quando.

O triste é que a maioria das pessoas não sabe como. Elas não percebem que a paralisia que sentem está em suas mentes.

E também a cura.

Durante toda a nossa vida nos dizem o que fazer, aquilo por que lutar. Dois mais dois é igual a quatro, eles nos dizem. Se você conseguir chegar a quatro, então você estará completa/correta/equilibrada/aprovada. Almeje o quatro, depois parabenize-se por um trabalho bem-feito quando chegar lá.

Que se foda, isso. Eu quero mais. Rejeito as correntes e as muletas. Rejeito qualquer coisa que amorteça, seda ou embalsame.

Escolho cinco. Escolho o castelo no fim do mundo.

Já mostrei as fotos a vocês?

É meio difícil de ver, da forma como ele é esculpido nos penhascos. Mas olhe outra vez. Dê a si mesmo um minuto para entrar no estado de espírito correto. Agora olhe de novo, ali, entre os blocos de gelo flutuantes.

Não?

A questão é que você precisa fazer uma escolha. Você pode olhar para a foto e escolher ver abaixo icebergs colidindo, derretendo e adernando em ondas escuras e cruéis. A única coisa que você vai ver é o fim. Ou você pode olhar outra vez, e dessa vez pode escolher ver o castelo esculpido no gelo, tão alto e inalcançável que quase parece estar flutuando. Tão puro e onírico que você quase poderia confundi-lo com uma nuvem.

Escolha olhar para ela assim, e, em vez do fim do mundo, você vai ver o *que vem depois* definitivo.

Às vezes você precisa reeducar o cérebro para ver o que é possível em vez de o que é óbvio.

A viagem não está totalmente finalizada, ainda não. Mas vê como Dylan me envolve em seus braços? Vê como ele me beija? Como seus lábios dançam sobre cada centímetro de minha pele, como eles me *conhecem* da melhor maneira possível? Veja como ele é cuidadoso com os pontos sensíveis em minha espinha, os antigos e os novos; veja como as pontas de seus dedos desenham pequenos círculos delicados, traçando as linhas das tatuagens escondidas sob minhas roupas.

Às vezes, é difícil romper com algo tão perfeito quanto isso.

Quando eu conseguir me recuperar, finalmente vou ganhar o suficiente para pagar por toda a viagem. Pode doer um pouco, mas tudo bem. Porque isso é por uma história de amor.

O cateter que perfura meu braço é a flecha do Cupido.

O zunido e os bipes dos aparelhos de suporte de vida são o sacerdote recitando os votos.

Veja como minha pulsação reage quando você dá um empurrãozinho: *Eu aceito. Eu aceito. Eu aceito.*

Não importa que eu esteja em péssima forma, ou que esteja sozinha. Estou fazendo isso por ele, então ele está no quarto comigo, mesmo quando não está. Meus olhos não precisam estar abertos para saber que ele está ao meu lado.

Escolho cinco. Escolho o castelo no fim do mundo. Escolho o amor. Descobri aquilo que estava procurando, e escrevi meu próprio final feliz perfeito.

Porque esta é uma história de amor. Se você não consegue ver isso, talvez apenas não esteja se esforçando o suficiente.

NOTA DA AUTORA

No fim de junho de 2013, saí da cama às 3:30 da madrugada e escrevi o que agora são o prólogo e o primeiro capítulo de *Placebo Junkies*. Esse fato é impressionante por várias razões. Primeiro, porque na época eu estava viajando com um bebê, estava com um jet-lag muito forte e tinha dormido tão pouco que é impressionante que *qualquer coisa* pudesse me motivar a levantar tão cedo. E, segundo, porque nunca antes em minha carreira de escritora as palavras surgiram com tanta rapidez e facilidade, como se vários capítulos inteiros tivessem sido dados a mim por algum personagem em um sonho que eu não conseguisse mais lembrar.

Essa pode ter sido a sensação às 3:30 da manhã. Mas o conceito sem dúvida não se materializou do nada. Em vez disso, foi inspirado por duas experiências breves e sem relação ocorridas um dia antes; bastou apenas dormir poucas horas de um sono rápido e irrequieto para que as ideias se revirassem e, no fim, convergissem em minha mente exausta pela viagem.

1.

Passei o dia anterior à minha sessão de escrita às 3:30 da manhã em uma área de Seattle com uma grande população de jovens sem-teto. Tinha trabalhado naquele bairro por vários verões na época em que estava na faculdade, e, à primeira vista, pouca coisa parecia ter mudado após tantos anos. Mas diferentemente de quando eu tinha dezenove anos e passava por um grupo eventual de adolescentes sem-teto a caminho de casa no transporte público, dessa vez reagi como adulta e como mãe. Aquelas eram *crianças*, eu via agora. Naquele dia, na companhia de meus próprios filhos, pensar nas circunstâncias que levaram aqueles jovens a viver nas ruas me tocou como algo especialmente triste.

2.

Algumas horas mais tarde, acordei do cochilo que estava tirando no carro a caminho da casa de meus sogros, onde estávamos hospedados. Abri os olhos quando paramos em um sinal vermelho e encarei grogue um pequeno letreiro escrito a mão enfiado no chão. "Ganhei centenas de dólares perdendo peso, e você pode fazer o mesmo!", dizia o texto desleixado. "Ganhe dinheiro para experimentar uma maravilhosa droga nova para perder peso." Dois algarismos do número do telefone tinham sido rabiscados e corrigidos com uma caneta de cor diferente.

Será que alguém alguma vez acredita que anúncios como esse são legais? Quem possivelmente acharia uma boa ideia engolir comprimidos fornecidos por um estranho qualquer que prendeu um letreiro escrito a mão em um cruzamento? Eu fiquei pensando na placa até o nosso sinal ficar verde, e depois imediatamente esqueci completamente dela.

Naquela noite, os dois elementos se juntaram enquanto eu dormia: os personagens, como vistos nas ruas de Seattle; e a premissa, inspirada por uma promessa duvidosa em uma placa de beira de estrada.

Quando mandei os primeiros capítulos para minha agente literária, meio que me desculpando, pois eles eram "meio loucos", achei que o conceito talvez fosse um pouco estranho demais. Quero dizer, falem sério, as pessoas realmente tentam ganhar a vida participando de pesquisas de drogas remuneradas? De jeito nenhum.

Mas depois que comecei a pesquisar, fiquei surpresa ao descobrir que meu conceito não era nada estranho, e que a prática de ganhar a vida por meio de experimentos médicos pagos tinha uma história longa e bem documentada.

Durante a pesquisa para o livro, falei com várias pessoas dos dois lados da equação dos testes. Cheguei a entrevistar pessoas que tiveram experiência pessoal, tanto como voluntário quanto como pesquisador. Uma delas, um médico que atualmente realiza testes clínicos, foi "voluntário" regular de estudos de drogas enquanto estava na faculdade de medicina para ganhar um dinheiro extra. Outra fonte, empregada por uma organização de pesquisa por contrato (OPC), tinha se inscrito em um estudo sobre pílulas anticoncepcionais junto com várias outras colegas de trabalho, porque, ei, contraceptivos grátis!

As pessoas com quem falei tiveram experiências extremamente variadas. Uma fonte do lado da pesquisa me contou histórias de horror sobre alguns estudos que tinha facilitado; ela havia testemunhado pessoalmente o recrutamento de "voluntários" nitidamente doentes mentais em uma rodoviária de Nova Orleans. Outra fonte empregada por uma organização de pesquisa no México, por outro lado, descreveu estudos escrupulosamente desenvolvidos e controlados, com grandes preocupações tanto éticas quanto de segurança.

Muitos dos voluntários de testes remunerados achavam que esse era um jeito ótimo de ganhar dinheiro. Outros juravam que nunca iriam voltar a cometer o mesmo erro.

Meu livro não tem a intenção de condenar testes clínicos. Pessoalmente, gosto de ter à disposição os melhores e mais recentes remédios quando estou doente, e os testes em pacientes humanos são parte fundamental no processo de levar as drogas até as prateleiras das farmácias. Além disso, a grande maioria de homens e mulheres que fazem parte do processo de descoberta são dedicados a práticas éticas e seguras. Há, é claro, exceções, dos dois lados. Mas, neste livro, eu quis especificamente evitar o padrão tradicional de thriller médico de ter uma "grande empresa farmacêutica" na raiz de todos os males. Em vez disso, procurei inverter um pouco as coisas. Quis criar uma virada em um thriller médico, no qual as grandes indústrias farmacêuticas não interpretassem o papel típico do vilão. Isso me deu um leque amplo de oportunidade para explorar diversos temas que acho fascinantes: controle, ameaças ideológicas versus ameaças físicas, pontos de vista, causalidade e intenção.

Um dos maiores desafios que enfrentei ao escrever *Placebo Junkies* foi atingir o equilíbrio correto entre determinadas cenas que são (espero) bem engraçadas e certos temas que não têm graça alguma. Tenho um senso de humor com forte tendência para o sombrio, e uma forte queda pelo grotescamente poético, mas não quis em absoluto desrespeitar nenhum dos assuntos muito sérios abordados no livro: doença mental, vício em drogas, ética médica e testes em pacientes humanos, entre outros.

Meu objetivo foi criar uma história que, ao mesmo tempo, emocionasse e desafiasse os leitores. *Placebo Junkies* pretende questionar afirmações e levantar questões e discussões. E é minha esperança sincera que eu consiga fazer isso.

AGRADECIMENTOS

Escrever *Placebo Junkies* envolveu a pesquisa mais extensa e estranha que já realizei para um livro; ainda fico surpresa que meu histórico de buscas na internet não tenha disparado algum tipo de intervenção legal. Devido ao assunto, não posso dar nomes nem agradecer adequadamente a maioria das pessoas que me forneceu informações, explicações e histórias pessoais. Dos empregados de OPC que contaram histórias de bastidores incriminadoras e justificadoras, aos médicos que responderam minhas perguntas bizarras com apenas um leve erguer de sobrancelha, aos indivíduos que me contaram sobre suas próprias experiências como voluntários, ao caixa todo tatuado e cheio de piercings da mercearia que respondia simpaticamente a minhas perguntas sobre modificação corporal sempre que eu ia às compras – por favor, saiba que você é estimado! Vou romper minha política de não revelar as fontes apenas para agradecer a meu radiologista aposentado, principalmente por não chamar as autoridades nenhuma das muitas vezes em que eu fiz perguntas sobre como era possível uma pessoa alterar resultados de uma máquina de ressonância magnética ou sobre a mecânica de uma injeção na medula que dá errado...

Posso, entretanto, citar o nome de algumas das pessoas boas que ajudaram este livro a ganhar vida do lado da edição. Muito obrigada a minha agente, Jessica Regel, e a minha editora, Katherine Harrison, por correrem o risco e defenderem essa pequena pérola estranha de ideia e uma voz que só posteriormente se transformou em livro de verdade. Obrigada a Ray Shappell por perceber que meu título tinha exatamente o número certo de letras para se encaixar em caixas de remédio e criar uma capa maravilhosa em torno desse conceito. Meus agradecimentos a Iris Broudy, Artie Bennett e Alison Kolani por me salvarem várias vezes com sua edição de texto. (Foi imaturo demais rir um pouco sempre que eu lia suas correções extremamente profissionais de coisas como meu hábito condenável de escrever palavras como *douche bag* como se fosse uma só?) Obrigada, também, a Heather Kelly por enfrentar questões complexas no projeto de miolo, e à gerente editorial Dawn Ryan por seu apoio!

Este livro foi impresso na Intergraf Ind. Gráfica Eireli.
Rua André Rosa Coppini, 90 – São Bernardo do Campo – SP
para a Editora Rocco Ltda.